हमज़मीन
[कहानी-संग्रह]

हमज़मीन

अवधेश प्रीत

राजकमल प्रकाशन

ISBN : 978-81-267-266-0-8

मूल्य : ₹495

पहला संस्करण : 2006
दूसरा संस्करण : 2024

प्रकाशक : राजकमल प्रकाशन प्रा.लि.
1-बी, नेताजी सुभाष मार्ग, दरियागंज
नई दिल्ली-110 002
शाखाएँ : अशोक राजपथ, साइंस कॉलेज के सामने, पटना-800 006
पहली मंजिल, दरबारी बिल्डिंग, महात्मा गांधी मार्ग, प्रयागराज-211 001
1, अनमोल सोराबजी संतुक लेन, धोबी तलाव, मरीन लाइंस, मुम्बई-400 002
वेबसाइट : www.rajkamalprakashan.com
ई-मेल : info@rajkamalprakashan.com

मुद्रक : विकास कंप्यूटर एंड प्रिंटर्स
ट्रॉनिका सिटी-201 102

HAMZAMIN
Stories by Avadhesh Preet

पत्नी डॉ. स्नेहलता सिन्हा को
सस्नेह

अनुक्रम

तीसरी औरत 9

अलभ्य 27

आइस-पाइस 39

हमज़मीन 58

ठिठोली 66

सरपट 78

निमोछिया 91

कवच 105

सी-इंडिया 118

अन्यथा 128

तीसरी औरत

खास्ताहाल हवेली में डाकिनी-सी डोलती वे औरतें कभी हँसती, तो कभी रोती। कभी एक-दूसरे के गले लगकर सिसकियाँ सुनतीं। कभी थक-हारकर एक-दूसरे को कोसती गहरी चुप्पी में गुम हो जातीं। ऐसे में एक गूँगा सन्नाटा सनसनाता रहता और हवेली की ईंटों में सीलन कुछ और बढ़ जाती। दीवारों पर लगा प्लास्टर कहीं से टूटकर गिरता और महाकाल चौंककर अपने इर्द-गिर्द देखता। कहीं कोई जुम्बिश न पाकर वह उदास हो जाता और दरकती दीवारों की दरारें कुछ और चौड़ी हो जातीं।

हवेली पर उम्र से ज़्यादा समय हावी था। समय के भीतर हलचल थी। बाहर सन्नाटा। हलचल और सन्नाटे के बीच थीं वे औरतें। एक-दूसरे से जुड़ीं। एक-दूसरे से अलग। एक-दूसरे से इतने करीब कि एक के बग़ैर दूसरी की पहचान मुश्किल। एक-दूसरे से इतनी दूर कि हर दायरा छोटा पड़ जाए। वे एक-दूसरे से प्रेम करती हों, ऐसा भी नहीं था। फिर भी वे आपस में एक-दूसरे पर निर्भर थीं और इस क़दर निर्भर थीं कि एक-दूसरे पर लगातार नजर रखतीं। उन्हें भय था कि कहीं कोई किसी दिन इस हवेली से उड़न छू न हो जाए।

यूँ हवेली के बाहर बड़ी-सी चहारदीवारी थी। उस चहारदीवारी में बड़ा-सा लोहे का गेट था और गेट पर काला पेंट चढ़ा था। लेकिन अरसे से पेंट की पपड़ियाँ छूट रही थीं और गेट जगह-जगह से चितकबरा हो आया था। इस सबके बावजूद गेट मजबूत था और उसकी कुंडी में उतना ही मजबूत ताला जड़ा था। उस ताले की चाभी उन औरतों में से किसी के पास नहीं थी।

वह औरत जो इस हवेली में सबसे पहले आई थी, अक्सर कसम खाकर कहती, ''चाभी जिनके साथ होती थी, उन्हीं के साथ चली गई।''

उस औरत की झूलती झुर्रियों में झाँकती सच्चाई की ताब देर तक महसूस होती और वे एक-दूसरे से नजरें बचाकर अपने गोपन गह्वरों में गुम हो जातीं। इन गह्वरों में उनके गुमशुदा दिन थे। रातें थीं। उनका एकान्त था। और थी खुद को खोजने/खारिज करने की निर्विघ्नता। लेकिन इस एकान्त की कोई ऐसी सीमा-रेखा नहीं थी, जिसके पार जाने की कोई बंदिश हो। लिहाजा कौन किसके एकान्त में कब प्रवेश कर जाती, यह उन औरतों को भी पता नहीं था। ऐसे में वे एक-दूसरे के एकान्त में होते हुए भी, अपने-अपने एकान्त में बनी रहतीं और वे जिसके एकान्त

में होतीं, उसे उसके होने का पता भी नहीं चलता।

यह अतिक्रमण था एक-दूसरे की शिनाख़्त का या कि समय के सिरों को पकड़ने का उपक्रम, इस बात से नावाक़िफ़ वे तीनों औरतें एक ही समय में होते हुए भी, अपने-अपने समय में मौजूद थीं। वहाँ उनका होना अपने भूत, भविष्य और वर्तमान में एक साथ होना था। जाहिर है, हर किसी की कहानी में उनकी आवाजाही होने के बावजूद उनके किरदार अलग थे। उनकी कहानियाँ अलग थीं। लिहाज़ा, वे एक ही कहानी के जितना भीतर थीं, उतना ही बाहर भी थीं।

पहली औरत

यह औरत जिस दिन इस हवेली में दाखिल हुई, अपने साथ रोशनी की एक झंपोली भी लेकर आई ? रंगीन पन्नियों में लिपटी झंपोलियों के बीच जब यह झंपोली खुली थी, तमाम चीज़ें जगर-मगर रोशनी से नहा गई थीं। उसे याद नहीं कि यह झंपोली किसने खोली थी। लेकिन भीड़ में शामिल कोई औरत झंपोलियाँ खोलते-खोलते अचानक ठिठक गई थी। रोशनी से भरी झंपोली का ढक्कन बहुत कसकर बाँधा हुआ था और उसे खोलने की कोशिश में उस औरत के हाथों में रोशनी के कुछ कतरे चिपक गए थे। वह अचकचाई-सी अपने दोनों हाथों को रगड़कर उन कतरों को छुड़ाने लगी थी। लेकिन नाकाम कोशिश के बाद झुँझलाकर उसने झटके से झंपोली का ढक्कन नोच डाला था। झपाक से उठी रोशनी के सैलाब में इससे पहले कि हवेली सराबोर हो जाती किसी ने वह झंपोली उठाकर उसकी कोठरी में रख दी थी। उस औरत ने अपनी कोठरी में दाखिल उस मानुष-गन्ध को महसूस किया था और उसकी आँखें उस गन्ध का पीछा करती हुई कोठरी के दरवाजे पर जा टिकी थीं। वह ठहरी परछाईं ठमक कर मुड़ी थी और उस औरत ने देखा था कि वह गन्ध गहन अँधेरे में डूब गई है। दरवाजे के इस पार बैठी वह औरत दरवाजे के उस पार पाँवों की धमक महसूस करती रही थीं। उसका सीना इस धमक से धाड़-धाड़ बजता रहा था।

उसने घबराहट में रोशनी की वह झंपोली खोल डाली थी। कोठरी तेज रोशनी से भर गई थी। चौंधियाई आँखों से उसने कोठरी का मुआयना किया था और उसने आदमक़द शीशे में अपने-आपको देखकर पहचानने की कोशिश की थी। वह वह नहीं थी। उसका रंग-रूप, चेहरा, जिस्म, हाव-भाव सब कुछ बदला हुआ था। वह बड़ी देर तक खुद को निहारती रही थी। बड़ी देर तक शीशे के भीतर खड़ी औरत में खुद को तलाशती रही थी।

वह खड़ी-खड़ी थक चुकी थी। थकान लिए-दिए पलंग पर आ बैठी थी। दरवाजे के पार पाँवों की धमक जारी थी। सीने में इस धमक को महसूस करती हुई वह गुड़ी-मुड़ी होती गई थी। नींद आँखों में उतर आई थी। उसे पता ही नहीं चला कि कब, कौन आया और रोशनी की झंपोली का ढक्कन बन्दकर गया। जब उसकी आँखें

खुली थीं उसने खुद को अँधेरे के बीच पाया। अँधेरा इस क़दर गाढ़ा था कि उसके पार क्या है, यह अन्दाज लगाना मुश्किल था। उस औरत ने दोनों हाथों से पलंग को टटोला। एक आदमकद परछाईं वहाँ पसरी पड़ी थी। सहसा उसकी चीख़ निकलते-निकलते रह गई। उस रात उसने चीख़ और चुप्पी के बीच गुजारी।

सुबह उजाले के बावजूद रोशनी का नामो-निशान नहीं था। गुन्दुमी अँधेरा कोठरी में गश्त लगा रहा था। उस औरत ने फटी आँखों से इस अजीब अँधेरे को चीरने की कोशिश की। ऐन इसी वक़्त आदमकद परछाईं आँखें मलते हुए पलंग से उठी और बग़ैर उसकी ओर तवज्जों दिए कोठरी से बाहर चली गई। उस औरत ने नथुनों में ढेर सारी हवा खींची थी, लेकिन कोई मानुष-गन्ध न पाकर सिहर गई थी। उसकी समझ में नहीं आया उसे साँस लेने में परेशानी क्यों हो रही है ?

सहसा, कोठरी का दरवाजा खुला और परिचित-सी मानुष-गन्ध कोठरी में लौट आई। उसकी आँखें इस गन्ध से जा चिपकीं। उसने देखा, वह गन्ध दवे पाँव झंपोली के पास पहुँची और झंपोली का ढक्कन थोड़ा-सा सरक गया। कोठरी रोशनी से भर गई थी। जब तक वह कुछ देख पाती, मानुष-गन्ध उल्टे पाँव लौटी और कोठरी के दरवाजे पर जाकर ठिठक गई। फिर ठमक कर पलटी और कोठरी का दरवाजा बन्द हो गया।

वह औरत कोठरी का दरवाजा खोलकर जिस दिन बाहर निकली एकमुश्त धूप, रोशनी, हवा और हलचलों के बीच खुद को पाकर अचकचा गई। उसने इन हलचलों को पहचानने की कोशिश की। इतनी बड़ी हवेली में इतनी सारी हलचलें थीं कि वह जब तक एक को पहचानती, दूसरी सामने आ खड़ी होती। ज़्यादातर हलचलें हाथ जोड़े खड़ी मिलतीं और वह पाती कि वह इस हवेली कि मालकिन है। इस बात की तस्दीक़ उस औरत ने भी की, झंपोली का ढक्कन खोलते हुए, जिसके हाथों में रोशनी की क़तरा चिपका रह गया था, "मैं तुम्हारी बुआ सास हूँ। दो-चार दिनों बाद चली जाऊँगी। फिर तो तुम्हें ही सँभालनी है यह हवेली !"

बुआ जब तक हवेली में रही अपने दोनों हाथों को रगड़ती रही। हाथों में चिपके रोशनी के कतरे छुड़ाती हुई वह अक्सर फुसफुसाती, "उस झंपोली से बयना नहीं बँटेगा।"

"क्यों ?" एक दिन पूछा था उसने।

"इस हवेली के लिए कम पड़ जाएगा !" बुआ ने होंठ काट लिए थे। उसके होंठों के बीच नीली स्याही उभर आई थी। चाहो तो कलम डुबोकर इबारत लिख डालो।

उसने आशंका जताई थी, "कोई है, जो उस झंपोली को टटोलता रहता है।"

बुआ हँसी थी, उसकी हँसी के भीतर हँसी थी, "मैं जानती हूँ। हवेली में हर जगह होता है वह !"

"क्यों ? क्यों होता है वह ?" वह सहम गई थी।

"वह हवेली की हवा है। कहीं भी हो सकता है वह।" बुआ के होंठों पर उभरी इबारत उसके लिए अबूझी ही रह गई थी।

बुआ के होंठों पर इबारतें उभरतीं। वह औरत उन इबारतों को आपस में जोड़ती और पाती की उनके अर्थ नहीं खोल पा रही है वह। रहस्य-रोमांच की अकथ-कथाओं में घिरी वह बुआ को घेरने की कोशिश करती तो बुआ गहरी चुप्पी में चली जाती। बुआ की अभेद्य चुप्पी उस दिन टूटी थी, जिस दिन वह हवेली से विदा होने लगी थी। तर-ब-तर आँसुओं में डूबी बुआ ने उसे अंकवार में भेंटते हुए इस क़दर भींच लिया था, गोया अपनी जान उसके जिस्म में डाल देना चाहती हो। वह अबोली आवाज़ उसकी आत्मा में अटक गई थी।

वह औरत अपनी आत्मा में अटकी उस आवाज़ को धीरे-धीरे महसूस करने लगी थी। चप्पे-चप्पे से बेआवाज़ बयान बावस्ता थे। ज़र्रा-ज़र्रा में दुखान्त दर्ज थे। वह तमाम दुखान्तों को जमा करती और अपनी कोठरी के कोने में रखी उस झंपोली में डाल देती जिसमें रोशनी भरी पड़ी थी। अँधेरे एकान्त में वह एक-एक दास्तान को पढ़ती और उनके दुखान्तों में स्वयं को शामिल पाकर गहरी उदासी से भर जाती।

वह इस हवेली में अकेली औरत थी। उसके अकेलेपन में कोई सुरंग नहीं थी, जिससे होकर वह कहीं आ-जा पाती। वह ठहरी हुई थी–ध्वनियों और धुँधलकों के बीच। वह ठगी हुई थी–चेहरों और चाकरों के बीच। चेहरे दिखते। चाकरों की शक्ल में। चाकर दिखाते, चेहरों की शक्ल में। सबके नाम थे। सबकी सूरतें थीं। फिर भी सबकी एक ही पहचान थी। हाथ जोड़े। गर्दन नवाए। पीठ झुकाए। उनकी पीठ पर पीड़ा के पहाड़ थे। उनकी गर्दनों पर हवेली की गर्द थी। वे सबके सब दास्तानों के दुखान्त थे।

उस औरत ने महसूस किया कि वह स्वयं एक दुखान्त कहानी का आरम्भ हो चुकी है। अवाक् वह यह समझ नहीं पाई कि कौन लिख रहा है यह कहानी ? नियति ? नहीं। हर कहानी नियति के माथे मढ़ देना उसे जँचा नहीं। फिर कौन?

"हम ही लिखते हैं लोगों की क़िस्मत ! लोगों की कहानी !!" यह हवेली में हरदम गूँजती वह हिंस्र आवाज़ थी जिसे सुनकर सहम जाती थी चीज़ें। चेहरे स्याह पड़ जाते थे। साँसें थम जाती थीं।

वह आवाज़ कोड़े बरसाती थी। बात-बात पर। लहूलुहान आत्माएँ हवेली में चीत्कार करतीं। चीत्कारें जितनी चरम पर होतीं, हवेली हहास बाँधकर हँसती। इस हँसी में आतंक था। इस आतंक का दूर-दूर तक बोल-बाला था। कहते दस कोस आगे। दस कोस पीछे। कोसों व्याप्त यह आतंक सिर्फ उस दिन घुटनों के बल नज़र आता, जिस दिन अंग्रेज़ हाकिम का अमला हवेली में आता। वह आतंक रीढ़ की हड्डी अपनी कोठरी में छोड़कर अंग्रेज हाकिम की खुशामद में जुट जाता, "हुज़ूर की शान बनी रहे, ज्वाला सिंह हर खिदमत को हाजिर है।"

"ज्वाला सिंह, तुम्हारी शान भी तभी तक है, जब तक हमारी। अंडरस्टैंड ?" अंग्रेज़ हाकिम ज्वाला सिंह की औक़ात जता देता।

दाँत निपोरकर खड़े ज्वाला सिंह सूखे पत्ते की तरह थर-थर काँपते रहते। जब तक

अंग्रेज़ हाकिम हवेली में रहता ज्वाला सिंह की जबान लड़खड़ाती रहती। लेकिन अंग्रेज़ हाकिम के जाते ही ज्वाला सिंह कहीं ज़्यादा क्रूर हो आता, "ज्वाला सिंह की शान को कोई बट्टा लगाए तो खाल खींच लूँगा।"

वह औरत भीतर तक हिल जाती। खिंची हुई खालें उसके इर्द-गिर्द लटकती दिखतीं और वह अपनी कोठरी में क़ैद हो जाती। घुप्प अँधेरे के बीच वह झंपोली का ढक्कन खोलती तो खिंची हुई खालवाला एक जिस्म बाहर निकल आता। मांस के लोथड़े से लहू की धार निकलती और फ़र्श लहू से भर जाता। लहू में लथपथ वह औरत उस जिस्म के हिलते होंठों को देखती। हर्फ़-दर-हर्फ़ एक दुखान्त उसके सामने खुलने लग जाता। उसे आश्चर्य होता, कोई कहानी खुद को सुनाने के लिए किस क़दर बेचैन अतृप्त आत्मा की आवाज़ अपने अन्दर उभरती पाती—गाँव-गाँव नाचता-गाता था मैं। जिस्म में लोच थी। कंठ में जादू। पाँवों में बिजली। घुंघरू बाँधकर महफ़िल में उतरता था। लोग हाय-हाय करते थे। भूल जाते थे सभी कि नेटुआ हूँ जाति का। खींचकर अंकवार में भरते हुए बड़कवा भी चुम्मा-चाटी से बाज नहीं आते थे। यह ज्वाला सिंह तो मरता था मुझ पर। जब-तब हवेली में खींच लाता था। देह की धुरकस निकाल देता था। घरवाली थी। बेटा था। भरा-पूरा घर था। घर-बार छोड़कर पड़ा रहता था हवेली में। बर्दाश्त नहीं हुआ घरवाली को। एक रात फांसी लगाकर मर गई बेचारी। आग देकर लौटा कि आग लेकर लौटा। उस दिन दिल-दिमाग़ जलता रहा धू-धूकर। ज्वाला सिंह को लगा, भस्म हो जाएगा मेरी क्रोधाग्नि में। उसी रात उसने हवेली में बाँधकर मेरी खाल खींच ली थी।"

"उसी नचनिया का बेटा है मउगा।" झंपोली का ढक्कन सरका कर जाती मानुष-मन को एकटक महसूस करतीं और उस औरत को किसी ने टोका था, तो वह सिहर गई थी।

"कौन हो तुम ?" बदहवास उस औरत ने पूछा था, "जो तुम हो, वही मैं हूँ!" झंपोली की रोशनी में खड़ी एक औरत की आँखों में आँसू टप-टप बह रहा था, "उसी आतंक से ब्याही गई थी मैं। उसी आतंक ने मार दिया मुझको। इसी कोठरी में घुट-घुटकर मर गई एक दिन।"

वह औरत सिहर गई। झंपोली की रोशनी में खड़ी औरत की जगह खुद को देखकर उसकी आत्मा काँप गई। उसने हड़बड़ाकर झंपोली का ढक्कन बन्दकर दिया।

उस दिन उसने मानुष-गन्ध को चेताया, "मउगा, फिर कभी मत खोलना झंपोली का ढक्कन।"

मउगा ठमककर ठिठका। चेहरे पर तमतमाहट। आँखों में स्निग्धता। एक साथ दो भाव। सहम गई वह औरत। मउगा ने अपनी दोनों हथेलियों को बजाकर उलाहना दिया था, "झंपोली को सँभालना भी सीखो, मालकिन। हवा नहीं लगी तो भुए लग जाएँगे।"

पाँव पटकता, कमर लचकाता मउगा यह जा-वह जा ! चकित वह औरत मउगा को जाते देखती रह गई। होंठों पर हँसी। हृदय में क्रोध। उसने पहली बार खुद को दो

भाव-स्थितियों में पाया। क्रोध भीतर था। हँसी बाहर थी। बाहर के भाव को लक्षित किया उस परछाई ने, जो पति की तरह उसके सामने खड़ा था, "इस तरह हँसना हवेली को पसन्द नहीं।"

"क्यों ?" उस औरत ने पूछा था।

"सवाल पूछना जुर्म है।" पति फुसफुसाया।

वह औरत घबरा गई थी। अँधेरे में घबराहट कहीं ज़्यादा बढ़ गई। उसने कोने में पड़ी झंपोली का ढक्कन सरकाना चाहा। पति ने सख़्ती से मना कर दिया, "नहीं, रोशनी से डर लगता है मुझे।"

वह औरत ठिठक गई। उसे अँधेरे से डर लगता है। इस आदमी को रोशनी से। तो क्या करे वह ? झंपोली में भुए लगने दे ?

"मउगा इस कोठरी में क्यों आता है ?" उस औरत ने पति को टोका।

बग़ैर किसी हलचल के कोई आवाज़ छत से सरकती हुई उभरी, "उसे कौन रोक सकता है ?"

"तुम भी नहीं ?"

"नहीं !"

"डरते हो ?"

"मउगा से ?"

"नहीं। पिजाजी से ?"

"डरता नहीं। नफरत करता हूँ।"

"नफरत। फिर उँड़ेलते क्यों नहीं ?"

"क्या फायदा ?"

"शायद तुम्हें सुकून मिले !"

"मुझे सुकून नहीं। उनकी बेचैनी चाहिए।"

"लेकिन मुझे तो चैन चाहिए।" वह औरत बेचैन हो आई थी।

"मुझे अफ़सोस है।" पति पीछा छुड़ाते हुए कोठरी से बाहर निकल गया।

उस औरत ने नथुनों में ढेर सारी हवा खींचते हुए मानुष-गन्ध पाने की कोशिश की। कोशिश धरी की धरी रह गई। हवा अटक गई थी। दम घुटने लगा था। किसी गन्धहीन जंगली फूल की उदासी कोठरी में भटकती रही थी।

वह औरत स्वयं को आईने में निहारती। अक्स की जगह खुद नजर आती। उसे हैरत होती अपने-आप पर। देखते ही देखते वह अक्स में तब्दील हो गई और उसे पता भी नहीं चला। चाहे बग़ैर भी कैसे हो जाता है कायान्तरण ? माँ कहती थी—औरत पानी है। जिस पात्र में रखो, उसी आकार में ढल जाती है। वह तब नहीं समझ पाई थी माँ की मंशा और अब जब वह खुद पानी हो गई थी। खुद से पूछती, "पुरुष पानी क्यों नहीं होता ?"

प्रश्न उसके भीतर टभकता। प्रतिकार उसके भीतर पनपता। ऐसे में कोई उसे

टोकता...विद्रोह कर रही हो तुम ! वह चिहुँक कर अपने इर्द-गिर्द देखती। कहीं कोई नहीं होता। फिर कौन टोकता है उसे ? भय ? लाज ? शील ? संकोच ? संस्कार ?

संस्कार ही था यह ! अपनी जटिल जकड़ में उस औरत को लगातार कसता हुआ। पति की परछाई को वह मुट्ठी में पकड़ लेने के जितने जतन करती, परछाईं उतनी ही तेजी से परे हट जाती। पकड़ ढीली पड़ जाती। पति पास आने से बरजता, "पिताजी के दबाव पर ब्याह किया तुमसे !"

पिता के आतंक का मखौल पति के चेहरे पर देखकर वह औरत काँप जाती। उसके कानों में एक आतंककारी स्वर सनसनाने लगता, "कैसी औरत हो तुम ? अपने पति को बाँधकर नहीं रख सकती तो क्या कर रही हो यहाँ ?"

तो, उसका यहाँ होना पति और ससुर के अहं का होना है ? एक छाया-युद्ध का निमित है वह ? अपनी ही बलि अपनी आँखों से देखती उस औरत के भीतर झुरझुरी-सी छूट गई। पाँव तले की ज़मीन खिसकती जान पड़ी। वह औरत अजस्र आँसू हो गई।

आँसुओं के सैलाब में माँ बहती हुई आई और उस औरत का सिर गोद में रखकर बोली, "रोते नहीं हैं, मेरी बच्ची। इन हवेलियों में हजार रास्ते होते हैं। इन्हीं रास्तों से हवेलियों का दर्प अन्दर आता है, बाहर जाता है।"

उस औरत ने सिर उठाकर देखा। माँ नहीं थी। लेकिन हजार रास्ते खुलते दिखे। उसने दबे पाँव एक रास्ते को खोला। वह रास्ता उसके पति तक जाता था। पति बन्द कोठरी में कठिन तप में लीन था। अगरू की उठती गन्ध में पति का धुँआया चेहरा देखकर दंग रह गई। विश्वामित्र की मेनका बनेगी वह ? हुँह ! उस औरत के अन्दर हिकारत जागी—याचना है यह। नहीं, याचना नहीं करेगी वह। देह का सुख साझा नहीं तो अर्थहीन है हर उपक्रम। नहीं...नहीं मेनका बनना मंजूर नहीं उसे। नकार के इस निर्णय के साथ ही उस औरत ने यह रास्ता फिर कभी न खोलने की क़सम खा ली।

हजार रास्तोंवाली इस हवेली का एक रास्ता उस मर्द की कोठरी तक जाता था, जिसे उसने ससुर से ज़्यादा आतंक की शक्ल में देखा है। उसकी कोठरी तक परिन्दों का फटकना भी सख़्त मना था। उस औरत ने इस सख़्त मनाही के भीतर सेंध लगाई और छुपकर देखा गहन अँधेरा कोठरी में पिशाच-लीला कर रहा है। मउगा उस पिशाच के चंगुल में फँसा हुआ था। उसकी घुटीघुटी चीख़ में आतंक का वीभत्स चेहरा अट्टहास कर रहा था।

वह औरत उल्टे पाँव अपनी कोठरी की ओर बदहवास भागी और कटे पेड़-सा पलंग पर जा गिरी। हाँफती साँसों के बीच उसे पहली बार महसूस हुआ कि वह हवेली में नहीं, किसी नरक-कुंड में आ फँसी है। उसकी आँखों में अँधेरा उतर आया। घुप्प-घनघोर अँधेरे का आतंक उस औरत की आत्मा पर इस क़दर क़ाबिज़ हुआ कि उसे यह तक याद नहीं रहा कि उसकी कोठरी में एक झंपोली है, जिसमें रोशनी भरी पड़ी है। रोशनीवाली इस झंपोली की याद उसे तब आई, जब बुआ की मौत की ख़बर हवेली में बग़ैर किसी आहट के दाख़िल हुई और उसके सीने में किसी हूक की तरह जा समाई।

मउगा ने दबी जुबान से बुआ के बारे में बताया, "बाँझ औरत किस काम की ? एक औलाद की आस में कब तक जिन्दा रहती वह ? आखिर उसे मरना ही था। मर गई बेचारी !"

"मर गई या मार दी गई ?" अंतस तक आहत उस औरत ने मउगा से जबर्दस्त जिरह की।

"सच्ची बात तो भगवान जानें !" मउगा ने आँखें मटकाते हुए चेहरे पर झूल आई अपनी लटों को झटका दिया और रहस्य भरे अन्दाज में फुसफुसाया, "मेरी मानो तो बुआ का मरद ही मउगा था।"

उस औरत ने मउगा को ग़ौर से देखा—किसका उपहास उड़ा रहा है यह...बुआ के मरद का या खुद का ? खुद का उपहास ! उफ् कितना यन्त्रणादायी उपक्रम है यह ? मउगा का चेहरा शर्म से लाल हो आया था। गौर वर्ण, सुचिक्कन देहयष्टिवाले मउगा के भाग्य पर तरस आया था उसे। उसने दीर्घ श्वांस ली और आश्चर्यजनक रूप से मानुष-गन्ध उसके भीतर उतरती चली गई। मउगा तमककर मुड़ा और हवेली में कहीं हवा हो गया।

मउगा के जाते ही उस औरत ने झंपोली का ढक्कन धीरे से सरकाया। रोशनी क़तरा-क़तरा बाहर आ गई। उन क़तरों को उसने अपने हाथों पर चिपका पाया। उस दिन उसे बुआ खूब-खूब याद आई। हथेलियों को अपनी साड़ी से रगड़ती बुआ का दुख उसे अपने भीतर जान पड़ा। उस दिन, उसने तय किया, चाहे जो हो वह बुआ की मौत नहीं मरेगी।

उस रात, उस औरत ने झंपोली की रोशनी में अपनी कहानी का सुखान्त लिखा। अद्भुत। अलौकिक। अकल्पनीय। अगोचर ! आनन्दातिरेक से भरी अपनी कहानी की वह नायिका थी, जिसने तमाम खल-पात्रों को परास्त कर अपने पराक्रम की पताका फहरा दी थी।

यह पताका हवेली के सबसे ऊँचे कंगूरे पर जिस दिन परवान चढ़ी दस कोस आगे, दस कोस पीछे हवेली का रूतबा दो-बाला हो आया। जश्न मना। बधावा बजा। रात भर हवेली जागती रही। रात भर वह औरत इतराती रही। वंश-वृक्ष का बिरवा उसकी रक्त-मज्जा में मानुष-गन्ध बिखेरता रहा। दर्प से दमकती वह रात उस औरत ने अपनी झंपोली में रखकर ढक्कन को कसकर बाँध दिया।

मउगा झंपोली का ढक्कन सरकाने आया तो तनकर खड़ी हो गई वह औरत। सख़्ती से बरजते हुए मउगा को चेताया, "अपनी कहानी का सुखान्त हमेशा के लिए बन्द कर दिया है उसमें। उसे कभी खोलने की हिमाक़त मत करना !"

आहत-अपमानित उल्टे पाँव लौटते मउगा के पाँवों की धमक वह औरत अपने सीने पर महसूस करती रही। धरती डोलती-सी लगी। धड़कन डूबती-सी लगी। आवाज़ के आखिरी छोर पर आँसुओं की भाषा पढ़ी नहीं जा सकी। वह औरत अपनी कोठरी के अँधेरे में अचेत हो गई थी।

और जब उस औरत की चेतना लौटी—अघटित घटित हो चुका था। ससुर अपनी कोठरी की कड़ियों में लटका पड़ा था। गर्दन रस्सी में झूल रही थी। लाश हवा में तैर रही थी। मउगा हवा हो गया था।

"मउगा ने मारा है मेरे पिता को !" पूजा-पाठ की अपनी कोठरी से निकल आया था पति।

उस औरत का कलेजा काँप गया था। पति का आरोप सुनकर तड़प गई थी वह। जी में आया चीख़कर कहे, "मउगा ने नहीं, तुमने मारा है अपने पिता को।" लेकिन चीख़ उसकी चेतना में चक्कर काटती रह गई। वह उस पीड़ा को दबाए हमेशा-हमेशा के लिए चुप हो गई थी।

उसकी चुप्पी में चुपचाप चलता रहा मउगा और उसकी चुप्पी के बाहर मउगा का पीछा करता रहा उसका पति पागलों-सा हवेली में भटकता रहा। रात के अँधेरे में चिहुँक कर उठता और हवेली की दीवारों से सिर टकरा-टकराकर स्वयं को लहूलुहान कर लेता।

लहू की धार में चलकर ओझा-गुनी आए। तांत्रिक-मांत्रिक आए। शाप-मुक्ति के उपाय करते सारे सिद्धों ने एक स्वर में घोषणा की, "मालिक पर सवार है मउगा का भूत।"

उस औरत ने काँपते कलेजे को कड़ा करके पूछा, "जिन्दा आदमी भूत कैसे बन सकता है ?"

"कुछ आत्माएँ जनमों तक भटकती हैं। अलग-अलग चोला धारण करके। भूत-भविष्य से परे होती हैं ऐसी आत्माएँ। इनसे मुक्ति तो काल के हाथों ही संभव है।" कोई सिद्ध स्वर आसमान को निहारता, हवा में बुदबुदाता और हताश होकर हाथ जोड़ लेता, "क्षमा ! क्षमा करो हे महाकाल, क्षमा !"

उस औरत के अन्दर अपराध-बोध जागा न पाप-बोध। धर्मयुद्ध में कैसी क्षमा ? किसको क्षमा ? उसने ताउम्र न क्षमा माँगी। न क्षमा दी। उस औरत के निर्णय के आगे महाकाल नत-मस्तक हो गया था।

दूसरी औरत

यह औरत बेहद धूम-धाम से दाखिल हुई थी इस हवेली में। चप्पा-चप्पा उसकी रून-झुन की गूँज-अनुगूँज से सरगम हो गया था। हालाँकि वह अपने साथ रोशनीवाली झंपोली नहीं ले आई थी, लेकिन उसे जिस कोठरी में ले जाया गया था, उसमें ढेर सारी रोशनी सीधे आती थी। यह कोठरी पहली औरत ने तजबीज़ की थी और खास अपनी देख-रेख में रोशनी आने के रास्ते निकलवाए थे।

दूसरी औरत जब इस कोठरी में पहुँची थी तों इतनी सारी रोशनी के बीच खुद को पाकर अचकचा गई थी। इस चकाचौंध में उसकी आँखें चुंधिया गई थीं। उसने

आँखें मूँद ली थी। अँधेरे का परदा बड़ी देर तक हिलता रहा था और जब उसने आँखें खोली थीं तो किसी को रोशनी आने के रास्तों को बन्द करता पाया था। उसने घूँघट की ओट से पहले उस आदमी की पीठ देखी थी, फिर वह आदमी मुड़ा था, तो उसका चेहरा दिखा था। चेहरे पर दो सुर्ख़ आँखें थीं। होंठों पर मुस्कान की जगह मूँछें थीं। मूँछों के नीचे होंठ हिल रहे थे, ''इन रास्तों से रोशनी कम, गर्द ज़्यादा आती है।''

दूसरी औरत गुलगुदी से भर गई थी। उसकी कलाई भरी चूड़ियाँ खनकी थीं और वह अनागत सुख की कल्पना से सिकुड़ गई थी। वह आदमी उसकी पलंग पर आकर बैठा था तो उस औरत की साँसें सीने में ही अटक गई थीं। उस आदमी ने उसे बाँहों में जकड़ते हुए कहा था, ''कोठरी के ये रास्ते आईन्दा न खुले !''

दूसरी औरत सिहर गई थी। नसों के भीतर बज रहा वह आदमी इस क़दर सख़्त था कि उसने अपनी देह को अँधेरे में गर्क़ होता पाया। वह उस अँधेरे में पड़ी रही दिनों, हफ्तों, महीनों...महीनों बाद पहली औरत ने दूसरी औरत से पूछा, ''अँधेरा रास आ गया है तुमको ?''

''मैं कभी उजाले की अभ्यस्त नहीं रही।'' दूसरी औरत ने जवाब दिया।

''मैंने तुम्हारी कोठरी में रोशनी आने का खास इन्तजाम किया था।'' पहली औरत के स्वर में अफ़सोस था।

''इन्हें पसन्द नहीं।'' दूसरी औरत की फुसफुसाती आवाज़ में उसके पति की हिदायत शामिल थी।

''सारे मर्द एक जैसे होते हैं।'' पहली औरत की आवाज़ दरकी हुई थी।

दूसरी औरत ने पहली औरत को शक की निगाह से देखा। पहली औरत ने आँखें चुरा ली। उस दिन के बाद से दोनों जब भी आमने-सामने होतीं, एक-दूसरे से आँखें नहीं मिलातीं। अगर आँखें अनयास मिल भी जातीं तो न मिलने का नाटक करतीं। इस तरह दोनों के बीच आँख मिचौली का एक ऐसा खेल शुरू हो गया था कि दूसरी औरत पहली औरत से ख़ौफ़ खाने लगी थी।

ख़ौफ़जदा दूसरी औरत को सबसे ज़्यादा सुकून अपनी कोठरी के अँधेरे में मिलता, वह ज़्यादा से ज़्यादा वक़्त अपनी कोठरी में बिताती। हवेली में वह कहीं भी होती उसका सुकून उस कोठरी में ही पड़ा रहता। कई बार तो उसे लगता कि उसकी कोठरी में रोशनी के रास्ते खुले होते तो उसका जीना मुहाल हो जाता। उसके लिए उसकी कोठरी एक ऐसी सुविधाजनक शरणस्थली थी, जहाँ से उतनी ही बात बाहर जाती जितना उसका पति ले जाता और उतनी ही बात भीतर आती, जितना उसका पति लेकर आता। वह अक्सर कहा करता, ''हवेली के बाहर क्या हो रहा है, यह हवेली की औरतों को जानने का हक़ नहीं और हवेली के भीतर क्या हो रहा है, यह हवेली के बाहर किसी को जानने की जुर्रत नहीं !''

लेकिन दूसरी औरत को यह जानकर आश्चर्य हुआ कि हवेली के बाहर लोगों की

जुर्रत बढ़ने लगी है। वे लोग जो कल तक हवेली के सामने सिर नवाए, पीठ झुकाए, हाथ बाँधे खड़े रहते थे, सिर उठाने लगे हैं। तनकर खड़े होने लगे हैं। हाथ उठाने लगे हैं। उसने दबी जुबान से पति से पूछा, "क्यों हो रहा है ऐसा ?"

"सालों का दिमाग़ खराब हो गया है।" पति का अट्टहास गूँजा था, "जमींदारी उन्मूलन को जमींदार उन्मूलन समझ लिया है कमीनों ने !"

दूसरी औरत कुछ समझ नहीं पाई, लेकिन अट्टहास का आशय जरूर समझ गई थी। ऐसे अट्टहासों को वह बचपन से सुनती आई थी। मायके में बाप-भाई के जब ऐसे अट्टहास गूँजते थे, गाँव के कई घरों में सिसकियाँ फूटती थीं। यहाँ हवेली में उसके पति का एकल अट्टहास सब पर भारी था। फिर भी उसे आश्चर्य होता कि कहीं कोई सिसकी सुनाई नहीं देती है। अट्टहासों में कोई फ़र्क़ नहीं था, फिर परिणतियों में फ़र्क़ क्यों ?

यह प्रश्न उसने पति से कभी नहीं पूछा। लेकिन पति के चेहरे पर बढ़ती क्रूरताएँ उत्तर बनकर खुद-ब-खुद सामने आने लगी थी। उसकी कोठरी में टँगी राइफल अब पति के कंधे पर टंगी रहने लगी थी। पति हवेली के बाहर हो या भीतर हमेशा राइफल के साथ रहता। उसने एक दिन चुहल कर डाली थी, "राइफल नहीं, मेरी सौत है।"

"जबान सँभालकर रखो, वरना काटकर फेंक दूँगा।" चुहल के जवाब से पति ने उसकी औक़ात बता दी थी। वह सहमकर अपनी कोठरी के अँधेरे में गुम हो गई थी। अँधेरे की गिरफ़्त में उसके अन्दर कोई रोशनी-सी फूटती जान पड़ी थी। उसकी समझ में नहीं आया था—वह इस रोशनी का क्या करे ?

पहली औरत ने समझाया था, "आने दो उसे ! तुम्हारे इस हवेली में होने का मकसद है वह !"

दूसरी औरत पहली औरत का आशय नहीं समझ पाई थी, लेकिन पहली औरत के चेहरे की आभा देखकर दंग रह गई थी। अपने अन्दर उठती उत्ताल तरंगों पर काबू पाते हुए उसने पहली औरत से पूछा, "यह रोशनी इतनी जानलेवा क्यों है ?"

पहली औरत ने शून्य में हाथ उठाते हुए कहा, "सब उसकी लीला है।"

दूसरी औरत की आँखें शून्य में जा टिकी थी। उसने धीरे-धीरे अपनी आँखों में किसी सपने को उतरते पाया। यह सपना उसकी नींद में शामिल हो गया था। सोते-जागते, उठते-बैठते वह इस सपने के साथ होती। वह जिस तेजी से इस सपने की शिद्दत महसूस करने लगी थी, उसका पति उसी तेजी से अपनी मसरूफियत में मुब्तिला होता गया था। वह देर रात शराब के नशे में आता और हवेली हंगामे से भर जाती। उसके साथ कारिंदे होते। गुमाश्ते होते। और होता आसमान छूता उसका गुमान, "स्साले, हरामखोर। हवेली के खिलाफ हल्ला बोलेंगे। एक-एक को सबक नहीं सिखाया तो मेरा भी नाम विजय प्रताप सिंह नहीं।"

"हुज़ूर, अगर इनकी हड़ताल लम्बी खिंच गई तो ?" कोई गुमाश्ता आशंका जताता।

"गाँव में रहना मुहाल कर देंगे। न रहेगा बाँस, न बजेगी बाँसुरी !"

अपने पति का यह ऐलान सुनकर दूसरी औरत भीतर तक काँप जाती। अन्दर फूटती रोशनी, नींद में शामिल सपना सबके सब सूखे पत्ते-से काँपने लग जाते। वह स्वयं को संयत करने में कहीं ज़्यादा बिखर जाती। अपने बिखरे वजूद के साथ जीने का अभ्यास कठिन था, लेकिन दूसरी औरत में ग़ज़ब की कूवत थी। उसने खुद को हालात के हवाले कर दिया।

हालात तेजी से बदल रहे थे। हवेली के भीतर-बाहर हाहाकार बढ़ता जा रहा था। हर वक़्त हादसा। मरने-मारने पर उतारू। हवेली की एक-एक ईंट बज रही थी। दूसरी औरत को लगता हवेली की नींव हिल रही है। वह भय से काँपती पहली औरत से पूछती, "कैसी माँ हो। रोकती क्यों नहीं हवेली का हिलना ?"

"हवेली में औरत को बोलने का हक नहीं !" पहली औरत अनुभव का आकाश तान देती, "माँ हो या बीवी। बहन हो या बेटी। हवेली यह हक़ किसी को नहीं देती।"

दूसरी औरत चुप हो गई थी लेकिन उसके भीतर शोर बढ़ता गया। इसी शोर के बीच उसने सुनी गोलियों की आवाज़ और लोगों का चीखना। दिन पर दिन बढ़ती इन चीख़ों के साथ हवेली का साया लम्बा होता जा रहा था, पति का क़द घटता जा रहा था। वह अपने घटते क़द से आहत दिन-रात झटपटाता रहता, "पुरखों का सिरजा शौर्य यूँ ही नहीं हाथ से जाने दूँगा।"

दूसरी औरत घबराकर पति को देखती। नींद में डूबा पति अपने-आप से लड़ रहा होता। उसे पति पर तरस आता। जी में आता उसे प्यार से चूमे। मर्म को सहलाए। शायद कोई फाहा उसे राहत दे जाए। लेकिन कोई बरज देता। आहत अहं को औरत सहलाए तो भड़क सकता है पुरुष का दर्प। वह मन मारकर रह जाती। मरे हुए मन पर मिट्टी डाल देती।

तीसरी औरत

यह औरत उस हवेली में उस दिन आई, जिस दिन दो-दो मर्दों की लाशें अर्थी पर रखी जा चुकी थीं। इसके आने के साथ ही हवेली का कोना-कोना दहल गया। रूदन-क्रन्दन के बीच हतप्रभ इस औरत ने अपने-आपको उस अर्थी के पास पाया, जहाँ उसका पति चिर निद्रा में सोया पड़ा था। दूसरी औरत ने उसे लिपटाकर भेंटते हुए झकझोर दिया था, "रो, बेटी रो ! रोना ही नियति है तेरी !"

यह औरत समझ नहीं पाई कि रोना उसकी नियति क्यों है ? उसने ऐसा क्या किया कि वह रोने के लिए अभिशप्त है ? वह रो नहीं पाई। उसे रुलाने की तमाम कोशिशें बेकार हो गईं। वह गुमसुम हवेली में दाख़िल हुई और पहली औरत के कन्धे पर सिर टिकाकर टुकुर-टुकुर हवेली को ताकती रही। दूसरी औरत भी कब आई और उन दोनों के पास बैठ गई, किसी को पता नहीं चला। तीनों एक-दूसरे से सटकर बैठी थीं,

लेकिन एक-दूसरे से इतनी दूर थीं, मानो एक-दूसरे का दुख उनकी पहुँच से बाहर हो।

धीरे-धीरे तीनों अपने दुखों से बाहर निकली थीं।

एक-दूसरे को छूने की कोशिश करती दूसरी औरत ने तीसरी औरत से कहा, ''तुम्हारा दुख हम से ज़्यादा बड़ा है।''

''मैं अपने दुख के साथ हवेली से चली जाऊँगी।'' कही दूर वीराने से आई तीसरी औरत की आवाज।

''दुख हो या सुख इस हवेली से बाहर कुछ भी नहीं जाता।'' दूसरी औरत ने तीसरी औरत को चेताया, ''यह इस हवेली की मर्यादा है।''

''मैं ऐसी मर्यादा को नहीं मानती।'' तीसरी औरत तन गई।

''मानो न मानो। मजबूरी है यह !'' इस बार पहली औरत ने हस्तक्षेप किया, ''हवेली के बाहर बड़ा-सा दरवाजा है। दरवाजे में ताला लगा है। उस ताले की चाभी हम में से किसी के पास नहीं !''

''वह चाभी गई कहाँ ?'' तीसरी औरत ने आतुरता से पूछा।

''इस हवेली के उस मर्द के साथ, जिसने इसके दरवाजे पर ताला लगाया था।'' पहली औरत ने आह भरी।

तीसरी औरत तड़पकर रह गई। दूसरी औरत ने आगे बढ़कर उसके सिर पर हाथ रखना चाहा कि वह बिदककर खड़ी हुई और अपने पीछे पहली और दूसरी औरत को सन्नाटे में छोड़कर उस कोठरी में घुस गई, जहाँ रोशनी और अँधेरे का धूप-छाही रंग ठहरा हुआ था। वह इस रंग के बीच उस उजली लकीर की तरह खड़ी थी जिसके भीतर एक इन्द्रधनुष झिलमिला रहा था।

इस झिलमिलाते इन्द्रधनुष में उसके सपने थे, जो उसने ब्याह से पहले देखे थे, जो उसने ब्याह के बाद देखे थे और जिन्हें वह अब भी देखना चाह रही थी। लेकिन वर्जनाएँ उसे रोक रही थीं। वह समझ नहीं पा रही थी कि जिस आदमी से कभी मिली भी नहीं, उसकी मौत पर मातम वह क्योंकर मनाए ? उसने मन ही मन जिद ठान ली थी कि वह इस हवेली से बाहर निकल जाएगी। उसे पूरा यक़ीन था क़ि गेट पर लगे ताले की चाभी हवेली में ही कहीं होगी और वह एक न एक दिन अवश्य खोज लेगी।

चाभी खोजते हुए यह औरत हवेली को खंगालती रहती। इस कोने से उस कोने। उस कोने से इस कोने। हर कोने में सघन सन्नाटा कुँडली मारकर बैठा मिलता। वह इस सन्नाटे को चीरने की कोशिश में कभी पहली औरत की तन्हाइयों में जाकर बैठ जाती, तो कभी दूसरी औरत की उदासियों में। उन दोनों औरतों के पास हवेली का अतीत था और वे उस अतीत के बाहर क़तई बेमानी थीं। तीसरी औरत के पास वर्तमान था, लेकिन दोनों औरतों के अतीत के बग़ैर उसके वर्तमान का कोई अर्थ नहीं था। धीरे-धीरे उसे लगने लगा था कि पहली और दूसरी औरत का अतीत ही उसका अपना अतीत है और उसका वर्तमान उन दोनों औरतों का वर्तमान है।

तीसरी औरत ने पहली औरत के अतीत में झाँककर देखा। वहाँ रोशनी की एक

झंपोली के सिवा कुछ भी दृश्यमान नहीं था। झंपोली पहली औरत की अँधेरी कोठरी के एक कोने में पड़ी थी और उसके चारों ओर पन्नियों की चिन्दियाँ लटक रही थीं जैसे पहली औरत के चेहरे पर झुर्रियाँ झूल रही थीं। चिन्दियों के रंग उड़ गए थे। जैसे पहली औरत के जिस्म का रंग उड़ गया था। बावजूद इसके पहली औरत की आँखें चौकन्नी थीं। वह उस झंपोली पर कड़ी नजर रखे हुए थी। गोया कोई उसकी नजर बचाकर झंपोली का ढक्कन न खोल ले। तीसरी औरत पहली औरत की चौकसी को चकमा देने की हिम्मत नहीं जुटा पाई।

तीसरी औरत के लिए दूसरी औरत के अतीत में आना-जाना अपेक्षाकृत आसान था। वहाँ चौकसी कम थी। पति और पुत्र की मौत के दोहरे सदमे से वह बिखरी हुई थी। तीसरी औरत को दूसरी औरत के अतीत में प्रवेश के लिए ज़्यादा मशक़्क़त नहीं करनी पड़ी। उसने पाया कि दूसरी औरत की कोठरी में आँसुओं की नमी थी, जिसकी आर्द्रता से वह स्वयं को बचा नहीं पाई। उसे दूसरी औरत से सहानुभूति हुई और उसने उसे आहिस्ते से छुआ तो वह सिसक पड़ी। दूसरी औरत की सिसकियों में पति और बेटे को एक साथ खो देने का दुख था। दुख के ऐसे कातर क्षणों में वह प्रलाप करने लग जाती, "इस हवेली का रुतबा बचाने में खत्म हो गए दोनों।"

दूसरी औरत के होंठ हिलते। शब्द काँपते। वह चुपचाप उसकी मुखमुद्रा निहारती। दूसरी औरत की आँखों में खौफ के साए डोलते। वह सहमी हुई अपने-आप में सिकुड़ जाती। कोई कालखंड कठिनाई से पकड़ने की कोशिश में वह धीरे-धीरे बुदबुदाती, "हवेली पर हमला हर दिन तेज होता जा रहा था। शुरू-शुरू में मज़दूर हड़ताल करते। काम बन्द कर देते। हँगामा होता। तना-तनी रहती। लेकिन धीरे-धीरे वे हमलावर हो गए। दोनों ओर से गोलियाँ चलतीं। थाना-पुलिस आती, कुछ पकड़े जाते। कुछ दिन सब ठंडा रहता। फिर पता नहीं कैसे वे ताकत बटोरकर हवेली के खिलाफ हल्ला बोल देते। खेतों में झंडे गाड़ देते। नाकेबन्दी का ऐलान कर देते। खेतों में खड़ी फसल काट ले जाते। देखते-देखते हवेली की नींव हिलने लगी थी।"

दूसरी औरत भीतर तक हिल चुकी होती। उसका जिस्म काँप रहा होता। तीसरी औरत उसे दोनों हाथों से पकड़कर सहारा देती और तब तक उसके जिस्म को थपथपाती रहती, जब तक उसका काँपना थम नहीं जाता। दूसरी औरत अब भी अपने अतीत में ही होती। तीसरी औरत उसे उसके अतीत से बाहर लाने की कोशिश भी नहीं करती। उसे लगता—शायद यह ज़्यादती होगी। दूसरी औरत अपनी पीड़ा को सहलाती सुख का अनुभव करती। वह मौका पाते ही खुद-ब-खुद तीसरी औरत का हाथ पकड़कर अपने अतीत में खींच ले जाती, "डरा हुआ मेरा पति हरदम, राइफलों के साथ रहने लगा था। बात-बेबात गोलियाँ दागता। लाशें गिरतीं, हवेली में अट्टहास गूँजता। इन अट्टहासों में लठैतों की क्रूरताएँ होतीं। पुलिस की मिली-भगत होती। अगर इनमें कहीं नहीं होतीं तो हम औरतें।"

तीसरी औरत की इच्छा होती, पूछे—अगर औरतें होतीं, तो भी किसके पक्ष में ?

लेकिन दूसरी औरत को उँगली से आँसुओं का क़तरा काटते देखकर चुप रह जाती। दूसरी औरत के आँसू अनायास अपनी आँखों में पाकर तीसरी औरत आँखें चुराने लग जाती। दूसरी औरत तीसरी औरत को इस तरह देखकर भाव विह्वल हो आती। उसके कन्धे पर आश्वस्ति भरा हाथ रखकर कहती, ''एक बार मैंने अपने बेटे से पूछा था, इस लड़ाई का अन्त क्या है ? जानती हो उसने क्या कहा था ? उसने दो टूक जवाब दिया था...दुश्मन की मौत। मैं उसके उत्तर से सहम गई थी। उस दिन वह मेरा बेटा नहीं, हवेली का मर्द था। अपनी मर्जी का मालिक। मालिक होने का जन्मजात उत्तराधिकार मिला था उसे। उस उत्तराधिकार की रक्षा के लिए वह प्राण-पण से प्रतिबद्ध था।''

तीसरी औरत अपने पति के जिक्र से समूचा कान हो जाती। वह दूसरी औरत को उकसाती, ''फिर ?''

बड़ी देर तक दूसरी औरत कुछ नहीं बोलती। लेकिन वह भीतर ही भीतर बोलने की तैयारी कर रही होती। उसके अन्दर कुछ चल रहा होता। तीसरी औरत समझ नहीं पाती। वह चुपचाप उसके बोलने का इंतजार करती। दूसरी औरत की आँखें अपनी कोठरी में सूनी खूँटियों पर टिकी होती गोया उसका अतीत वहीं टँगा हो। धीरे-धीरे उसके होंठ हिलते और वह स्वगत बड़बड़ाती, ''फिर आया सरकारी हुक्मनामा। लाइसेंसी राइफलें मालखाने में जमा कराने का हुक्म। इस हुक्म से हवेली में हाहाकार मच गया। स्वयं मेरे प्राण भी सूख गए। खतरा जिस तरह बढ़ गया था, उसमें राइफलें ही थीं प्राण-रक्षक। लेकिन सरकारी हुक्म ने सबके प्राण संकट में डाल दिए थे। तभी आया थानेदार संकटमोचक बनकर, उसी ने सुझाया राइफलों की चोरी दिखा देने का रास्ता। उसने कहा—चोरी का केस दर्ज कर लेता हूँ। राइफलें रखिए अपने ही पास। राइफलें हवेली में रहीं। जाँच हवेली के बाहर चली। थानेदार ने ऐसी तत्परता दिखाई कि कई लोग राइफलें चुराने के इल्जाम में पकड़ लिए गए। आनन-फानन सबके सब जेल भेज दिए गए।''

तीसरी औरत चुपचाप उठती और दूसरी औरत को अवाक् छोड़कर अपनी कोठरी में चली जाती। भारी मन से वह दूसरी औरत के अतीत से बाहर आने की कोशिश करती, लेकिन वह उसमें इस गहरे तक धँस चुकी होती कि आमतौर पर उसका निकलना संभव नहीं होता। उसके एकान्त में भी दूसरी औरत की आवाजें बजती रहतीं, ''हाँ, वह काली-मनहूस रात थी। पता नहीं कौन किधर से आया था। सैकड़ों की संख्या में थे वे। उनके आते ही हवेली में हाहाकर मच गया था। हिंस्र आवाजों से चप्पा-चप्पा थरथराने लगा था। कल तक जो गोलियाँ बाहर चलती थीं। आज हवेली में गूँजने लगी थीं। वे चीख़-चीख़कर राइफलें माँग रहे थे। कोने-अन्तरे में राइफलें खोज रहे थे। आखिर राइफलें उनके हाथ लग गई थीं। वे खुशी से चीख़ पड़े थे...इन्कलाब ! जिन्दाबाद ! जिन्दाबाद !!''

सहसा दूसरी औरत के कानों में सिसकियाँ भर जातीं। दूसरी औरत अपने अतीत

में धाड़ मारकर रोती मिलती। वहाँ वह निहायत अकेली, असहाय और अवश होती। तीसरी औरत चाहकर भी दूसरी औरत की कोई मदद नहीं कर पाती। बल्कि उसे लगता कि वह उस वक़्त दूसरी औरत के साथ होती भी तब भी उसकी कोई मदद नहीं कर पाती। वह दूसरी औरत को रोने देती। उसका रोना सुनती। दूसरी औरत रो-रोकर अपना बुरा हाल कर लेती। तीसरी औरत को अफ़सोस होता। वह अफ़सोस में सिर झुकाए दूसरी औरत की पीड़ा के पार जाने का प्रयास करती। दूसरी औरत हठात् अपनी पीड़ा परे ढकेल कर अतीत से बाहर आ जाती, "वे जाते-जाते हवेली में खून की नदियाँ बहा गए। इस हवेली के मर्द जो राइफलों के गुमान पाले बैठे थे, हवेली के आँगन में हत्प्राण पड़े थे। खून से लथपथ इन लाशों को पहचानना मुश्किल था—कौन पति है, कौन पुत्र। वे सिर्फ़ मर्द थे।"

तीसरी औरत को अपने हाथ में खून की चिपचिपाहट महसूस होती। वह दूसरी औरत की आँखें बचाकर हवेली के जलकुंड में उतर जाती। बड़ी देर तक अपने हाथ-पाँव रगड़-रगड़कर धोती। लेकिन उसकी तमाम कोशिशों के बावजूद चिपचिपाहट कम न होती। वह बेबसी में अपने इर्द-गिर्द देखती मानो कोई कहीं से उसकी मदद के लिए आएगा। ऐसे में कब, कहाँ से पहली औरत नमूदार होती और उसके करीब आकर उसकी बेचारगी को लक्ष्य करके टोकती, "इस तरह यह रक्त नहीं धुलनेवाला।"

तीसरी औरत ताज्जुब से पूछती, "तुम्हें पता है ?"

"हाँ। मैंने एक उम्र गुजारी है इस हवेली में !" पहली औरत के स्वर में अफ़सोस होता।

"इसी तरह घुटते हुए ?" तीसरी औरत की आँखें फैल जातीं।

"नहीं, घुटन से लड़ते हुए।" पहली औरत लम्बी साँस खींचती।

तीसरी औरत के जेहन में सवाल उठते—तो इस हवेली में हर औरत लड़ रही है ? पीढ़ियों से लड़ रही है ? फिर भी मुक्ति नहीं ? क्या फ़र्क़ है उनमें जो इस हवेली से मुक्ति के लिए बाहर लड़ रहे हैं ? क्या फ़र्क़ है इनमें जो इस हवेली से मुक्ति के लिए भीतर लड़ रही हैं ?

सवालों के सैलाब में डूबती-उतराती तीसरी औरत एक दिन पहली औरत की तन्हाइयों में चुपचाप दाखिल हुई और उसके कन्धे पर सिर टिकाकर बोली, "अम्मा, एक बात पूछूँ ?"

"पूछो !" पहली औरत ने तीसरी औरत के लम्बे घने बालों को प्यार से सहलाते हुए कहा, "तुम्हें अपने पति से प्यार था ?"

"नहीं !" पहली औरत का स्वर सपाट था, "प्यार हो या नफरत सब मर्दों के हिस्से रहा है।"

"औरतों के हिस्से वैधव्य ?" तीसरी औरत की टीस उभरी।

"तुम्हारा दुख समझ सकती हूँ मैं।" पहली औरत ने तीसरी औरत से सहानुभूति जताई।

"यह दुख सिर्फ़ मेरा है, अम्मा ?" तीसरी औरत पहली औरत की आँखों में उतरती-सी लगी, "हम सबका नहीं ?"

"ठीक कहती हो तुम !" पहली औरत ठंडी साँस छोड़ते हुए बोली, "यही तो प्रारब्ध है।"

"यह प्रारब्ध हमारी मर्जी के बग़ैर हमारे मर्दों ने लिखा ! कौन औरत वैधव्य को अपना प्रारब्ध बनाना चाहती है ?" तीसरी औरत के भीतर लावा खदक रहा था, "अम्मा, तुम्ही बताओ, हम उनका लिखा प्रारब्ध भोगने को अभिशप्त क्यों हों ?"

"मरनेवाले तो मर गए। उन्हें कोसने से क्या फायदा ?" पहली औरत ने तीसरी औरत को चुप कराने की कोशिश की।

"अम्मा, मरे चाहे कोई। मारे चाहे कोई। कभी किसी ने सोचा कि उनके किए की सजा अन्ततः औरत को ही भुगतनी पड़ती है ?" तीसरी औरत चुप होने की बजाय कहीं ज़्यादा तीखी हो आई। वह एकदम से आक्रामक दिखने लगी थी, "काश कि तुमने यह बात उन्हें समझाई होती !"

"वे समझनेवाले नहीं थे।" पहली औरत की आवाज़ किसी खोह से आती लगी।

"तुमने विद्रोह किया होता !" तीसरी औरत की आवाज़ काँपने लगी थी।

"हर विद्रोह सफल हो जरूरी नहीं !" पहली औरत कहीं अतीत में भटक रही थी।

तीसरी औरत ने पहली औरत की झुर्रियों में छिपी स्याही को छलकता हुआ पाया। उसे लगा कि वह उसके पास रुकी रही तो यह स्याही बिखर जाएगी। वह चुपचाप उठी और पहली औरत को उसकी तन्हाइयों में छोड़कर अपनी कोठरी में लौट गई।

तीसरी औरत को अपनी कोठरी में भी दूसरी औरत की सिसकियाँ सुनाई पड़तीं। उसे दूसरी औरत पर खीझ होती। जी में आता, जाए और उससे पूछे, "उनके लिए क्यों रोती हो, जिन्हें तुम्हारी परवाह नहीं रही ?"

लेकिन हिम्मत नहीं जुटा पाती। दूसरी औरत की सिसकियों में इतनी गहरी वेदना होती कि उसका कलेजा काँप जाता। वह समझ नहीं पाती कि दूसरी औरत की पीड़ा से स्वयं को पृथक कैसे रखे ? वह उद्विग्नता से ऊबी नींद में जाने की जद्दोजहद करती, लेकिन सन्नाटे के भीतर बजती सिसकियाँ उसे अपनी साँसों में महसूस होतीं। वह पाती कि उसकी कोठरी भी आँसुओं से चिपचिपी होने लगी है। वह घबराकर उठती और कोठरी के बाहर आ जाती।

वह हवेली में भटकती। डाकिनी-सी डोलती। कोना-कोना। चप्पा-चप्पा। वह ईंटों को छूती। बारजों को हिलाती। बक्सों को खंगालती। वह पहली और दूसरी औरत की नज़रों से बचती। उनकी नजरें बचाकर उनकी कोठरियों में झाँकती।

धीरे-धीरे उसने देखा कि पहली और दूसरी औरत भी हवेली में कुछ ढूँढ़ रही हैं। क्या ? आखिरकार एक दिन उसने दोनों औरतों से पूछ डाला, "इस तरह क्या ढूँढ़ रही हो तुम दोनों ?"

"तुम्हें ढूँढ़ रहे हैं हम ?" दोनों औरतों ने एक साथ उत्तर दिया।

“मैं खोई नहीं हूँ !” तीसरी ने प्रतिवाद किया।

“इतने यक़ीन से कैसे कह सकती हो तुम ?” दूसरी ने पूछा।

“मुझे अपनी मुक्ति का विश्वास है !” तीसरी औरत के चेहरे पर चमक थी।

“तुम भूल रही हो कि हवेली के गेट पर ताला जड़ा है, जिसकी चाभी किसी के पास नहीं !” दूसरी औरत को तीसरी पर तरस आया।

“मुझे मालूम है कि चाभी किसके पास है।” तीसरी औरत के होंठों पर रहस्यभरी मुस्कान खेल गई।

“चाभी ! तुम्हें मालूम है ?” पहली औरत ने आश्चर्य से पूछा, “किसके पास है, वह चाभी ?”

तीसरी औरत ने हवेली के गेट की तरफ देखते हुए हौले से कहा, “मउगा के पास !”

पहली औरत की आँखें आश्चर्य से फट गई। उसने गौर से देखा, तीसरी औरत के हाथों में रोशनी के कतरे चिपके हुए थे और वह उन्हें छुड़ाने की कोई कोशिश नहीं कर रही थी।

दूसरी औरत उन दोनों के बीच प्रश्नवाचक बनी खड़ी थी।

अलभ्य

जिस वक़्त मैं ट्रेन से उतरकर प्लेटफार्म पर आया, सुबह के चार बजकर सत्रह मिनट हो रहे थे। घड़ी मेरी कलाई पर बँधी थी, लेकिन समय का भान प्लेटफार्म पर उतरते ही रेलवे स्टेशन की उस इलेक्ट्रॉनिक घड़ी से हुआ, जिसके डायल पर लाल रंग के चमकते अंकों पर अनायास आँखें जा टिकी थीं। ऐन इसी वक़्त मैंने अपनी घड़ी भी देखी और इत्मीनान हुआ कि मेरी घड़ी भी 'राइट टाइम' चल रही है। मेरे पास एक छोटी-सी सफारी अटैची थी और मैं इस ट्रेन से उतरा इकलौता मुसाफिर था। प्लेटफार्म पर दूर-दूर तक सन्नाटा था और जो लोग बेंचों पर बैठे हुए थे वे भी उनींदे-अलसाए, मेरी उपस्थिति से जैसे निहायत गाफिल थे। उचटती नजरों से प्लेटफार्म का जायजा लेते हुए मैंने महसूस किया कि सर्दियों की रात का यह समय नींद की गर्माहट का सबसे नाजुक क्षण है, शायद इसीलिए ट्रेन के डिब्बों में मौजूद लोगों में भी कोई हलचल नहीं थी और मुझे पक्का यक़ीन है कि जिस डिब्बे में मैं सफर कर रहा था, उसमें मौजूद अधिकांश यात्रियों को आभास भी नहीं होगा कि बीच रास्ते में उनका एक सहयात्री कब और कहाँ उतर गया। यह एक दिलचस्प खयाल था। इस खयाल के खयाल से मेरे भीतर गुदगुदी-सी हुई और मैं अनायास ही मुस्करा पड़ा।

ट्रेन के इंजन ने सीटी दी। पता नहीं सीटी कमजोर थी या कि ड्राइवर भी उनींदा-अनमना था, हाँफती-खाँसती-सी आवाज़ उभरी और देखते ही देखते डिब्बे रेंगने लगे। जाती हुई इस ट्रेन को, जिससे अभी-अभी मैं स्वयं सफर कर रहा था, देखना बेहद रोमांचक लग रहा था। खट्ट-पट करते डिब्बे एक-एक कर मेरे सामने से निकलते जा रहे थे और मैं अन्तिम डिब्बे को देखने की उत्सुकता से भरा हुआ था। अन्तिम डिब्बा गार्ड का था। गार्ड रेलवे की यूनिफार्म में कसा मफलर से अपने कानों को ढाँके डिब्बे के दरवाजे पर खड़ा था। उसके बाएँ हाथ में एक टार्च थी, जिससे निकलती हरी रोशनी का संकेत वह इंजन की दिशा में प्रक्षेपित कर रहा था। जब तक मैं गार्ड के बारे में ठीक-ठीक कुछ सोच पाता, उसके डिब्बे के पीछे चमकते 'टेल लाइट' की लाल रोशनी पर आँखें जम गईं और जैसे सर्द हवा के झोंके ने दिमाग की नसों को जमाकर रख दिया।

ट्रेन जा चुकी थी। प्लेटफार्म खाली हो चुका था। ट्रेन की मौजूदगी से अभी-अभी जो प्लेटफार्म एक जिन्दा आबादी का दृश्य लग रहा था, अचानक भाँय-भाँय करते

सन्नाटों भरी किसी मुर्दघट्टी में तब्दील हो गया था। इस प्लेटफार्म के उस पार जो दूसरा प्लेटफार्म नजर आ रहा था, वह घने कोहरे से भरा था और जलते बल्वों की मद्धिम रोशनी के बावजूद कहीं कुछ नजर नहीं आ रहा था। मैंने अचानक सिहरन-सी महसूस की। तन-बदन में ठंड की तीखी लहर दौड़ गई थी। मैंने अटैची प्लेटफार्म पर रखकर मफलर को इस तरह कसा कि ढीली पड़ गई गाँठ मेरे निचले जबड़े से जा सटी। कान कुछ ज़्यादा ही कस गए थे, बावजूद इसके ठंड की लहर कम नहीं हुई। खुले चेहरे पर मिर्च मल दिए जाने का तीखापन बढ़ गया था। मैंने अटैची उठा ली और अन्दाज से स्टेशन के मुख्य द्वार की ओर बढ़ चला। गनीमत थी कि मेरी ट्रेन अप लाइन की थी, इसलिए वह मुख्य-प्लेटफार्म पर ही रुकी थी। यह एक तरह की सहूलियत थी, जो मुझे अनायास ही हासिल हो गई थी। लिहाजा मुझे खुशी हुई कि चलो, कम से कम उस प्लेटफार्म से इस प्लेटफार्म तक आने के झंझट से बचा।

प्लेटफार्म पर सन्नाटा बरकरार था। चन्देक बेंचों पर बैठे लोग जिस इत्मीनान से झपकी ले रहे थे, उससे यही लग रहा था कि वे ऐसे लोग होंगे जिन्हें कहीं आना-जाना नहीं होगा। हो सकता है, ये लोग मेरी ही तरह किसी ट्रेन से उतरे हों और अब सुबह का इन्तज़ार कर रहे हों, ताकि उजाले में अपने गन्तव्य की ओर प्रस्थान कर सकें। मैं स्वयं नहीं तय कर पा रहा था कि इस वक़्त मुझे क्या करना चाहिए।

अब जबकि सुबह का समय था, फिर भी गहरा अँधेरा कायम था। कोहरे की चादर में लिपटा अँधेरा इतना घना था कि स्टेशन के बाहर जाने की कल्पना भी कठिन थी। खासकर ऐसे अनजान शहर में, जहाँ न सिर्फ मैं पहली बार आया था, बल्कि जहाँ और जिसके यहाँ मुझे जाना था उससे भी मैं लगभग अपरिचित था। हालाँकि मेरे पास टेलीफोन नम्बर था, फिर भी मुझे यह अशिष्टता लग रही थी, कि मैं अपने मेजबान को इस वक़्त, जबकि वह नींद के गर्म आगोश में होंगे, परेशान करूँ। यूँ भी, इस वक़्त मेजबान के घर पहुँचकर भी मैं क्या करूँगा ? न खुद सो पाऊँगा। न उन्हें आराम मिल पाएगा।

मेरे लिए मुफीद यही था कि मैं स्टेशन पर ही रुककर उजाले का इन्तज़ार करूँ। हद से हद डेढ़ घंटा। छह बजते-बजते पौ फटने लगेगी और चीजों की पहचान साफ होने लगेगी। उजाले में काफी हद तक भय और भ्रम खत्म हो जाते हैं और आदमी खुद भी आत्मविश्वास से भर जाता है। यह एक सही निर्णय था और मैंने तय किया कि मुझे स्टेशन पर ही रुककर सुबह का इन्तज़ार करना चाहिए। प्लेटफार्म पर महज तीन बेंचें थीं और उन पर लोग पसरे पड़े थे, लिहाजा वहाँ बैठने की कोई गंजाइश नहीं थी। वैसे भी खाली प्लेटफार्म पर ठंड कुछ ज़्यादा ही लग रही थी, सो किसी बेंच पर बैठकर इन्तज़ार करना मुझे जँचा नहीं। मैंने प्लेटफार्म पर बढ़ते हुए स्टेशन-मास्टर कक्ष को ढूँढ़ना शुरू कर दिया। लेकिन सौभाग्य से मेरी नजर एक ऐसे बोर्ड पर जाकर अटक गई, जिस पर 'प्रतीक्षालय' लिखा था।

सहसा विश्वास नहीं हुआ कि इस छोटे से स्टेशन पर 'प्रतीक्षालय' भी है। लेकिन

प्रतीक्षालय था और दरवाजे के दोनों पल्ले तिकोन की शक्ल में आपस में भिड़े हुए थे। क्षण भर को ठिठककर मैंने प्रतीक्षालय के बोर्ड को निहारा और फिर आश्वस्त हुआ कि सामने जो कमरा है, वह प्रतीक्षालय ही है। लकड़ी के पल्लों के ऊपरी हिस्से में पारदर्शी चौकोर शीशे लगे थे, जिनसे छनकर आती मरियल रोशनी के अलावा और कुछ नजर नहीं आ रहा था।

मैंने एक बार फिर घड़ी देखी। साढ़े चार बज रहे थे। इस बीच या तो ठंड बढ़ गई थी या फिर 'प्रतीक्षालय' देखकर मेरे भीतर ठंड का अहसास कुछ ज्यादा गहरा गया था। मैंने तेज कदमों से चलते हुए प्रतीक्षालय की दूरी तय की और दाहिने हाथ का दबाव देते हुए दरवाजा खोल डाला। अन्दर एक अजीब-सी गन्ध अँटी पड़ी थी। कुछ-कुछ आदमी की साँसों और दीवारों की सीलन की मिली-जुली गन्ध। सामने की दीवार से लगी लोहे के फ्रेम में कसी-फंसी प्लास्टिक की कुर्सियाँ थीं। कुर्सियों पर बैठे लोग अधजागे, अधलेटे-से पड़े थे। एकाध ने अनमनेपन से आँखें खोलीं और मुझे देखकर, और शायद आश्वस्त होकर कि मेरी उपस्थिति निरापद किस्म की है, पूर्ववत आँखें बन्दकर अपने आप में गुम गए। कमरे की बाईं दीवार की तरफ भी कुछ कुर्सियाँ थीं और संयोग से उसमें अधिकांश खाली पड़ी थीं। बस किनारेवाली कुर्सी पर एक बुजुर्ग थे जो पूर्णतः जागृत मुद्रा में बैठे थे। यह दीवार जहाँ खत्म होती थी, वहाँ एक द्वार था जो बाथरूम का रास्ता था। कमरे के बीचोबीच एक टेबुल पड़ी हुई थी जिस पर दो जने मय लाव-लश्कर सोए थे। उनमें से एक की नाक जोर-जोर से बज रही थी और कमरे का सन्नाटा कुछ अजीबोगरीब अन्दाज में भंग कर रही थी मानो कोई बनबिलाव दुश्मन पर आक्रमण के लिए पंजे पिजा रहा हो।

मैं बाईं दीवार की खाली कुर्सियों की ओर बढ़ा और वहाँ बैठे बुजुर्ग के बीच दो कुर्सियाँ छोड़कर एक कुर्सी पर जम गया। अपनी अटैची पैरों के पास इस तरह रखी कि वह मेरे पैरों से सटी रहे और उसकी मौजूदगी का भान मुझे होता रहे। इस तरह इत्मीनान हो लेने के बाद, मैंने महसूस किया कि चलो, उजाले का इन्तज़ार अब बहुत कठिन नहीं होगा। नसों का तनाव ढीला पड़ने लगा था, लेकिन देह में अकड़न-सी होने लगी थी। शायद नींद पूरी न होने और देह को झकझोरती ट्रेन की रफ्तार से उपजी थकान एक साथ हावी हो आई थी। मैंने पैंट की जेब से सिगरेट निकाली और अपनी कतार में बैठे बुजुर्ग की तरफ देखा, गोया उन्हें कोई आपत्ति न हो। लेकिन वह मुझसे गाफिल एकटक बाहरी दरवाजे की ओर देखने में मशगूल थे जैसे उन्हें फिर किसी आगन्तुक की प्रतीक्षा हो। मैंने बेफिक्री से सिगरेट सुलगाई और एक लम्बा कश खींचकर धुआँ छत की ओर उड़ेल दिया। धुएँ का एक नीला गुबार वृत्ताकार फैलता हुआ छत से लटक रहे पीले मरियल बल्ब की रोशनी में गड्डमड्ड होने लगा।

मेरी कतार में बैठे बुजुर्ग ने उचटती नजर से मुझे देखा। जब तक मेरी आँखें उनकी आँखों से मिलतीं वह छत की ओर देखने लगे थे। छत अपेक्षाकृत ऊँची थी। अंग्रेजी जमाने के बने मकानों की छतें आमतौर पर ऐसी ही ऊँची होती हैं। इन ऊँची छतों का

विज्ञान चाहे जो रहा हो, अंग्रेजों का मनोविज्ञान मुझे खासा दिलचस्प जान पड़ता रहा है। बुजुर्गों के पास इस दिलचस्पी को बढ़ानेवाले ढेरों किस्से मिल जाते हैं। एक से एक लौकिक। एक से एक पारलौकिक। इस वक़्त जो बुजुर्ग मेरी कतार में मुझसे दो कुर्सी परे बैठे हैं, उनके पास भी कोई न कोई अंग्रेजी किस्सा जरूर होगा, लेकिन मेरी परेशानी यह थी कि वह अपने आप में खोए निहायत अजनबी बने पड़े थे। उनकी तरफ से संवाद की कोई पहल होती नहीं दिख रही थी। मैंने चोर नजरों से गौर किया कि बन्द गले के नीले सूट में इस बुजुर्ग की उम्र तकरीबन पैंसठ साल की होगी। गोरा-दमकता चेहरा रौब से भरा हुआ। उनके पैरों के सामने एक बड़ी-सी खूबसूरत अटैची थी। उनकी उपस्थिति में खास तरह की एक भव्यता थी। मुझे लगा कि वह किसी बड़े पद से रिटायर हुए ऐसे अफसर होंगे, जो अपने अभ्यस्त आभिजात्य के चलते अकेले पड़ जाने को अभिशप्त होता है।

प्रतीक्षालय का यह कमरा बमुश्किल चौदह गुणा बाहर फुट का होगा। यही वजह थी कि मुझे मिलाकर कुल जमा नौ लोगों की मौजूदगी के बावजूद भरा-भरा-सा लग रहा था। दरवाजा बन्द रहने तथा लोगों की साँसों के अँटे पड़े होने के कारण कमरा खासा गर्म था। बीच की टेबुल पर लेटा शख़्स जो खर्राटें भर रहा था, अचानक कुनमुनाया और खर्राटों का बजना थम गया। एकबारगी कमरे में सन्नाटा छा गया। हालाँकि कानों को सुकून मिला, लेकिन एक अजीब खालीपन खल गया। मुझे लगा कि वह शख़्स जो खर्राटे भर रहा था, थोड़ी देर बाद फिर खर्राटे लेने लगेगा, लेकिन मेरा अन्दाजा गलत साबित हुआ। वह जम्हाइयाँ लेता हुआ हड़बड़ाकर उठ बैठा। अपनी कलाई घड़ी पर समय देखने के साथ ही उसने अपने सिरहाने रखी अटैची भी देखी और फिर धम्म से टेबुल से उतरकर अपने जूते पहनने लगा। शायद वह जाने की तैयारी में था। हो सकता है, उसका नियत समय यही हो। सोने से पहले उसने शायद यही सोचा हो। और अब जबकि उसकी नींद टूट गई थी वह जैसे एकदम हड़बड़ी में था। मैंने सोचा कि शायद वह अपने साथ सोए दूसरे शख़्स को भी उठाएगा। लेकिन ताज्जुब कि न तो उसने दूसरे शख़्स को उठाया और न ही सोए हुए उस शख़्स को यह अन्दाजा हुआ कि उसके बगल में बनविलास की तरह गुर्राता शख़्स उठकर कहीं जाने की तैयारी में है।

यह शख़्स जो नींद से बाहर आकर कमरे में अपनी हरकतों से हलचल पैदा कर रहा था, दूसरी दीवार की ओर कुर्सियों पर ऊँघते लोगों के लिए परेशानी का कारण बन गया था। जूते घिसने-घसीटने की आवाज़, अटैची उठाने और फर्श पर रखने की किरकिराहट कमरे के सन्नाटे में कुछ ज्यादा जोर से बज रही थी। जाहिर था, यह बाकी लोगों को नागवार गुजर रहा था, लेकिन कोई कुछ बोल नहीं रहा था। हालाँकि लोगों के चेहरे पर आजिजपन आ चुका था, लेकिन कहीं कोई बंदिश थी, जो उन्हें सख़्त चुप्पी में जकड़े हुए थी। मैंने गौर किया कि उन कुर्सियों पर बैठे पाँच लोगों में से दो अधेड़ उम्र के हैं। गर्दन तक कम्बलों में दुबके हुए। तीसरा शख़्स युवक था। तकरीबन बाईस-चौबीस साल का। फरवाली टोपियों के साथ एक खूबसूरत जैकेट में टिप-टाप। चौथा सिर्फ एक

शाल लपेटे हुए था। शाल जितनी मटमैली थी, उसका चेहरा भी उतना ही मलिन था। वह अपने आपमें सिकुड़ा, गुड़ीमुड़ी था। पाँचवाँ रेवले का कोई मुलाजिम जान पड़ता था। उसका पहनावा रेलवे कर्मचारियों के यूनिफार्म की तरह था। उसके चेहरे पर अपने ही घर में पड़े होने का-सा इत्मीनान पसरा पड़ा था। ये पाँचों के पाँचों शख्स उस आदमी को एकटक घूर रहे थे, जो जूते पहनकर अपनी अटैची उठाए खड़ा था। शायद वह कोई निर्णय ले रहा था। अगले ही क्षण उसने अपनी गर्दन को झटक दिया और अटैची लिए दिए लपककर बाथरूम में घुस गया।

बाथरूम का दरवाजा बन्द कर उसने अपने आपको अन्दर कैद कर लिया। मैंने कमरे में बैठे बाकी लोगों की तरफ सरसरी निगाह दौड़ाई। सारे के सारे लोग यथावत अपनी चुप्पियों में धँसे हुए थे। बाथरूम में मय अपने सामान के बन्द व्यक्ति से निरपेक्ष इन लोगों के बारे में सहसा एक खयाल कौंधा। इनमें से किसकी नीयत में खोट हो सकता है ? कौन ऐसा हो सकता है, जो उस आदमी की अटैची लेकर भाग सकता था ? चेहरे-मोहरे, हाव-भाव और उपस्थिति से तो कोई ऐसा नहीं लगता। तो...तो...'' वह व्यक्ति अपनी अटैची यहीं क्यों नहीं छोड़ गया ? शायद, उसे किसी पर विश्वास नहीं था। उसने कमरे में मौजूद हर शख्स की विश्वसनीयता को सन्देह में डाल दिया था। यहाँ तक कि मैं...मैं स्वयं भी संदिग्ध था। अपने बारे में इस तरह सोचते हुए मेरे भीतर हँसी का गुबार उठा और उसे रोकने की कोशिश में मैंने सिगरेट फर्श पर डाली और टोटे को जूते से रगड़कर बुझा दिया।

ऐन इसी वक़्त मेरी कतार में बैठे बुजुर्ग ने अपनी अटैची सरकाकर अपने सामने जमाई और दोनों पाँव उसी पर फैलाकर आराम की मुद्रा में पसर गए। मुझे लगा कि बुजुर्ग अपनी उम्र के कारण बहुत देर तक एक ही मुद्रा में बैठे रहने में सक्षम नहीं हैं। उनके जूतों के 'टो' छत की ओर थे और तले उस टेबुल की ओर जो कमरे के बीचोंबीच पड़ी थी, जिस पर अभी भी एक शख्स सोया पड़ा था। मैंने उस सोए हुए आदमी को निहारा। थुलथुल देहवाला वह आदमी बड़े-बड़े फूलों के छापे का खूबसूरत-सा कम्बल ओढ़े था, जिसका आधा हिस्सा टेबुल की एक तरफ लटका हुआ था। उसने अपने सिरहाने अपना बैग तकिए की तरह लगा रखा था। सफर में बैग को तकिए की तरह लगाने का प्रचलन कब शुरू हुआ होगा ? शायद तब, जब किसी चोर ने किसी मुसाफिर का बैग पहली-पहली बार चुराया होगा। इस तरह उस पहले चोर ने तमाम सहयात्रियों की विश्वसनीयता भी चुरा ली होगी।

अचानक, बचपन में पढ़ी एक कहानी याद आ गई। एक बच्चा सफर पर जा रहा था। उसकी माँ. ने कुछ मुहरें उसकी मिर्जई में रखकर सिल दीं। रास्ते में डाकुओं ने काफिले को रोककर लूट-पाट शुरू कर दी। डाकुओं के सरदार ने बच्चे से पूछा, "तेरे पास कुछ नहीं है ?" बच्चे ने जवाब दिया, "मेरी मिर्जई में कुछ मुहरें हैं।" सरदार ने पूछा, "मिर्जई में मुहरें हैं। यह बात तूने छुपाई क्यों नहीं ?" बच्चे ने जवाब दिया, "मेरी माँ ने कहा था, कभी झूठ मत बोलना।" सरदार बच्चे की ईमानदारी से बेहद

खुश हुआ। उसका हृदय परिवर्तन हो गया वगैरह...वगैरह। यह कहानी बचपन में बहुत प्रभावित करती थी, लेकिन इस वक़्त उतनी ही हास्यास्पद लग रही थी। पता नहीं किस जमाने की वह माँ थी। किस जमाने का वह बच्चा और डाकू थे ?

एक अजीब बेचैनी घर कर गई। मैंने पहलू बदला। घड़ी देखी। सवा पाँच बज रहे थे। बाहरी दरवाजे से शीशे के पार देखते हुए लगा कि अँधेरा अभी छँटा नहीं है। प्लेटफार्म पर भी कोई हलचल नहीं थी। बल्बों की मद्धिम रोशनी यथावत थी। लग रहा था, कोई ट्रेन भी आने-जाने का समय नहीं हुआ था। सभी इत्मीनान से थे। एक अभ्यस्त 'रूटीन' की बेफिक्री। किसी छोटे रेलवे स्टेशन पर इस तरह इतनी देर रुकने-ठहरने का यह पहला अनुभव था। इतनी लम्बी ख़ामोशी वाकई दिलचस्प थी। लेनिक यह दिलचस्पी अब उबाने लगी थी। बाहर सन्नाटा। भीतर चुप्पी। इतने लोग, फिर भी संवाद नहीं। इतने बेहिस। इतने बेजान लोग कि एक-बारगी मुझे कोफ्त होने लगी।

मुझे हैरत हो रही थी कि कमरे में मौजूद ये लोग वाकई इतनी गहरी चुप्पी में कब तक रह सकते हैं ? मैंने उस दीवार की तरफ लगी कुर्सियों पर बैठे लोगों को एक बार फिर देखा। जैकेटवाला खूबसूरत नौजवान ठुड्डी पर हाथ रखे कुछ सोचने की मुद्रा में था। क्या सोच रहा होगा ? देखने से तो किसी अच्छे घर का लगता है। नौकरी-वौकरी जैसी चिन्ता तो उसे होनी नहीं चाहिए। फिर ? भगवान जाने क्या सोच रहा होगा, लेकिन सोचता हुआ वह मुझे जँच नहीं रहा था। मैंने अपनी निगाह मटमैले कम्बलवाले उस व्यक्ति के चेहरे पर टिका दी, जिसका चेहरा देखने से ही मलिन दिख रहा था। वह दुखी लगता था। किस बात पर दुखी है वह ? हो सकता है, इस वक़्त उसे कोई गहरा दुख साल रहा हो। हो सकता है, वह इस वक़्त जैसा दिख रहा है, वह हर वक़्त वैसा ही दिखता हो। कुछ लोगों का चेहरा ही ऐसा होता है। सहसा, उस आदमी की आँखें मेरी आँखों से टकराईं और मैंने चोरी पकड़े जाने की हड़बड़ी में अपनी आँखें उधर से हटा लीं। क्या सोच रहा होगा यह आदमी ? जरूर मेरे ही बारे में सोच रहा होगा। हो सकता है, वह मुझ पर शक कर रहा हो। वाकई मुझे, न इस तरह देखना चाहिए था, न उसके बारे में सोचना चाहिए था।

मैंने चोर निगाहों से देखा, रेलवे के मुलाजिम जैसा दिखनेवाला आदमी जो फर्श पर बेफिक्री से टाँगें फैलाए पड़ा था, बिटर-बिटर ताक रहा था। वह किसे देख रहा है, या किस ओर देख रहा है, यह अन्दाज लगा पाना मुश्किल था। हो सकता है, इस तरह देखना उसकी आदत में शामिल हो। मेरी इच्छा हुई कि मैं उसे जाहिरा तौर पर देखूँ, लेकिन लगा कि मेरी यह हरकत उसे बुरी लग सकती है। वह रेलवे का मुलाजिम है, किसी तरह की मुसीबत भी खड़ी कर सकता है। यह आशंका मुझे भीतर ही भीतर सिहरा गई। मैं अपने-आप में सिमट गया।

मैंने फिर घड़ी देखी। साढ़े पाँच बज चुके थे। बाथरूम गया शख़्स अभी तक लौटा नहीं था। मेरी भी इच्छा हुई कि मुझे ब्रश कर लेना चाहिए। चाय की तलब भी जोर

मारने लगी थी। ऊब, तलब, बेचैनी और आशंका के तमाम भावों को दर-किनार करने के लिहाज से मैंने अपनी अटैची उठाई और अपने घुटनों पर रख लिया। एक 'खट' की आवाज़ हुई और अटैची का लॉक खुल गया। मैंने देखा, वहाँ मौजूद सबकी आँखें मेरी ओर आ लगी हैं। क्यों ? क्यों हुआ ऐसा ? कहीं ऐसा तो नहीं कि सबके सब अपनी-अपनी तन्हाई से ऊबने लगे हैं ? यह गहरी चुप्पी सबको खल रही है शायद। सभी निजात के बहाने ढूँढ़ रहे हैं। लेकिन कोई पहल क्यों नहीं करता ? कोई किसी से पूछता क्यों नहीं, "आप कहाँ से आए हैं ? कहाँ जाना है ? यहाँ किसलिए आए हैं। यहाँ से कहाँ जाना है।" कुछ भी। बातचीत शुरू करने के बहुत से बहाने हैं। बात शुरू हो जाए तो बात से बात निकलनी क्या मुश्किल ? लेकिन नहीं। कोई पहल होती नहीं दिख रही।

मैने अटैची के एक कोने में रखा ब्रश-पेस्ट निकालकर अटैची लॉक कर दी। मैं अन्दर गए आदमी के बाहर निकलने की प्रतीक्षा करने लगा। मुझे ध्यान आया कि वह आदमी काफी देर से अन्दर है। जब तक मेरे पास अन्दर जाने की वजह नहीं थी, तब तक यह ध्यान में भी नहीं आया था और अब जब ध्यान आया तो मुझे उस आदमी पर झुँझलाहट होने लगी। भगवान जाने इतनी देर से अन्दर क्या कर रहा है ? हाँ, उसके बाहर आते ही मैं अन्दर चला जाऊँगा वर्ना पता नहीं कोई और जाए तो कितनी देर लगा दे। अन्दर जाते हुए मुझे क्या करना चाहिए ? अटैची बाहर ही छोड़ दूँ या साथ लेता जाऊँ ? साथ ले जाना जितना हास्यास्पद लग रहा था, बाहर छोड़ना उतना ही मुकिश्ल। यहाँ जो लोग, जिस तरह अजनबीयत ओढ़े बैठे हैं उनमें से कौन जिम्मेदारी लेगा भला ? अगर मैं पहल करके किसी से अनुरोध भी करूँ तो किससे ? इन सबमें कोई अपेक्षाकृत अन्तरंग होना चाहिए ? और अगर किसी ने अटैची देखने की जिम्मेदारी लेने से इनकार कर दिया तो ? इधर आतंकवादी गतिविधियों के चलते अजनबियों से मेल-जोल न बढ़ाने की नसीहतें रेलवे-बस स्टेशनों पर खूब प्रचारित की गई हैं, इसलिए भी लोग अतिरिक्त सतर्कता बरतने लगे हैं। किसी का सामान देखने की जिम्मेदारी लेना तो और भी खतरनाक माना जाने लगा है। क्या पता सामान के भीतर बम हो ? गांजा, भांग, स्मैक, हेरोइन हो ? नहीं...नहीं...किसी को धर्म-संकट में डालना ठीक नहीं। बेहतर होगा कि मैं अपनी अटैची कुर्सी पर यूँ ही छोड़कर अन्दर चला जाऊँ। जो होगा, देखा जाएगा। वैसे भी मुझे यहाँ मौजूद लोगों में कोई ऐसा शातिर नहीं दिखता, बल्कि मुझे तो लगता है, ज्यादातर एक-दूसरे से सहमे हुए लोग हैं। एक-दूसरे पर शक करते हुए। एक-दूसरे से चौकन्ने।

दीवार की तरफ कुर्सियों पर बैठे, सिर तक कम्बलों में ढके दो लोगों में एक ने कम्बल से बाहर अपना चेहरा निकाला। उसके चेहरे पर भरपूर नींद की खुमारी है। उसने आँखें मिचमिचाकर गर्दन इधर-उधर घुमाई और झटके से उठ खड़ा हुआ। उसके उठने से कुर्सी चरमराई और उसके बगलवाले ने भी आँखें खोल दीं। वह शायद नींद में नहीं था। आँखें बन्द किए शायद नींद का नाटक कर रहा था। उसने खड़े व्यक्ति की तरफ

देखा। मुझे लगा, शायद वह उससे कुछ बतियाना चाहता है। इससे पहले कि वह कोई पहल करे, खड़ा हुआ व्यक्ति अपना कम्बल फैलाकर झाड़ने लगा। कम्बल झाड़ने की आवाज़ कमरे में भर गई। मुझे उसकी यह हरकत हालाँकि नागवार लगी, लेकिन मैंने खुद को जज्ब कर लिया। मेरी कतार में बैठे बुजुर्ग भी असहज हो आए थे। लग रहा था, वह फट पड़ेंगे। लेकिन नहीं। ऐसा कुछ नहीं हुआ। उन्होंने जेब से रूमाल निकालकर नाक पर रख लिया था।

ठीक इसी वक़्त अन्दर का दरवाजा खुला। अन्दर गया शख्स मय अटैची कमरे में विजयी भाव से नमूदार हुआ। मैं एक पल भी गँवाए बगैर झट से उठा। अटैची अपनी कुर्सी पर रखी और लपककर अन्दर चला गया। अपनी कुर्सी से बाथरूम तक का यह सफर बेहद रोचक, रोमांचक और सुकूनदेह लगा। लगा कि जैसे राहत की यह राह फिलहाल वरदान है।

बाथरूम में ब्रश करते हुए आभास हुआ कि प्रतीक्षालय का बाहरी दरवाजा खुला है और कोई अन्दर दाखिल हुआ है। मैंने घड़ी देखी छह बजने में पाँच मिनट बाकी थे। हो सकता है, बाहर उजास हो गई हो और किसी ट्रेन के आने का समय हो चुका हो, इसलिए कोई स्थानीय यात्री आया हो। हो सकता है, धीरे-धीरे और भी लोग आएँ। लोगों का आना शुरू होने से हलचल बढ़ेगी। वीरानगी और बेगानगी के टूटने की कल्पना से मैं गुदगुदी से भर गया। भीतर ठिठकी पड़ी चुहल सिर उठाने लगी। मैंने एक अव्यक्त गुनगुनाहट के बीच जल्दी-जल्दी ब्रश किया। मुँह धोया और पिछली जेब से कंघी निकालकर बालों को सँवारा। एक तरह से फुर्ती के साथ ताजगी भी लौट आई थी।

मैं बाथरूम से बाहर निकलकर कमरे में आया तो एकबारगी कई तब्दीलियाँ देखकर दंग रह गया। खर्राटे भरता हुआ शख्स, जो मुझसे पहले बाथरूम से निकला था, अब जा चुका था। कम्बल झाड़ता हुआ व्यक्ति अपनी सीट पर मुस्तैदी से जमा हुआ था। उसकी बगलवाला व्यक्ति फर्श पर बैठकर अपनी अटैची में कम्बल जमा रहा था। बीच वाली टेबुल पर लेटा आदमी उठकर बैठ गया था और सबसे दिलचस्प नजारा यह था कि कमरे में अभी-अभी जो आया था, वह एक महिला थी। उसके साथ बमुश्किल पाँच साल का एक बच्चा भी था। महिला जवान थी। सुन्दर थी। किसी उच्च मध्यवर्गीय परिवार की लगती थी। उसने खूबसूरत लांग कोट पहन रखा था। सिर पर लाल रंग का स्कार्फ बाँधे हुए थी। स्कार्फ के पीछे उसके कटे बाल करीने से झूल रहे थे। उसका चेहरा सुर्ख था। होंठ पतले, नर्म और फड़कते हुए। पता नहीं, बाहर की ठंड का असर था या कि उसके होंठ ही ऐसे थे, मुझे लगा कि वह चुप्पी के बीच भी कुछ बोल रही थी। उसके साथ जो बच्चा था, वह इस कदर गद्बदा और गुलगुला था कि अनायास ही प्यार उमड़ आए, ऊपर से नीचे तक स्वेटर-सूट में कसा यह बालक उस महिला के साथ सटकर सहमा-सा खड़ा था।

महिला मेरी कतार में बुजुर्ग के बगलवाली कुर्सी पर बैठी हुई थी। इस तरह मेरी

सीट और उस महिला के बीच एक कुर्सी का फर्क रह गया था। मैंने थोड़ी राहत महसूस की। वह ठीक मेरे बगलवाली कुर्सी पर होती तो शायद मैं वहाँ बैठने में संकोच महसूस करता या हो सकता था, मैं बैठता ही नहीं। यह स्थिति मेरे लिए थोड़ी सहूलियत भरी थी। मैं अपनी अटैची उठकार अपनी सीट पर बैठ गया। बच्चा जो महिला के साथ खड़ा था, मुझे सीट पर बैठते हुए कौतूहल भरी आँखों से देखने लगा। मैंने मुस्कराहट के साथ बच्चे की आँखों में झाँका। बच्चा झेंप गया। उसने अपना चेहरा महिला के कन्धे से सटा लिया। महिला के शरीर में कोई हरकत नहीं हुई। उसने मेरी उपस्थिति को कोई तवज्जो नहीं दी थी, इसलिए यह अन्दाज लगाना मुश्किल था कि उस महिला के चेहरे पर इस वक़्त कैसे भाव हैं। वह अपनी सीध में देख रही थी, लेकिन उसकी आँखों के केन्द्र में क्या है, यह बता पाना कठिन था। एक जबर्दस्त निरपेक्षता और दम्भी उपस्थिति का यह अहसास सचमुच आतंककारी था। उस महिला के बगल में बैठे बुजुर्ग अपनी सीट पर सलीके से जम गए थे। यूँ उनके चेहरे पर अब से पहले तक काबिज भव्यता पिघल चुकी थी और वह एक तरल पुरुष में तब्दील हो चुके थे। वह देख तो रहे थे बाहरी दरवाजे की ओर ही, लेकिन उनकी वह पहली वाली एकाग्रता टूट चुकी थी। हाँ, दीवार की ओर लगी कुर्सियों पर बैठे लोग भी अब चाक-चौबन्द दिख रहे थे। खूबसूरत जैकेटवाला जवान तो अब तरो-ताजा दिख रहा था और महिला से सटकर खड़े बच्चे की ओर मुस्कराते हुए यूँ ताक रहा था जैसे उसे अपने पास आने का आमन्त्रण दे रहा हो। और बच्चा था कि अपने आप में सिकुड़ता महिला के शरीर में धँसा जा रहा था। यह एक दिलचस्प नजारा था। एक तरह से उस जवान और बच्चे के बीच संवाद शुरू हो गया था। मुझे लगा कि जल्दी ही दोनों एक-दूसरे के करीब आ जाएँगे और कमरे के भीतर व्याप्त अजनबीयत तार-तार हो जाएगी।

फर्श पर अपनी अटैची में कम्बल जमाता हुआ शख़्स अटैची बन्द करके उठा और अपनी सीट पर बैठ गया। उसके हाथ में एक किताब थी। सीट पर बैठने के साथ ही उसने किताब खोली और कुछ पन्ने पलटने के बाद किसी खास पृष्ठ पर ठहर गया। सम्भवतः वह यह कताब पहले से पढ़ रहा था और अब उसने आगे पढ़ना शुरू कर दिया था। मैंने किताब के आवरण पर छपे शीर्षक को पढ़ने की कोशिश की। शीर्षक पढ़ते हुए मैंने मन ही मन दुहराया 'द स्ट्रेस साइक्लॉन'। यह किताब अंग्रेजी में थी। मैंने इस किताब के बारे में सुन रखा था। मनुष्य मन के आवेग, संवेग, तनाव और दबाव पर लिखी इस किताब की कारपोरेट जगत में बड़ी धूम थी। मुझे लगा कि यह किताब पढ़ता हुआ शख़्स जरूर किसी मल्टी नेशनल कम्पनी में प्रबन्धन से जुड़ा होगा। आमतौर पर ऐसी किताबें इन लोगों के लिए गीता-कुरान की तरह प्रिय होती हैं। व्यक्तित्व विकास के गुर सिखाती ये किताबें अन्ततः दूसरों पर हावी हो जाने की कला सिखाती हैं। मेरे मन में इस शख़्स के प्रति उत्सुकता जागी। लगा कि यह वह शख़्स है, जिससे बात करना एक नए अनुभव से गुजरने जैसा होगा। लेकिन वह शख़्स किताब में गहरे जा डूबा था।

बीचवाली टेबुल पर बैठे थुलथुल देहवाले व्यक्ति ने कसकर जम्हाई ली। बच्चा

उसकी इस हरकत को उत्सुकता से देखने लगा। वह व्यक्ति बच्चे को अपनी ओर देखता पाकर चुहल भरी मुस्कान के साथ बच्चे को देखने लगा। बच्चा प्रत्युत्तर में मुस्कराया। मुझे हैरत हुई कि बच्चा जैकेटवाले जवान लड़के के बजाय उस थुलथुल देहवाले व्यक्ति में रुचि लेने लगा था। जरूर बच्चे को थुलथुल देहवाला व्यक्ति मजेदार लग रहा होगा। बच्चे को उसे देखना किसी तमाशे को देखने का सुख दे रहा होगा। मैंने गौर किया कि वह बच्चा अब महिला के जिस्म से थोड़ा अलग हो आया है। उसके शरीर में हरकत होने लगी थी। वह अब सहज ढंग से अपने पैरों पर खड़ा था और मैं निश्चित था कि वह अब किसी भी क्षण कोई अप्रत्याशित हरकत कर सकता है। इससे पहले कि बच्चा अपने मन की कर पाता महिला ने उसे दोनों कन्धों से पकड़कर उठाया और मेरे और अपने बीच खाली पड़ी कुर्सी पर बिठा दिया। कुर्सी पर बैठते ही वह रोष में आ गया था। उसने अपने कन्धों को झटका देकर महिला के प्रति विरोध भी जताया। लेकिन महिला ने अपनी आँखें तरेरकर बच्चे को ऐसा न करने का संकेत दिया। बच्चे का रोष कम नहीं हुआ और शायद इसी प्रतिक्रिया में उसने फर्श और कुर्सी के बीच हवा में झूल रहे अपने पैरों को जोर-जोर से हिलाना शुरू कर दिया। इस क्रम में अचानक उसका पैर कुर्सी के पेंदे से टकराया और 'ठक' की आवाज़ कमरे में गूँज गई। बच्चे ने जूता पहन रखा था, इसलिए यह एक ठोस आवाज़ थी और उसकी ध्वनि दमदार थी। लिहाजा बच्चे को खूब मजा आया। उसके चेहरे का रोष तिरोहित हो चुका था और वह अपनी इस नई सफलता पर मुग्ध हो रहा था। हालाँकि महिला ने उसकी तरफ सख्त आँखों से देखा, लेकिन बच्चे पर कोई असर नहीं हुआ, वह मुतबातिर अपने पैरों को हिलाता रहा और जान-बूझकर कोशिश करता कि उसके पाँवों की ठोकर से कुर्सी बज उठे। उसकी यह कोशिश अकसर नाकाम होती, लेकिन जब भी वह कामयाब होता, उसके चेहरे की रौनक बढ़ जाती। आँखें चमक उठतीं और वह पहले से ज्यादा आनन्दित हो जाता। बच्चा धीरे-धीरे खुल रहा था। कमरे में मौजूद तमाम लोगों का ध्यान उसकी तरफ केन्द्रित हो चुका था।

अचानक बच्चे ने पैरों को हिलाना बन्द कर दिया। लगा कि वह इस खेल से ऊब गया है या कि थक गया है। जब तक मैं कुछ समझ पाता वह बड़ी तेजी से उछला और फर्श पर खड़ा हो गया। महिला ने उसी तेजी से बच्चे को कन्धे से पकड़ना चाहा, लेकिन बच्चा बगैर परवाह किए एक-एक कदम बढ़ाता बीचवाली टेबुल तक जा पहुँचा। टेबुल की ऊँचाई बच्चे के बराबर थी। बच्चे ने अपने पंजों पर उचककर टेबुल की ऊँचाई को कम करने की कोशिश की, लेकिन वह देर तक पंजों पर खड़ा नहीं रह सका। वह टेबुल के किनारे को पकड़कर कुछ तजबीजने लगा। सम्भवतः टेबुल पर चढ़ने की तरकीब। मैंने गौर किया कि टेबुल पर बैठा थुलथुल देहवाला व्यक्ति लगातार मुस्कराता हुआ बच्चे की आँखों में झाँक रहा है। यक़ीनन बच्चा भी उसकी आँखों में झाँक रहा होगा। आँखों-आँखों में हो रही यह बातचीत अव्यक्त थी, फिर भी मैं महसूस कर रहा था कि वह टेबुल पर चढ़ने के लिए मचल रहा है। टेबुल पर बैठा शख़्स उसे सहारा

देने के लिए खिसका, लेकिन ठीक इसी वक़्त महिला ने तीखे स्वर में बच्चे को टोका, "आर्ची, नो!"

महिला की आवाज़ इस कमरे में गूँजनेवाली अब तक पहली किसी जीवित प्राणी की आवाज़ थी। एकाएक मुझे जलतरंग बजने का-सा एहसास हुआ, हालाँकि उस आवाज़ में तुर्शी थी और बच्चा सहम भी गया था, लेकिन एक लम्बे अन्तराल के, अटूट चुप्पी का भंग होना इतना सुखद था कि तत्काल मेरे लिए वह आवाज़ बहुत प्रीतिकर लगी। बच्चे पर महिला की आवाज़ का असर हुआ था। वह टेबुल से थोड़ा पीछे खिसक आया। टेबुल पर बैठा शख़्स जो बच्चे पर विजय पा लेने के करीब था, एकदम गच्चा खा गया। उसके चेहरे पर झेंप और अपमान के भाव एक साथ आए-गए। उसके होंठ हिले भी। जब तक वह कुछ कह पाता, बच्चा तेजी से दौड़ता हुआ बाहरी दरवाजे के पास पहुँचा और पल्लों पर दोनों हाथों से इतने जोर की धौल जमाई कि लगा वह अपना गुस्सा उतार रहा है। उसके हाथों की 'थप-थप' में एक अजीब लय थी। मन को छूती ऐसी लय कि जी चाहा बच्चे को मनाया जाए, लेकिन बच्चे पर एकटक नजर रखे महिला का खयाल आते ही इरादा काफूर हो गया।

बच्चा दरवाजे पर धौल जमाने के बाद पलटा और दौड़ता हुआ महिला के पास चला आया। महिला ने उसे पकड़ने की कोशिश की, लेकिन वह उसकी गिरफ्त से बचकर इतना खुश हुआ कि 'खिल-खिल' करता उलटे पाँव उसी रौ में दौड़ता बाहरी दरवाजे के पास फिर पहुँच गया। फिर पल्लों पर धौल जमाई और महिला के पास लौट आया। बच्चे को अच्छा बहाना मिल गया था। वह इस खेल में रम गया था। महिला भी उसके साथ हो ली थी। उसने अपने पास आते बच्चे को पकड़ लेने का अभिनय शुरू कर दिया था। इस अभिनय को असल समझ धता बताने में कामयाब हो रहा बच्चा खूब खुलकर खिलखिलाने लगा था। कमरे में उसकी किलकारियाँ खीलों की तरह बिखरने लगी थीं। मैंने कनखियों से देखा, महिला बच्चे के खेल और किलकारी के जवाब में मद्धिम-मद्धिम मुस्कुरा रही थी। उसकी मुस्कुराहट इतनी मोहक थी कि मुझे लगा इस वक़्त वह किसी अलभ्य सुख से लबालब दुनिया की सबसे समृद्ध महिला है।

अब तक प्रतीक्षालय के इस कमरे में काफी कुछ घट चुका था। 'द स्ट्रेस साइक्लॉन' नामक अंग्रेजी किताब पढ़ रहा शख़्स किताब बन्द कर बच्चे को ताकता हुआ मुस्कुराने लगा था। उसके चेहरे पर जमी उबासी गायब थी और वह तमाम दबावों से मुक्त दिख रहा था। मुझे खयाल आया कि जो किताब वह पढ़ रहा था, उसकी नसीहतों को बच्चे ने अपनी हरकत से जरूर गड़बड़ा दिया होगा। ऐसे में क्या करेगा वह ? हो सकता है, वह ज़िन्दगी भर एक सफल प्रबन्धक न बन पाए। एक रौबदार व्यक्तित्व निर्माण के लिए बचपने से बचना जरूरी होता है और मुझे लगता है, वह शख़्स इस बात से नावाकिफ है। जैकेटवाला जवान लड़का बच्चे को अपनी ओर आकर्षित करने के लिए अपने होंठों को गोलकर 'शी-शीऽऽऽ' की आवाजें निकालने लगा था। वह अभी तक अपनी कोशिश में कामयाब नहीं हुआ था, लेकिन इस तरह वह ज़्यादा अच्छा लग रहा

था और मुझे यक़ीन है कि वह जवान अपनी कोशिश में जरूर कामयाब होगा। हाँ, दुखी चेहरेवाले आदमी के चेहरे पर भी ग़ज़ब का बदलाव दिख रहा था। चेहरे की लकीरें गायब हो चुकी थीं और वह पहले के मुकाबले ज्यादा स्निग्ध दिख रहा था। हालाँकि वह मुस्कुरा नहीं रहा था, परन्तु वह भीतर ही भीतर आनन्दित हो रहा है, इस बात से इनकार नहीं किया जा सकता। और वह रेलवे का मुलाजिम जान पड़ता व्यक्ति ! वह अब तक सामान्य हो आया था। उसके हाव-भाव से 'अकड़' गायब हो चुकी थी, बल्कि वह बच्चे की हरकत पर कुछ-कुछ उछल भी पड़ ऱहा था। वह इस कदर सतर्क दिख रहा था, कि कहीं बच्चे को दौड़ते-धूपते चोट न लग जाए, इस आशंका से वह 'हश-हश' कर उठता। टेबुल पर बैठा शख्स अपना सामान समेटते हुए बच्चे पर बार-बार नजर डाल लेता, गोकि उसकी कोशिश यह थी कि वह बच्चे पर कोई खास तवज्जो नहीं दे रहा है। इस बीच मेरी कतार में बैठे बुजुर्ग, जो कि ठीक महिला के बगल में थे, महिला के पास दौड़कर आते बच्चे की तरफ लपककर अपना दाहिना हाथ बढ़ाते और बच्चा उनकी पकड़ से सायास बचने की कोशिश करता। कभी-कभी बिदककर बीच रास्ते में ही खड़ा हो जाता। फिर वह पलटकर दरवाजे तक जाता और पल्लों पर धौल जमाकर लौटता।

मैंने घड़ी देखी। सवा छह बज रहे थे। उठकर दरवाजे के शीशे से बाहर के माहौल का जायजा लेना चाहा। कुछ परछाइयाँ डोलती-सी दिखीं। प्लेटफार्म पर जाग के आसार दिखने लगे थे। जी चाहा कि चल दूँ। चलने का उपक्रम भी करना चाहा, लेकिन पता नहीं भीतर कैसी विवशता घर किए बैठी थी, कि चलने के नाम पर जड़ता ने मुझे जकड़ लिया। अनजान शहर में, अपने गन्तव्य तक पहुँचने के लिए पता ठिकाने की तफतीश जरूरी है। लेकिन यह तफतीश करूँ तो किससे ? अपने आप में डूबे-खोए, सहमें, सिमटे, शक करते लोगों से ?

मेरी जानकारी के मुताबिक यह शहर बहुत छोटा है, बल्कि एक कस्बा ही है, लेकिन हाल ही में जिला मुख्यालय हो जाने से इसकी वकत बढ़ गई है, लिहाजा इसके क्षेत्रफल और घनत्व में तेजी से वृद्धि हो रही है। इस सबके बावजूद हो सकता है कि मैं अपने मेजबान के यहाँ बिना किसी परेशानी के पहुँच जाऊँ। फिर भी अच्छा होता है कि जहाँ जाना है, वहाँ तक पहुँचने की जानकारी पहले ही हासिल कर ली जाए। इससे भटकने की गुंजाइश कम रहती है और खुद भी आदमी सही रास्ते पर होने के प्रति आश्वस्त होता है।

मैंने अजीब बेबसी से कमरे में मौजूद लोगों का एक बार फिर मुआयना किया। सबके सब बच्चे में इस कदर विस्मृत थे कि मुझे लगा, उनके भीतर दबी किलकारियाँ अब फूटीं कि तब फूटीं। हालाँकि यह खामखयाली ही थी, बावजूद इसके, मेरी इच्छा हुई कि मुझे उस अलभ्य अवसर की प्रतीक्षा तक रुकना चाहिए।

आइस-पाइस

आश्चर्यचकित आरके के हाथों में रचना की चिट्ठी अब तक थरथरा रही थी। उसके लिए यह तय कर पाना मुश्किल हो रहा था कि चिट्ठी थरथरा रही है या उसकी देह। हालाँकि उसने अपनी देह को संयत करने की सायास कोशिश की, लेकिन चिट्ठी का थरथराना फिर भी नहीं रुका। एकबारगी उसे लगा कि यह थरथराहट उसकी देह में नहीं, आत्मा में हो रही है और चाहकर भी वह इस थरथराहट को रोक नहीं पा रहा है। अजीब अहसास था यह।

डाक से आई चिट्ठियों के बीच बन्द लिफाफे पर 'व्यक्तिगत' लिखा देखकर पहले तो उसे हैरानी हुई थी। असमंजस में कुछ देर तक लिफाफे को उलट-पुलटकर देखता रहा था, फिर इस बेसब्री से लिफाफे को फाड़ा था जैसे उत्सुकता दबाना संभव न हो। चिट्ठी के मजमून पर नजर पड़ते ही उसके भीतर झनझनाहट-सी हुई थी। आँखें आश्चर्य से फट गई थीं। बेख्याली के आलम में चिट्ठी कब उसके हाथ से फिसलकर बल खाती हुई फर्श पर जा गिरी थी, उसे पता नहीं चला था। लपककर चिट्ठी उठाने की कोशिश में दर्द की गहरी चिलक से उसका शरीर दोहरा हो गया था। वह आहत भाव से फर्श पर पड़ी चिट्ठी को देखता रहा था। जी में आया था घंटी बजाकर 'पिउन' को बुलाए। लेकिन न जाने क्यों स्विच की तरफ बढ़ता हाथ रोक लिया था। दर्द दबाने की कोशिश में होंठ भिंच गए थे। चेहरा शिकन से भर गया था। वह कुछ देर तक अपनी 'एक्जक्यूटिव चेयर' पर सिर टिकाए पड़ा रहा था। धीरे-धीरे दर्द कम होता-सा लगा तो उठा और अपनी भव्य टेबुल से बाहर निकलकर फर्श पर पड़ी चिट्ठी को इस एहतियात से उठाया कि दर्द दोबारा न उभरे, बावजूद इसके एक हल्की टीस हड्डियों में रेंग गई थी।

चिट्ठी रचना की थी। मजमून का एक-एक शब्द उसने गहरे आवेग से पढ़ा था और अन्त में 'वही रचना' तक पहुँचते-पहुँचते उसका रक्त प्रवाह इतना तेज हो गया था कि पूरी देह थरथराहट से भर गई थी। आश्चर्य और आह्लाद का यह अद्भुत संयोग आरके के जीवन के विरल क्षणों में एक था।

रचना को वह भूल गया हो, ऐसा भी नहीं था। लेकिन इतने लम्बे अन्तराल में उसकी शिद्दत बची रही हो, ऐसा भी नहीं था। एक तरह से वह इत्मीनान हो चुका था कि जिस गाँव नहीं जाना उसके कोस गिनने की जरूरत नहीं। यों भी वे दोनों जिस

मोड़ से मुड़कर अपनी-अपनी राह हो लिए थे, उसमें वे इतनी दूर निकल चुके थे कि पीछे मुड़कर देखने का न कोई मतलब था, न मकसद। वर्षों का सफर मीलों के हिसाब से नहीं, मन की दूरियों से बेहद लम्बा हो चुका था।

लेकिन आज जबकि रचना की चिट्ठी उसके हाथ में थरथरा रही थी, उसे महसूस हुआ कि यह तो जैसे महज एक चिट्ठी भर का फासला था। तो...तो... क्या रचना और उसके बीच अब भी कुछ ऐसा शेष है, जिसका सिरा कभी छूटा ही नहीं ? वह बेखुदी में डूबता-उतराता बुद्बुदा पड़ा, 'रचना, तुम्हारा यह पत्र मेरे प्रति दया भाव तो नहीं ?' 'नहीं। सिर्फ एक आग्रह। मानने, न मानने के लिए स्वतन्त्र हो तुम !' रचना जैसे उसके मन की इस फाँस से वाकिफ हो, शायद इसीलिए उसने सफाई भी दे डली थी, 'कभी-कभी सोचती हूँ, तुम कैसे झेलते होगे अपनी वह पीड़ा !'

आरके के होंठों पर एक पीली मुस्कान रेंग गई, 'दर्द जब हद से गुजर जाता है तो खुद दवा बन जाता है।'

'नहीं। ऐसी बात नहीं। दवा की हद जहाँ खत्म होती है, इलाज के नए तरीके वहीं से शुरू होते हैं। चाहो तो इलाज के इस नए तरीके को आजमा सकते हो !' रचना ने लिखा था।

एकाएक आरके के भीतर हँसी का गुबार-सा उठा। उसे लगा कि मेडिसिन मुगल आरके फुटपाथ पर जड़ी-बूटियाँ बेचनेवाले किसी मजमे का हिस्सा हो गया हो—खोई जवानी और ताकत वापस लाए—सांडे का तेल, स्वप्नदोष और शीघ्रपतन से छुटकारा दिलाए...'रबिश !' घबराहट में आरके के मुँह से निकला, 'तुम भी हद करती हो रचना !' 'आजमा कर देखने में हर्ज क्या है ?' रचना जैसे आरके की इस हिचक को जानती थी, तभी तो उसने लिखा था, 'प्रकृति से बड़ा चमत्कारी कोई नहीं !' पता नहीं रचना की इन पंक्तियों में ऐसा क्या था कि आरके की जिद ढीली पड़ गई थी। मन के किसी कोने में उम्मीद की लौ टिमटिमाई थी और वह भीतर ही भीतर खुद को कमजोर होता महसूस करने लगा था।

'फुरसत निकालकर कुछ दिनों के लिए दुद्धी आ जाओ,' रचना ने लिखा था। 'दुद्धी !' आके के होंठों से अनायास सिसकारी-सी फूट पड़ी थी।

'हाँ वही दुद्धी !' रचना ने उसे याद दिलाने की गरज से लिखा था, 'तुम्हारी स्मृतियों में बसा एक जंगल !'

आश्चर्यचकित आरके के हाथों में रचना की चिट्ठी अब भी थरथरा रही थी। देह से परे यह अव्यक्त थरथराहट कुछ-कुछ वैसी ही थी जैसे किसी लम्बी अँधेरी सुरंग में काँपती हुई कोई लौ या कि प्रशान्त जलराशि में सतह से उठती कोई वलय। यह क्या हो रहा है उसे ? अतीत के प्रति यह आसक्ति कोई अनिवार्य मनोवेग है या वह सचमुच कमजोर हो रहा है ?

विंध्य की नंगी, चक्करदार पहाड़ियों से होकर जानेवाला यह रास्ता स्मृतियों के ऐसे जंगल

की ओर जाता था, जहाँ कुलांचे भरता कोई बच्चा आरके को जोर-जोर से पुकार रहा था—'राजा बाबूऽऽ !' उसने इस आवाज़ को गौर से पहचानने की कोशिश की। यह कौन ?

'मैं हूँ, मैं...' समय की सात परतों से कोई परछाईं धूल-मिट्टी झाड़ती उठी और उसके सामने आ खड़ी हुई, 'बैजू नाम है मेरा !'

'बैजू !' उसने मन ही मन दोहराया और फिर लपककर उस परछाईं को पकड़ने की कोशिश की। लेकिन ताज्जुब कि वह परछाईं एकबारगी कहीं गुम हो गई। जब तक वह कुछ समझ पाता, परछाईं पता नहीं कहाँ से उभरी और चुपके से उसके सामने आ खड़ी हुई ! देखते-देखते लुका-छिपी का दिलचस्प खेल शुरू हो गया था।

यह खेल इतना दिलचस्प था कि उसे लगा, इसके सामने लूडो, कैरम, क्रिकेट सभी फीके हैं। रहस्य-रोमांच से भरे इस खेल के गुर सिखाते हुए पहली बार बैजू ने किसी कुशल कोच की तरह समझाया था, "इस खेल को आइस-पाइस कहते हैं। इसमें एक खिलाड़ी चोर बनता है। बाकी चाहे जितने हों, सब साह। सारे साह खिलाड़ी जहाँ-तहाँ छिप जाते हैं तब चोर बाकी खिलाड़ियों को ढूँढ़ता है।" वह बैजू को टुकुर-टुकुर ताकता रहा था। बैजू तो उत्साह से भरा एक ही साँस में बोलता गया था, "छिपे खिलाड़ी पर नजर पड़ते ही चोर उसका नाम लेकर आइस-पाइस बोलता है। लेकिन आइस-पाइस बोलने से पहले ही कोई खिलाड़ी चोर की पीठ पर थाप जमा दे तो चोर को फिर चोर बनना पड़ता है।"

बैजू की बात पूरी होते न होते उसकी आँखें बेतहाशा चमक उठी थीं। वह यह सोच-सोचकर उतावला हो आया था कि चोर बने खिलाड़ी को छकाने में कितना मजा आएगा। उसकी कल्पना में भक से बैजू चोर बनकर उभरा था और वह उसकी पीठ पर थाप जमाकर इतना खुश हुआ था कि पूरा परिसर उसकी किलक से गूँज गया था।

फिर तो वह खेल में ऐसा जमा कि जल्दी ही वह बैजू को भी मात देने में माहिर हो गया। आसपास के तमाम बच्चे उसके आगे-पीछे डोलते और वह सब पर रौब गाँठता, जिसे चाहता चोर बना देता। कोई अगर हील-हुज्जत करता तो वह उसे खेल से बाहर कर देता। उसकी इस हरकत का कभी-कभार बैजू जरूर विरोध करता, "राजा बाबू, खेल में बेईमानी नहीं चलेगी।"

"मुझे बेईमान कहोगे तो तुम्हें भी खेल से निकाल दूँगा !" वह अकड़कर बैजू को धमकाता।

बैजू खिसियाकर पलटवार करता, "तो मैं तुमको आगे कुछ नहीं सिखाऊँगा।" बैजू का यह अमोघ अस्त्र काम कर जाता।

वह झट से पीछे हट जाता, "अच्छा ठीक है। अब कोई बेईमानी नहीं करेगा।"

लेकिन वह बाज नहीं आता। उसके भीतर बैठी चालाकी धीरे-धीरे सिर उठाती और वह फिर अपनी पर उतर आता। पता नहीं क्यों, उसे ऐसा करने में कुछ ज्यादा ही मजा आता। यह मजा तब और बढ़ जाता जब बैजू चोर बनता। बैजू की पीठ पर थाप जमाते

हुए उसकी फुर्ती देखते ही बनती। बैजू को फिर-फिर चोर बनते देखकर उसे अजीब खुशी मिलती। लगता, उसने बैजू के दर्प को चूर-चूर कर दिया है। बैजू का रुआंसा चेहरा उसे बेतहाशा सुकून पहुँचाता। ऐसे वक़्तों में बैजू मुँह फुला लेता। कई-कई दिनों तक दोनों के बीच बोलचाल बन्द रहती। बैजू खेलने भी नहीं आता। यहाँ तक कि बैजू आउट-हाउस में भी नहीं मिलता। पहले तो वह कुछ समझ नहीं पाया कि बैजू अचानक कहाँ गायब हो जाता है। लेकिन जल्दी ही उसे पता चल गया था कि बैजू दिन-दिनभर जंगल में भटकता रहता है। कभी अकेले तो कभी अपने बाबा बिरजू के साथ। उसकी माँ नहीं थी। कोई भाई-बहन भी नहीं। बस वह और बिरजू काका। बिरजू काका जंगल की चौकीदारी करते। बैजू जंगल में मस्ती। धीरे-धीरे जब बैजू का गुस्सा ठंडा पड़ता तो खुद ही उसके पास आता और कहता, ''जंगल में शिकार करने में खूब मजा आता है।''

''अच्छा ?''

''हाँ,'' बैजू बताता, ''अपनी गुलेल से मैं एक ही बार में तीतर-बटेर मार गिराता हूँ।''

वह उत्साह से भरकर बैजू का हाथ थाम लेता। फिर उसकी खुशामद करते हुए कहता, ''मुझे भी शिकार करना सिखा दो न ?''

शुरू-शुरू में तो बैजू ने काफी ना-नुकुर किया, लेकिन जब वह उसके पीछे ही पड़ गया तो एक दिन बोला, ''ठीक है। मेरे साथ जंगल चलना तो मैं तुम्हें सिखा दूँगा।''

जंगल जाना आसान नहीं था, इसलिए वह अकसर दोपहर में तब निकलता, जब पापा ऑफिस गए होते और मम्मी कमरे में आराम कर रही होतीं। वह बैजू को साथ लेता और चुपके से निकल पड़ता। हालाँकि पहले दिन जंगल में घुसते हुए उसे काफी डर लगा था। सहमा-सहमा-सा वह कुछ ही दूर जाकर ठिठक गया था, ''बैजू, वापस चलते हैं।''

''क्यों ?'' बैजू तत्काल कुछ समझ नहीं पाया था।

''मुझे डर लगता है,'' बड़ी मुश्किल से बोल पाया था वह।

बैजू ने उसे ऊपर से नीचे तक देखा था और फिर खिलखिलाकर हँस पड़ा था, ''बुद्धू कहीं के। जंगल से क्या डरना ? जंगल हमारा दुश्मन थोड़े ही न है।'' उसे बैजू की बातों पर विश्वास नहीं हुआ था। अपनी नन्हीं-नन्हीं आँखें झपकाते हुए उसने चारों ओर देखा था। घने, लम्बे दूर तक फैले वृक्ष अजीब-अजीब शक्लो-सूरत में खड़े थे। कंटीली झाड़ियों और बनैले फूलों से भरा जंगल हाँय-हाँय कर रहा था जैसे कोई राक्षस गहरी-गहरी साँसें ले रहा हो। एकबारगी उसकी साँसें थम गई थीं और वह रुआंसा हो आया था।

बैजू शायद उसकी हालत भाँप गया था। उसका दाहिना हाथ कसकर थामते हुए उसने उसकी हिम्मत बढ़ाने की कोशिश की थी, ''राजा बाबू, जंगल से तुम्हारी जान-पहचान नहीं है, इसीलिए डर रहे हो। लेकिन डरने की कोई बात नहीं है। जंगल से दोस्ती कर लो। फिर तुम्हें डर नहीं लगेगा।''

उस दिन उसे कुछ समझ में नहीं आया था। एक तरह से डर के मारे उसकी अक्ल ही गुम हो गई थी। लौटते हुए भी रास्ते भर वह गुमसुम रहा था। रात में बड़ी देर तक नींद नहीं आई थी। और जब नींद आई थी, सपने में भी हाँय-हाँय करता जंगल उसे डराता रहा था। वह घबराकर बिस्तर पर उठ बैठा था। सुबह जब उसने बैजू को सपने के बारे में बताया तो बैजू खिलखिलाकर हँस पड़ा। उसे लगा कि जंगल उस पर हँस रहा है। उसकी हँसी उड़ा रहा है। भीतर ही भीतर वह ऐंठ कर रह गया। उसने उसी क्षण तय किया कि चाहे जो भी हो, वह अब जंगल से नहीं डरेगा। तभी बैजू ने प्रस्ताव रखा, ''चलो, मैं जंगल से तुम्हारी जान-पहचान करा दूँगा। देखना, फिर एकदम डर नहीं लगेगा।''

वाकई वह जंगल से जैसे-जैसे परिचित होता गया था, उसके भीतर का भय निकलता गया। अनेक चिड़ियों की बोलियाँ, जानवरों की आवाज़ें पहचानने लगा। अनगिनत ध्वनियाँ उसके अन्दर गूँजती रहतीं और वह उनकी नकल उतारने की कोशिश करता। इतने फूल उसके मन में खिलते कि वह उनके रंग और गंध में डूबता-उतराता रहता। वह जंगल में जितना गहरे तक उतरता जाता, उसका आकर्षण उतना गहराता जाता। उसकी उत्सुकता उतनी बढ़ती जाती। वह बैजू के सामने सवालों की झड़ी लगा देता—यह किस चीज का पेड़ है ? यह फल कैसा है ? इस फूल का क्या नाम है ? यह झाड़ क्या बला है ? बैजू उसके सवालों से तंग आकर धड़धड़ाते हुए किसी पेड़ पर चढ़ जाता और फिर वहाँ आराम से बैठकर कोई फल कुतरता रहता। वह चिढ़कर चिल्लाता, ''बैजू, नीचे आओ, नहीं तो बहुत मार मारूँगा।'' बैजू उसकी धमकी से डरने के बजाय वहीं से निशाना साधकर फल उसके सिर पर दे मारता। वह गुस्से के मारे चीखने लगता, तो बैजू पेड़ से छलांग लगाकर सीधे उसके सामने कूद पड़ता। वह बैजू को मारने दौड़ता। बैजू किसी पेड़ के पीछे छिप जाता, वह उसे ढूँढ़ता और उसके नहीं मिलने पर थक-हारकर बैठ जाता।

अचानक बैजू दबे पाँव उसके पीछे आ खड़ा होता और खूब जोर से हुँकारता—हूँऽऽ... ! वह चिंहुक पड़ता। बैजू ढेर सारे फल उसकी ओर बढ़ाते हुए कहता, ''फल खाओगे या गुस्सा ?''

वह कभी गुस्सा खाता, कभी फल। पिआर के रसीले फल देखकर तो वह टूट ही पड़ता। पहली बार जब वह पिआर के बीज फेंकने लगा था, तब बैजू ने जैसे रहस्योद्घाटन किया था, ''इसके बीज से चिरौंजी निकलती है।'' उसने बैजू का कहा आजमाने के लिए बीज को दाँतों के बीच कच्च से दबाया था कि मुँह बीज के कच्चेपन से भर गया था। उसके इस उतावलेपन पर बैजू हँस पड़ा था, ''बुद्धू कहीं कें, चिरौंजी बीज के सूखने के बाद निकलती है।''

लेकिन बीज के सूखने तक प्रतीक्षा का धैर्य उसमें कभी नहीं रहा। वह पिआर खाता और कच्चे बीज फोड़कर ही चिरौंजी पाने की कोशिश करता। उसकी इस अधीरता पर मम्मी टोकतीं, ''एकदम जंगली हो गया है राजा !''

"अगले साल बोर्डिंग में डाल देंगे," पापा निर्णायक स्वर में कहते, "कुछ दिन यहाँ और रहा तो पूरी तरह आदिवासी हो जाएगा।"

उस वक़्त वह 'आदिवासी' का मतलब नहीं समझ पाया था। बस एक अन्दाज लगाया था कि पापा उसे शायद 'बदमाश' कह रहे हैं। हालाँकि उसे यह अच्छा नहीं लगा था। लेकिन पापा के सामने उसकी बोलती नहीं फूटी थी। बाद में उसने खेल-खेल में बैजू को 'आदिवासी' कहकर चिढ़ाया तो बैजू खिलखिलाकर हँस पड़ा था, "वह तो मैं हूँ ही !"

"इसका मतलब तुम सचमुच बदमाश हो ?" उसने बैजू को घूरा था।

"बदमाश नहीं, आदिवासी हूँ," बैजू पूर्ववत हँसता रहा था। वह बैजू की इस हँसी से चिढ़ गया था। पिनक कर बैजू को 'आदिवासी-आदिवासी' कहते हुए उसने रट-सी लगा दी थी। बैजू पर कोई फर्क नहीं पड़ा था। वह बस हँसता रहा था, बेसाख्ता।

मगर यह सिलसिला ज्यादा दिनों तक नहीं चल पाया। जल्दी ही उसका नाम बोर्डिंग में लिखा दिया गया। जिस दिन उसका सामान जीप पर लादा गया, उसे लगा कि वह किसी कैद में भेजा जा रहा है। वह सुबक-सुबककर रो पड़ा था। मम्मी-पापा के साथ जीप में बैठा वह उस वक़्त बेहाल हो गया था, जब जीप से कुछ दूर खड़े बैजू पर उसकी नजर पड़ी थी। उदास बैजू एकटक उसे ही ताक रहा था। उसके जी में आया कि वह जोर से आवाज़ लगाकर बैजू को बुलाए, लेकिन गला रुंध गया था। इंजन के शोर में उसकी सिसकी दब गई थी। उसने पीछे मुड़कर देखा था–बैजू अब भी अपनी जगह टकटकी बाँधे खड़ा था।

बैजू की टकटकी बाँधे वे आँखें लगातार उसका पीछा करती रहीं। यहाँ तक कि बोर्डिंग में भी वह उन आँखों से पीछा नहीं छुड़ा पाया। सोते-जागते, उठते-बैठते हर वक़्त बैजू उसके साथ होता। एक-एक दिन मुश्किल से बीतता। एक-एक दिन वह छुटियों के इंतजार में काटता। और जब गरमी की छुट्टियाँ हुईं तो उसे लगा, जैसे कैद से मुक्ति मिल गई है।

जिस दिन वह बोर्डिंग से वापस आया, उसे यह देखकर आश्चर्य हुआ कि बैजू वहीं खड़ा था। उसी तरह टकटकी बाँधे। वह समझ नहीं पाया कि बैजू एक ही जगह इतने दिनों तक कैसे खड़ा रहा। उसने उछाह से भर कर बैजू को हाथ हिलाया। लेकिन यह क्या ? बैजू तो उलटे पाँव किसी गिलहरी की तरह फुदकता हुआ भाग छूटा। वह उसे इस तरह भागता देख दंग रह गया। तब वह कुछ समझ नहीं पाया था, बैजू की इस बेरुखी का मतलब।

बाद में मम्मी ने समझाया था, "वे गन्दे लोग हैं, चोर-बदमाश। तुम्हारे पापा ने उसके बाप को नौकरी से निकाल दिया है।" वह मम्मी का मुँह ताकता रह गया था। उसकी छोटी बुद्धि में यह बात कतई नहीं समा पाई थी कि बिरजू काका, जो चौकीदार थे। चोर कैसे हो गए ?

"किसी का क्या भरोसा ! जब मति मारी जाती है तो ईमान खराब होते देर थोड़े ही न लगती है," मम्मी ने रहस्य सुझलाने की कोशिश की थी।

वह कुछ समझा, कुछ नहीं समझा। विमूढ़-सा बंगले में अकेले ही इस कोने से उस कोने डोलते रहता। उसे घर से बाहर जाने की मनाही थी। आदिवासी-जंगली बच्चों के साथ खेलने पर पाबंदी। मम्मी हर वक़्त कड़ी नजर रखतीं। उसे लगता, वह बोर्डिंग से छूटकर बंगले की कैद में आ फंसा है। ऐसे में वह घंटों किसी खिड़की के पास खड़े होकर दूर तक फैले जंगल को निहारता। अंगारों-सा दहकता वन-प्रान्तर उसे ललचाता और वह अन्दर ही अन्दर लहक उठता। उसे लगता कि पलाश के इन सुर्ख फूलों के बीच छिपा बैजू उसे पुकार रहा है, 'राजा बाबू, मुझे ढूँढ़ो। मैं कहाँ हूँ ?'

वह घबराकर उसे आसपास देखता। किसी कमरे में माँ की चूड़ियाँ खनखनातीं। वह सहम कर बैजू के खयाल से बाहर निकल आता। लेकिन बैजू उसका पीछा नहीं छोड़ता, 'राजा बाबू, जानते हो, पलाश के इन पेड़ों से लाख निकलता है। लाख नहीं जानते ? अरे वही, जिससे चूड़ियाँ बनती हैं।'

लाख की चूडियाँ उसने मम्मी के पास देखी थीं। मम्मी को ऐसी चूड़ियाँ बहुत पसन्द थीं। कलूटा ठेकेदार जब भी आता, मम्मी के लिए लाख की चूड़ियाँ लाना नहीं भूलता।

इन गर्मियों में वह चूड़ियों की दुकान ही उठा लाया था जैसे। दाँत निपोरकर उसने चूड़ियों का पैकेट मम्मी की ओर बढ़ाया था, "स्पेशल ऑर्डर देकर खास आपके लिए बनवाई है, मेमसाब !"

"ठाकुर साहब !" मम्मी अपनी खुशी दबाते हुए बोली थीं, "इस जंगल में तो ऐसी चूड़ियों के लिए तरस गई मैं। मेरे तो सारे शौक धरे के धरे रह गए।"

"ऐसा क्यों बोलती हैं, मेमसाब !" कलूटा ठेकेदार चापलूसी पर उतर आया था, "अभी क्या उमर बीती जा रही है। रेंजर साहब को भगवान सलामत रखें। सारे शौक पूरे हो जाएँगे।"

"ठाकुर साहब, कभी-कभी बहुत डर लगता है। सोचती हूँ, कहीं कुछ अनर्थ न हो जाए।" मम्मी सचमच डरी हुई थीं। उसका स्वर मद्धिम पड़ गया था, "इन जंगलियों का क्या भरोसा। कब इनकी मति फिर जाए।"

कलूटा ठेकेदार 'हो-हो' कर इतनी जोर से हँसा था कि उसकी पूरी देह हिलने लगी थी, "क्या बात करती हैं मेमसाब ! मेरे होते रेंजर साहब का कोई बाल बाँका नहीं कर सकता।"

"हाँ, ये तो हैं," मम्मी जैसे स्वयं को ही आश्वस्त कर रही थीं, "आप न निबटाते तो बिरजूवाला मामला तो गले ही पड़ जाता।"

"सब आप सबकी कृपा है मेमसाब !" कलूटा ठेकेदार अपनी हिलती देह थामकर बोला था, "इस धन्धे में यह सब तो चलता ही रहता है।"

"देखिए, फिर भी सावधानी जरूरी है," मम्मी पूरी तरह भयमुक्त नहीं हो पाई थीं, "काम ऐसे करिए कि साँप भी मर जाए और लाठी भी न टूटे।"

मम्मी के ये शब्द उसके कानों में बड़ी देर तक बजते रहे थे। कलूटे ठेकेदार के जाने के बाद मम्मी अपने कमरे में बंद हो गई थी। लेकिन वह जैसे कुंडली मार कर बैठे किसी साँप की गिरफ्त में आ गया था।

यह साँप धीरे-धीरे रेंगता हुआ मम्मी के पैर से लिपट गया था। दहशत के मारे मम्मी का शरीर ऐंठ कर रह गया था। जब तक वह कुछ समझ पाता, चीखती हुई मम्मी फर्श पर गिर पड़ी थीं। मम्मी की हालत देखकर वह जोर-जोर से रोने लगा था। उसकी रुलाई सुनकर बिरजू काका आउट-हाउस से दौड़ते हुए आए थे। मम्मी के पाँव में लिपटे साँप को देखकर वह ठिठके, फिर साँप को मुट्ठी में पकड़कर खींचा और पूरी ताकत से बाहर फेंक दिया। वह डरा हुआ बिरजू काका को देखता रहा था। बिरजू काका ने आनन-फानन मम्मी के उस पाँव में रस्सी बाँधी और देखते ही देखते कोई मंत्र बुदबुदाना शुरू कर दिया था। धीरे-धीरे मंत्र असर दिखाने लगा था। मम्मी की मूर्च्छा टूटने लगी थी। उस रात मम्मी मरते-मरते बची थीं। उस रात बिरजू काका घंटे-घंटे पर कोई जड़ी घिसकर मम्मी को चटाते रहे थे। मम्मी कड़वाहट से मुँह बिचकातीं। लगता, उल्टी कर देंगी। लेकिन हुआ था उलटा। सुबह होते-होते मम्मी भली-चंगी हो गई थीं।

उसी सुबह उसने बैजू से पूछा था, "बिरजू काका जादू जानते हैं क्या ?"

"नहीं तो," बैजू हँसा था।

"फिर कैसे ठीक कर दिया मेरी मम्मी को ?" उसकी उत्सुकता चरम पर थी।

"दवा से !" बैजू ने समझाया था, "जो जड़ी चटाई थी बाबू ने, वह साँप काटे की दवा है।"

"जड़ी दवा होती है ?" उसे विश्वास नहीं हुआ था।

"हाँ ! जड़ी जंगली दवा है। जंगल में खूब मिलती है," उत्साह से भरे बैजू ने बताया था, "जंगल चलना तो दिखाऊँगा ऐसी जड़ियाँ।"

उसे विश्वास नहीं हुआ था, लिहाजा उसने बैजू को झुठला दिया था, "खाली-मूली हाँकते हो तुम।"

उड़ते गुब्बारे की हवा निकल गई हो जैसे। बैजू एकदम से ठसुआ गया था, उसी खिसियाहट में बोल पड़ा था, "चाहो तो बाबू से पूछ लेना।"

बैजू के इस उत्तर से उसे अचानक ही जैसे बैजू को छकाने की चाभी मिल गई थी। वह उसी दिन से बिरजू काका के इर्द-गिर्द मँडराने लगा था। उन्हें जंगल जाते देख वह जिद करके उनके साथ हो लेता। फिर रास्ते भर तरह-तरह के सवाल पूछता वह बिरजू काका को तंग कर देता। एक दिन आजिज आकर बिरजू काका ने उसे झिड़क दिया था, "राजा बाबू, ये झाड़-झंखाड़ के बारे में जानकर क्या करोगे तुम ?"

"बैजू को छकाऊँगा," वह बिना कुछ सोचे-समझे तपाक से बोल गया था। बिरजू काका के पाँव जहाँ के तहाँ जम गए थे। उनके चेहरे पर कई रंग आए-गए थे। उनसे कुछ बोलते नहीं बना था। वह बस उसे देख रहे थे जैसे कोई अजनबी अचानक सामने आ गया हो। बिलकुल अप्रत्याशित वह बिरजू काका की मनोदशा नहीं जान

पाया था, बल्कि अपनी ही रौ में सवाल दागता रहा था, "काका, वह क्या है ?"

"तेंदू है।" बिरजू काका तेंदू पेड़ के करीब जा खड़े हुए थे, "इसके सारिल (अन्दरूनी हिस्से) से आबनूस बनता है।"

"आबनूस ?" वह कुछ समझ नहीं पाया था।

"हाँ। एकदम काले रंग का होता है आबनूस," बिरजू काका ठीक-ठीक कुछ समझा नहीं पाए थे। लेकिन उसकी आँखों में शैतानी चमक उभर आई थी, "जैसा काला कलूटा ठेकेदार ?"

"हाँ। वही ठेकेदार इन पेड़ों का मालिक है," बिरजू काका की आवाज़ बुरी तरह से दरकी हुई थी। अन्दर जैसे कुछ चटख गया हो, "उसकी इजाजत के बिना कोई एक पत्ता तक नहीं छू सकता।"

"क्यों ? पत्ते का क्या करता है वह ?" उसकी उत्सुकता बढ़ गई थी।

"तेंदू के पत्ते से बीड़ी बनती है। ठेकेदार इन्हें बेचकर खूब पैसे कमाता है," बिरजू काका ने ठंडी आह भरी थी।

"फिर वही पैसे देता है मेरी मम्मी को ?" वह इस चपलता से बोल गया था, मानो खजाने की चाभी हाथ लग गई हो।

"हाँ" यह छोटा-सा उत्तर देते हुए भी बिरजू काका का गला फंस गया था। हालाँकि उनके होंठ काँप रहे थे, लेकिन आवाज़ सुनाई नहीं पड़ रही थी। चेहरा तन गया था, जैसे जबरन दाँत पर दाँत जमाकर स्वयं को संयत कर रहे हों। उनकी आँखों में अचानक उतर आई वीरानी इतनी भयावह थी कि वह सकपका गया था। उसे एकाएक बिरजू काका से डर लगने लगा था।

उसका वह डर सही निकला। बिरजू काका जंगल से लकड़ियाँ चुराते पकड़े गए थे। मजबूरन पापा ने उन्हें नौकरी से निकाल बाहर किया।

इन दिनों मम्मी-पापा की बातचीत के दौरान जब भी बिरजू काका का जिक्र आता, पापा आगबबूला हो जाते, "साले को कितनी बार समझाया कि ठेकेदार से पंगा मत लो, लेकिन नहीं, उस पर तो पता नहीं कौन-सा भूत सवार था कि आए दिन ठेकेदार से उलझ जाता। अब भुगते।"

मम्मी पापा को शान्त करते हुए कहतीं, "फिर भी उसे नौकरी से नहीं निकालना चाहिए था। कोई और बड़ा बखेड़ा न कर दे।"

"तुम भी हद करती हो !" पापा मम्मी के भीतर बैठी आशंका को हवा में उड़ा देते, "वह मुझे भी बदनाम कर रहा था। मुझ पर ठेकेदार से मिलीभगत का इल्जाम लगाने लगा था। ऐसे में मैं चुप रहता तो क्या होता ? उसका मन बढ़ता या नहीं ? हो सकता था कल कुछ और लोग सिर उठाते। भई, एडमिनिस्ट्रेशन चलाने के लिए सख्ती जरूरी होती है। अब देखो, सबकी बोलती बन्द है।"

वह मम्मी को गौर से देखता। मम्मी पापा की बातों से आश्वस्त नहीं लगतीं। उनके

चेहरे पर चिन्ता की लकीरें कम नहीं होतीं। वे किसी अनजाने खौफ से घिरी रहतीं। उसे लगता इसकी वजह बिरजू काका हैं। वह मन ही मन बिरजू काका की परछाईं से दो-चार होता। उसका वश चलता तो वह बिरजू काका का गला घोंट देता। लेकिन छुट्टियों के दौरान बिरजू काका उसे कभी नहीं दिखे। बैजू कभी नजर भी आ जाता तो वही खुद उससे मुँह फेर लेता।

धीरे-धीरे जंगल में पलाश के फूलों का झड़ना शुरू हो गया था। सुर्ख अंगारे राख होने लगे थे। अब न उसके अन्दर जंगल जाने की इच्छा उठती, न जंगल को जानने की उत्सुकता। पूरी छुट्टियाँ एक ऐसी बेकली में गुजरीं कि बोर्डिंग हाउस जानेवाले दिन उसने जंगल को मुड़कर भी नहीं देखा। फिर वह कभी दुद्धी नहीं लौटा।

आरके उसके अनुरोध पर दुद्धी आ जाएगा यह गुमान रचना को सपने में भी नहीं था। बावजूद इसके उसने आरके को पत्र लिखा था तो सिर्फ इसलिए कि वह बाबा बैद्यनाथ के आग्रह को टाल नहीं पाई थी। एक तरह से बाबा बैद्यनाथ उसके पीछे ही पड़ गए थे। लगभग जिद करते हुए उन्होंने कहा था, ''पत्र लिखकर देखने में हर्ज क्या है ?''

''हर्ज है बाबा,'' रचना बड़ी कठिनाई से बोल पाई थी, ''वह नहीं मानेगा मेरी बात।''

''कोशिश करके देखिए, वन देवी !''

बाबा बैद्यनाथ के साँवले चेहरे की चिकनाई पिघलने लगी थी। उनकी चमकती आँखें रचना के चेहरे पर आ टिकी थीं।

बाबा की इन आँखों का सामना करते हुए रचना के भीतर झुँझलाहट-सी हुई थी, मानो आरके पर अपनी जड़ी-बूटी नहीं आजमाई तो वैद्य किस बात के ! आरके का रोग ठीक कर देने का जैसे उन्होंने बीड़ा ही उठा लिया था। बात-बात में वह आरके का जिक्र क्या कर बैठी थी, बाबा बैद्यनाथ ने जैसे चुनौती ही दे डाली थी, ''उनका रोग जड़ से न मिटा दिया तो मेरा भी नाम बैद्यनाथ खरवार नहीं !''

बाबा बैद्यनाथ के इस उतावलेपन पर उसे हँसी आई थी। फुटपाथ पर बैठकर जड़ी-बूटियाँ बेचनेवाले अतिरिक्त उत्साह में ऐसे दावे कर बैठते हैं, यही सोचकर उसने बात टालने की कोशिश की थी, ''बाबा आरके दुनिया भर की अंग्रेजी दवाएँ करके हार चुका है। उसका रोग लाइलाज है।''

''लाइलाज !'' बाबा बैद्यनाथ होंठों-होंठों में बुदबुदाए थे और फिर ठठाकर हँस पड़े थे, ''बताइए भला, अंग्रेजी दवा बवासीर जैसा मामूली रोग नहीं ठीक कर पाती।''

''तभी तो कह रही हूँ कि आपकी जड़ी-बूटी खाक ठीक कर पाएगी !''

रचना ने बाबा बैद्यनाथ को हतोत्साहित करने की कोशिश की थी।

बाबा बैद्यनाथ को जैसे अपनी श्रेष्ठता सिद्ध करने का मौका अनायास हाथ लग गया हो। दोगुने जोश से भर गए थे वे, ''हाथ कंगन को आरसी क्या ? अजमा कर देख लीजिए !''

बाबा बैद्यनाथ का आत्मविश्वास देखकर रचना हतप्रभ रह गई थी। मन में खुशी की हल्की-सी चमक जागी थी। लेकिन अगले ही क्षण एक गहरी उदासी ने जकड़ लिया था उसे। वह एकदम से खुद में गुम हो गई थी।

"क्या सोचने लगीं आप ?" बाबा बैद्यनाथ ने बेचैनी से पहलू बदलते हुए टोका था, "लगता है, आपको मुझ पर विश्वास नहीं।"

"नहीं, ऐसी बात नहीं !" रचना बाबा बैद्यनाथ का विश्वास तोड़ने की हिम्मत नहीं जुटा पाई थी। मन के किसी कोने में उनके प्रति दया भी जागी थी। उनकी जिद पर हँसी भी आई थी। एक निरर्थक कोशिश के लिए स्वयं को तैयार करने में असहजता भी महसूस हुई थी। लेकिन वह उन्हें टाल नहीं पाई थी। टालना उचित नहीं लगा था।

उस दिन आरके को पत्र लिखते हुए वह थोड़ी उदास, थोड़ी भावुक और थोड़ा ज्यादा ही विचलित हो आई थी। पत्र लिखने और न लिखने की मनःस्थिति के बीच कितने ही तर्क, कारण और बहाने आते-जाते रहे थे। और वह उनसे उबरने की तमाम कोशिशों के बावजूद उलझती गई थी। उसे स्वयं पर आश्चर्य हुआ था कि अरसे बाद कोई कमजोरी उस पर हावी हो रही है।

हालाँकि वह मन से कभी कमजोर नहीं रही और शायद इसीलिए उसे अपने फैसले पर कभी पछतावा भी नहीं हुआ। तब भी नहीं, जब आरके से ब्याह किया था और तब भी नहीं, जब आरके से अलग हुई थी। एक छत के नीचे रहते हुए एक-दूसरे को सहते हुए जब ज़िन्दगी मुहाल हो गई, तो उसने खुद आरके को रोककर अपना फैसला सुनाया था, "बेहतर हो आरके, हम अलग हो जाएँ !"

"शायद हम दोनों के हक़ में यही उचित है !" क्षण भर में ही आरके ने सहमति की मुहर लगा दी थी और उसकी प्रतिक्रिया जाने बगैर जरूरी मीटिंग के लिए रवाना हो गया था। वे उसी रजामन्दी से अलग हो गए थे, जिस रजामन्दी से कभी एक-दूसरे से जुड़े थे। न तब कोई बीच में था, न अब। बस, बीच का वह वक़्त उनके साथ था, जिसे काटते हुए एक-दूसरे से ऊब गए थे वे। इस ऊब का कोई तर्क नहीं था। तर्क होता तो शायद विकल्प भी होता। विकल्प होता तो शायद एक-दूसरे के खिलाफ खड़े रहकर भी उम्र साथ-साथ गुजारी जा सकती थी, जैसे ज़्यादातर लोग कर लेते हैं। लेकिन वे अलग हुए थे तो इसीलिए कि एक-दूसरे से संगति बैठा पाने में विफल थे। कभी-कभी सोचती है रचना—आरके के साथ संगति आखिर क्यों नहीं बैठा पाई वह ? क्या सचमुच 'मिड्ल क्लास सिंड्रोम' की शिकार रही है वह ? आरके तो यही कहता था। जब भी उसने आरके को बेतहाशा दौड़ लगाने से रोकने की कोशिश की, आरके ने पलट कर एक ही जवाब दिया, "तुम्हारा यह भय और कुछ नहीं, मिड्ल क्लास सिंड्रोम है। यू नो—नो रिस्क नो गेन !"

"लेकिन तुम पाना क्या चाहते हो ?" रचना आहत भाव से पूछती।

"सफलता...कामयाबी !" आरके दर्प से भर जाता, "वन अप होना चाहता हूँ मैं !"

"किस कीमत पर ?"

"ऐट एनी कॉस्ट !"

वह आरके के होंठों पर खेलती मुस्कराहट देखकर दंग रह जाती। कोई मुस्कराहट इतनी निर्मम हो सकती है, यह सोचकर उसका कलेजा काँप जाता। उसे लगता, अपने जुनून की वेदी पर आरके किसी की भी बलि चढ़ा सकता है, उसकी भी। उसे आश्चर्य होता आरके में दिन-प्रतिदिन आ रहे बदलाव को देख। उसके लिए यह फर्क करना मुश्किल होता जा रहा था कि आरके असल में है क्या ? शादी के पहले जो आरके उसकी प्रतिभा और परिष्कृत रुचि का लोहा मानता था, शादी के बाद वह उसी से लोहा क्यों लेने लगा ? कहीं अपने अहं की तुष्टि के लिए तो नहीं कर रहा वह यह सब ? उसका यह सोच दिनोदिन पुष्ट होता जा रहा था। आरके के भीतर एक 'किलिंग इंस्टिक्ट' था, जो पैना होता जा रहा था। वह उसे हरदम 'डिफेंस' में जाने को विवश कर रहा था। यह एक खतरनाक संकेत था। इस खतरे से निकलने के लिए उसने भी कमर कस ली थी, "आरके, मैं सोशल वर्क शुरू कर रही हूँ।"

"यू मीन, गरीबों की मदद ! असहायों की सहायता !" हँसी उड़ाती आरके की हँसी गूँज गई थी, "व्हाट अ मेलोड्रामा दिस सोशल वर्क इज ? अघाए लोगों का पुण्य-कर्म !"

आरके के इस हमले से हतोत्साहित होने के बदले रचना ने पलटवार किया, "यह तुम्हारी खुदगर्जी की इंतिहा है।"

"और यह तुम्हारी खुशफहमी की इंतिहा !" आरके जैसे ढिठाई पर आमादा था, "भूख...गरीबी...गैर-बराबरी न खत्म हुई है, न खत्म होगी। लाइलाज मर्ज है यह !"

"मेडिसिन मुगल आरके, यह तुम्हारी दवा की हद होगी, इलाज की नहीं !" रचना ने आरके का सामना उसी की भाषा में करने की कोशिश की थी। सचमुच आरके बगलें झाँकने लगा था। इससे पहले कि आरके सँभले, उसने आरके पर तेज हमला किया था, "वैसे भी तुम क्या जानो इलाज की इन्तिहा ? तुम्हारे लिए तो मर्ज का मतलब मुनाफा और दवा का मतलब दुकानदारी है।"

"ऑफकोर्स !" आरके का दम्भ फुँफकार उठा था, "मेडिसिन क्योर्स डिजीज, मुगल क्योर्स मार्केट !"

"बट, प्रिवेंशन इज बेटर दैन क्योर !" उसी तुर्शी में रचना ने आरके को निरस्त किया था। गोया ढीली पड़ी तो आरके का गुमान आसमान चढ़ जाएगा।

आकुल आरके बल खाकर रह गया था, मानो उसका आहत अहं उससे सँभाले न सँभल रहा हो।

"आरके, ये हैं बाबा बैद्यनाथ खरवार !" रचना ने साँवले रंग, दरम्याने कदवाले एक अधेड़ का परिचय देते हुए कहा, "यहीं, पास के एक गाँव बीड़र के रहनेवाले हैं। जड़ी-बूटियों से लोगों का इलाज करते हैं। इलाके में बड़ा नाम है इनका।"

आरके ने बाबा बैद्यनाथ को गौर से देखा। पसीने से भीगे चमकते चेहरे पर

बेतरतीब बढ़ी खिचड़ी दाढ़ी। सिर पर नारंगी रंग का पटका। कानों में लटकते कुंडल। गले में काष्ठ मनकों की कई मालाएँ। हाथ की कलाइयों में मोटे-मोटे कड़े। ऊपर मिर्जईनुमा बंडी। नीचे धोती। पैरों में चमरौंधा। कुल जमा फुटपाथ पर जड़ी-बूटियाँ बेचनेवाले 'टिपिकल मजमेबाजों' का-सा ताना-बाना। उसके मन में उपेक्षापूर्ण हँसी की तरंग उठी—कहाँ फँसा दिया रचना ने। बड़ी मुश्किल से अपने मनोभाव पर काबू करते हुए पूछा, "कब से इस धन्धे में हैं आप ?"

"यह धन्धा नहीं, धर्म है साहब !" बाबा बैद्यनाथ ने विचलित हुए बिना प्रतिवाद किया, "वर्षों का अनुसन्धान और साधना है यह।"

बाबा की यह गहन, गम्भीर और गर्वोन्नत मुद्रा इतनी अप्रत्याशित थी कि आरके दंग रह गया। उसे लगा कि सामने बैठा शख्स वैसा निरीह आदिवासी नहीं, जो उससे रौब खा जाए। अपने पूरे बाने से उजबक दिखने के बावजूद भीतर से सख्त और सजग है। वह सतर्क हो गया। सावधानी से बात बदल दी, "रचना को कब से जानते हैं, आप ?"

"जन्मों से !" बाबा बैद्यनाथ ने दोनों हाथ जोड़कर रचना की ओर इशारा किया, "ये तो वन देवी हैं !"

बाबा बैद्यनाथ के इस नाटकीय अन्दाज पर रचना झेंप गई। झेंप को मिटाने के लिए उसने झट बाबा को झिड़का, "बाबा, मजाक छोड़िए और आरके के इलाज की बात कीजिए।"

"इलाज तो समझिए शुरू हो गया," बाबा के होंठों पर हास्य बरकरार था। इस बार आरके चौंका—यह आदमी है क्या बला ? बात तो ऐसे कर रहा है जैसे धनवन्तरि का बाप हो। थोड़ी तुर्शी से उसने बाबा को टोका, "अच्छा मजाक कर लेते हैं आप।"

"मजाक नहीं साहब, सच कह रहा हूँ ! रोगी की मुखमुद्रा, हाव-भाव और बात-विचार के साथ ही हमारा इलाज शुरू हो जाता है," बाबा के चेहरे से हास्य तिरोहित हो गया था। वे पूरी तरह गम्भीर दिख रहे थे, "हर चिकित्सा की अपनी-अपनी पद्धति होती है।"

आरके को कुर्सी पर पहलू बदलते देख रचना ने महसूस किया कि आरके कुछ बेचैन हैं। इससे पहले कि आरके कुछ कहे, उसने बाबा बैद्यनाथ को टोक दिया, "आपको क्या लगता है, आप आरके का रोग ठीक कर देंगे।"

"यदि साहब चाहें !" बाबा बैद्यनाथ ने अपनी आँखें आरके के चेहरे पर टिका दीं, "यह सब कुछ इनकी इच्छाशक्ति और विश्वास पर निर्भर करता है।"

बाबा बैद्यनाथ के आत्मविश्वास से रचना चमत्कृत दिखी। वह अपनी विद्या के ऐसे विशेषज्ञ हैं, यह सुखद आश्चर्य था। उसने अपना आश्चर्य छिपाते हुए कहा, "बाबा, आरके अंग्रेजी दवाओं का निर्माता है। इसे भला क्यों होने लगा जड़ी-बूटियों पर विश्वास ?"

''यह तो अपना-अपना विश्वास है, वन देवी !'' बाबा मुस्कराते हुए आरके की ओर मुखातिब हो गए, ''लेकिन, साहब, एक बात बताइए, अंग्रेजी दवाइयाँ भी क्या वनस्पतियों के शोधन और प्रसंस्करण से नहीं बनाई जातीं ?''

आरके बाबा बैद्यनाथ के इस प्रश्न से न सिर्फ निरुत्तर हो गया, बल्कि नर्वस भी दिखा। मेडिकल साइंस की यह बुनियादी सच्चाई थी और उसके पास बाबा के इस प्रश्न की कोई काट नहीं थी। उसने लगभग आत्मसमर्पण की मुद्रा में स्वीकार किया, ''कहते तो आप ठीक हैं !''

रचना ने आरके को गौर से देखा, इतना निष्प्रभ तो आरके कभी नहीं दिखा ? अपने आगे किसी को न टिकने देनेवाला आरके तो यह नहीं है। तो क्या आरके बदल गया है ? सहसा, उसे विश्वास नहीं हुआ। ''आप मुझ पर विश्वास कीजिए। भगवान ने चाहा तो हफ्ते भर में आप रोग मुक्त हो जाएँगे,'' बाबा बैद्यनाथ आरके को आश्वस्त कर रहे थे, ''कल सुबह से दवा की खुराक शुरू हो जाएगी।''

आरके ने कुछ कहना चाहा। क्या, यह न तो रचना समझ पाई, न बाबा बैद्यनाथ सुनने के लिए रुके। एक अबूझ अबोलापन रह गया। उनके पीछे गेस्ट हाउस में रचना और आरके एक साथ होते हुए भी अपने-अपने द्वीपों पर अकेले छूट गए थे।

आखिरकार अपने द्वीप पर खड़े-खड़े आरके ने एक दिन आवाज़ लगाई, ''रचना, यहाँ इस सुदूर इलाके में मन लगता है तुम्हारा ?''

''कोई मकसद हो तो मन न लगने का कोई कारण नहीं,'' रचना ने शान्तचित्त मुस्कराते हुए उत्तर दिया, ''आखिर यह मेरा अपना चुनाव है।

''एक बात पूछूँ ?'' आरके के स्वर में उत्सुकता थी।

''पूछो !'' रचना सहज थी।

''तुम, यहाँ दुद्धी कैसे आ गईं ?''

रचना थोड़ी असहज हुई जैसे कोई उत्तर न सूझ रहा हो। आरके की प्रश्नवाचक निगाहें उसी पर टिकी थीं। वह समझ नहीं पा रही थी कि क्या उत्तर दे। बड़ी मुश्किल से कोई छूटा सिरा पकड़ने की कोशिश करते हुए बोली, ''ठीक-ठीक तो नहीं कह सकती। लेकिन जब कार्यक्षेत्र चुनने का अवसर आया तो मुझे लगा कि दुद्धी जाना-पहचाना-सा नाम है। तुमसे भी इस इलाके के बारे में थोड़ा-बहुत सुन रखा था। हो सकता है, अवचेतन में बैठी यह वजह अन्तःप्रेरणा बनी हो।''

यह...यह क्या कह रही हो रचना ? चकित आरके रचना की इस दलील से हिल गया—ऐसा होता है क्या ? महज एक अन्तःप्रेरणा से कोई कहीं जा सकता है ? सहज ही विश्वास नहीं हुआ उसे। अपनी मनःस्थिति पर सायास परदा डालते हुए बोला, ''रचना, कैसा अजीब इत्तफाक है न ? मेरी स्मृतियों का जंगल, तुम्हारी जंग का मकसद है।''

रचना आरके के मनोभाव को नहीं भाँप पाई, लेकिन उसके स्वर में छिपा स्मृतिदंश उसे गहरे तक छू गया है, यह समझते देर नहीं लगी, लिहाजा उसने बात बदल दी, ''तुमने देखा, दुद्धी कितना बदल गया है ?''

"हाँ ! बहुत बदल गया है," आरके ने चश्मे की गर्द झाड़ते हुए कहा, "अब तो यहाँ से जंगल भी नहीं दिखता।"

"आरके, जंगल देखना चाहो तो बावन झरिया चलो। मैं कल वहाँ जा रही हूँ। कहो तो तुम्हें लेने आ जाऊँ।" रचना ने आरके को उत्सुकता से देखा।

"हाँ, क्यों नहीं ?" आरके ने सहज ही अपनी सहमति दे दी।

बावन झरिया में दिन भर गहमागहमी रही। परम्परागत हथियारों से लैस आदिवासियों का हुजूम देख आरके के होश उड़ गए। जो जंगल उसकी स्मृतियों में था, उससे इतर यह एक ऐसा जंगल था, जहाँ पलाश नहीं, लोग दहक रहे थे। इन दहकते लोगों के बीच रचना हुँकार रही थी।

"भ्रष्ट अफसर और ठेकेदार जंगल के सबसे बड़े दुश्मन हैं। इनके खिलाफ गोलबन्दी के बगैर जल, जंगल और ज़मीन का संघर्ष सफल नहीं होगा।" रचना की आवाज़ इतनी पुरअसर थी कि आदिवासियों का हुजूम उसके सम्मोहन में बँध गया था। शाम होते-होते वे सभी एक निर्णय पर जा पहुँचे, धरना, प्रदर्शन, जुलूस, अनशन, अनवरत आन्दोलन, जिसका नेतृत्व करेगी रचना।

रचना को इस रूप में देखना एक अप्रत्याशित अनुभव था आरके के लिए। बावन झरिया से लौटते हुए वह सारी राह अपने आपसे जूझता रहा—यह कैसी लड़ाई लड़ रही है रचना। आदिवासी अस्मिता के बहाने यह संघर्ष उसका अपना प्रतिकार तो नहीं ? तो...तो क्या रचना ने उसे जान-बूझकर यहाँ बुलाया था ? क्या वह उसे दिखाना चाहती थी कि बिरजू से लेकर बैजू तक को वह उसके खिलाफ खड़ा कर चुकी है ? अजीब-अजीब खामख्याली उसे घेरने लगी थी। वह इसे अपना वहम मानकर जितना मुक्त होने की कोशिश करता, उसका मन उतने ही गहरे इन आशंकाओं में धँसता जा रहा था। रास्ते भर वह अपने आप में डूबता-उतराता रहा।

गेस्ट हाउस पहुँचते-पहुँचते आरके बुरी तरह थक गया था। उसे लस्तपस्त ईजी चेयर पर लुढ़कते देख रचना ने कहा, "लगता है बहुत थक गए हो। आराम करो। कल सुबह मिलते हैं।"

रचना जाने के लिए मुड़ी। उसने बन्द आँखों से अपने सीने पर रचना के कदमों की धमक महसूस की। वह बड़ी देर तक आँखें खोलने की हिम्मत नहीं जुटा पाया।

और जब आँख खुली, ड्राइवर और गेस्ट हाउस का केयर टेकर रामाशीष आरके के सामने खड़े थे। अँधेरा घिर आया था। कमरे में फैली रोशनी से आँखें चुंधियाईं। आरके ने आँखें झपकाते हुए पहले ड्राइवर को देखा, फिर केयर टेकर रामाशीष को। हाथ बाँधे केयर टेकर रामाशीष ने बगैर किसी भूमिका के बोलना शुरू कर दिया, "आपके जाने की खबर से बाबा बैद्यनाथ विचलित दिख रहे थे। कह रहे थे इतनी हड़बड़ी में कुछ नहीं हो सकता। हमारे बहुत जोर देने पर उन्होंने कहा, वह सुबह साहब से स्वयं बात करेंगे।"

"तुमने उन्हें बताया कि मैं उन्हें उनकी दवा की फीस देना चाहता हूँ ?" आरके ने व्यग्रता से सवाल दागा।

"हाँ, हमने कहा। लेकिन रात में आने से उन्होंने मना कर दिया," केयर टेकर रामाशीष ने विवशता जाहिर की, "बाबा रात में कहीं आते-जाते नहीं।"

"ठीक है" ईजी चेयर से उठता आरके ड्राइवर से मुखातिब हुआ, "सुबह जल्दी तैयार हो जाना।"

सुबह की प्रतीक्षा में आरके ने सारी रात करवट बदलते हुए काटी। बीच-बीच में कभी झपकी आती भी तो बाबा बैद्यनाथ की परछाईं इतनी शक्लों में आ खड़ी होती कि वह हड़बड़ाकर आँखें खोल लेता। सामने व्याप्त घुप्प अँधेरे में उसे अपनी धड़कनें तेज होती लगतीं। सन्नाटा धाड़-धाड़ बजता महसूस होता। उत्तेजना का ऐसा अजीब आलम था कि नींद उसकी पहुँच से बाहर होती चली गई थी। अन्ततः आजिज आकर उठा और ईजी चेयर पर जा पसरा। लेकिन ईजी फिर भी नहीं हो पाया। आशंका-कुशंका के गुंजलके घेरते जा रहे थे, बाबा बैद्यनाथ है तो चतुर लेकिन भावुक भी कम नहीं है। ऐसा आदमी अगर अड़ गया तो फिर फैसले से डिगाना मुश्किल। हो सकता है, पैसों का लालच काम न आए। तब ? इस 'तब' का उत्तर खोजते-खोजते उम्मीद की एक किरण दिखी। बाबा बैद्यनाथ की भावुकता। हाँ, ऐसे आदमी की सबसे बड़ी कमजोरी होती है—भावुकता। उसे जज्बाती बनाओ। पीड़ित मानवता का हवाला दो। उसकी साधना को दुनिया भर में प्रचारित-प्रसारित करने का सपना दिखाओ। ऐसा आदमी बातों में बहता है। करुणा से विगलित होता है। हाँ, बाबा बैद्यनाथ इसी रास्ते शीशे में उतरेगा।

उसने झपाक से आँखें खोलीं। गोया कोई रोशनी कौंधी हो। खिड़की से दाखिल हो रही उजास में आँखें झपकाते हुए उसे महसूस हुआ कि मेडिसिन मुगल आरके के सामने एक बार फिर मार्केट नतमस्तक है। मल्टीनेशनल्स हाथ बढ़ा रहे हैं। उसने हाथ मिलाने की गरज से जैसे ही अपना दाहिना हाथ बढ़ाना चाहा कि दरवाजे पर दस्तक हुई और साथ ही गेस्ट हाउस के केयर टेकर रामाशीष की आवाज़ कानों से टकराई, "साब, रचना मैडम आई हैं।"

रचना ! आरके ईजी चेयर से उछल पड़ा। यों इतनी सुबह रचना का यहाँ आना अप्रत्याशित था। क्षण भर को वह सकते में आ गया। कहीं बाबा बैद्यनाथ ने कोई गड़बड़ी तो नहीं की ? कहीं रचना उसकी मंशा भाँप तो नहीं गई है ? सुबह-सुबह उसके आ धमकने की और क्या वजह हो सकती है ? एकबारगी उसके चेहरे पर कई रंग आए-गए। किसी तरह स्वयं को संयत करते हुए दरवाजे तक आया। भारी मन से दरवाज़ा खोला। सामने रचना खड़ी थी। उसके चेहरे पर चिन्ता की गहरी रेखाएँ काबिज थीं। उस पर नजर पड़ते ही वह पूछ बैठी, "अब कैसी तबीयत है ? कल शाम बेहद थके लग रहे थे।"

आरके ने राहत की सांस ली—तो कुछ नहीं पता इसे। यह महज भावुकता के वशीभूत उसका हाल-चाल लेने चली आई है। संवेदनशील है। दूसरों की पीड़ा परेशान करती है। आरके, ऐसे लोगों की यही कमजोरी तो तुम्हारी जीत का मार्ग प्रशस्त करती है। मन ही मन स्वयं को आश्वस्त करता आरके दरवाज़े से हटा तो रचना बेधड़क कमरे में दाखिल हो गई। वह उसके पीछे-पीछे ईजी चेयर तक आया। रचना ने उसके जवाब की प्रतीक्षा किए बगैर सवाल दागा, "ड्राइवर बता रहा था: तुम आज ही निकल रहे हो। अचानक ? खैरियत तो... ?"

"रचना, वो क्या है कि रात अर्जेंट कॉल आया। मेरा आज ही निकलना जरूरी है। तुम्हें खबर भिजवाने ही वाला था।" आरके की लाचारी में उसका झूठ इस कदर छिप गया कि रचना अविश्वास न कर सकी।

"कब तक निकल रहे हो तुम ?" रचना सामने कुर्सी पर बैठ चुकी थी।

"सोचता हूँ, बाब बैद्यनाथ से मिलकर जाऊँ।" आरके को कोई बहाना नहीं सूझा।

"चलो तुम्हारा यहाँ आना सार्थक रहा," रचना ने निःश्वास-सी ली, "मैं तो सोचती थी बाबा कहीं यूँ ही डींगें न मार रहे हों।"

"नहीं रचना, बाबा बैद्यनाथ की दवा में सचमुच जादू है," आरके अपना उत्साह दबा नहीं पाया, "पहले तो मुझे भी यक़ीन नहीं था लेकिन आज मैं यह बात दावे से कह सकता हूँ।"

रचना ने आरके को आश्चर्य से निहारा। उसकी आँखों में वाकई चमक थी। चेहरे पर उत्तेजना। वह खुशी के मारे अपनी उत्सुकता छिपा नहीं पाई, "यह मेडिसिन मुगल आरके कह रहा है ?"

"हाँ, रचना, यह मैं कह रहा हूँ।" एक-एक शब्द पर जोर देते आरके का स्वर थरथराने लगा था, "लेकिन मुझे डर है कि बाबा बैद्यनाथ का यह जादू इस जंगल में ही न खो जाए ?"

"क्यों ? ऐसा क्यों कहते हो तुम ?" रचना कुछ समझी नहीं। उसके चेहरे पर असमंजस के भाव दिखने लगे थे।

"रचना, जिस तेजी से जंगल कट रहे हैं, उसी तेजी से जड़ी-बूटियाँ भी खत्म होंगी। जाहिर है, ऐसे में बाबा बैद्यनाथ की दवा का जादू जंगल में ही दफन हो जाएगा।" आरके के स्वर में गहरा अफ़सोस था।

"नहीं आरके, ऐसा नहीं होगा।" रचना एकदम से प्रतिवाद पर उतर आई, "जंगल को कटने नहीं दिया जाएगा। हमने जबर्दस्त मोर्चाबन्दी कर रखी है। एक-एक आदिवासी कट जाएगा लेकिन जंगल नहीं कटने देगा।"

आरके रचना के इस रुख को देखकर भीतर तक सहम गया। तत्काल कोई तर्क देते नहीं बना। उसने बेचैनी में अपना पाइप उठाकर सुलगाया, जैसे अपनी आशंका को धुएँ में उड़ा देने के सिवा और कोई चारा न हो। एक गहरा कश खींचकर उसने धुआँ उगला तो कमरा धुएँ से भर गया। धुएँ के पीछे से रचना का चेहरा जब तक साफ

होता, दरवाजे के बीचोबीच बाबा बैद्यनाथ को देखकर आरके उछल पड़ा। उसकी सारी इन्द्रियाँ एक साथ सतर्क हो गईं। उसने उठकर बाबा का गर्मजोशी से स्वागत किया। बाबा हाँफ-से रहे थे मानो दौड़ते हुए आए हों। रचना पर नजर पड़ते ही दोनों हाथ जोड़कर अभिवादन करते हुए बोले, ''वन देवी, साहब को विदा करने आई हैं ?'' रचना को जवाब देते नहीं बना। बस मुस्करा कर रह गई, ''आरके तो आपके मुरीद हो गए हैं।''

बैद्यनाथ ठठाकर हँसे। उनकी बेलाग हँसी से कमरा भर गया, ''सब ऊपरवाले की कृपा है वन देवी।'' फिर आरके से मुखातिब हो गए, ''माफ कीजिएगा साब, आने में देरी हो गई। वो क्या है कि मैं फोटोवाले को ढूँढ़ने निकल गया था।''

''फोटोवाला ?'' आरके का कौतूहल दबाए न दबा, ''लेकिन क्यों ?''

बाबा बैद्यनाथ झेंप-से गए, अपनी झेंप छिपाने की गरज से एक ही सांस में बोल गए, ''वो क्या है साब, मैंने सोचा कि आज तो आप चले जाएँगे। फिर भेंट हो न हो। इतना बड़ा आदमी अंग्रेजी दवाओं का बेताज बादशाह मेरी जंगली जड़ी-बूटी से भला-चंगा हो गया। इससे बड़ी बात मेरे लिए और क्या हो सकती है। सोचा, सबूत के तौर पर आपकी एक फोटो खिंचवा लूँ।''

आरके जैसे आसमान से गिरा। यह जंगली जड़ी-बूटियों का बैद्य तो मार्केट की भाषा बोल रहा है। तो...क्या यह अपनी दवा की मार्केटिंग का गुर जान गया है। यह अपनी दवा की मार्केटिंग मेरे नाम के सहारे करेगा ? एकबारगी उसकी आँखों में बड़े-से फ्रेम में जड़ी अपनी तस्वीर घूमी और घूम गया पूरा बाजार। लोगों के मजमे के बीच बाबा बैद्यनाथ चिल्ला-चिल्लाकर कह रहा था—मेहरबान ! कदरदान ! ! यह वह दवा है, जिसे अंग्रेजी दवाओं के बेताज बादशाह आरके ने आजमाया। एक हफ्ते की खुराक में रोग हमेशा के लिए छू-मन्तर। सबूत के तौर पर देखिए आरके साहब की यह फोटो। और इत्मीनान होकर खरीद ले जाइए हमारी यह दवा। इलाज की गारंटी वरना पैसे वापस।

''क्या सोचने लगे साहब !'' बाबा बैद्यनाथ ने इस बेसब्री से आरके को टोका कि वह हड़बड़ा गया। उसका चेहरा फक पड़ चुका था। हलक़ सूखता जान पड़ रहा था। आवाज़ गले में अटक कर रह गई थी। उसकी समझ में नहीं आ रहा था कि वह अब क्या करे। ऐसी विमूढ़ता की स्थिति उसकी ज़िन्दगी में पहले कभी नहीं आई थी। अपनी चालों और चतुराइयों के लिए मशहूर आरके एक अदने आदिवासी से मात खा जाएगा, यह उसकी कल्पना तक में नहीं था। गहरी बेबसी से उसने रचना की तरफ देखा। रचना अब तक इस कदर अवाक् खड़ी थी मानो इस दृश्य में अपने आपको कहीं फिट नहीं कर पा रही हो। वह तो ठगी-सी कभी आरके को तो कभी बाबा को देखती हुई खुद को एक नए यथार्थ से जूझते पा रही थी।

''तो साहब ! फोटो हो जाए !'' बाबा के स्वर में पता नहीं ऐसा क्या था कि

आरके को लगा जैसे गरम सीसा उसके कानों में उतरता जा रहा हो। उससे न हाँ कहते बन रहा था, न ना।

रचना ने इस दृश्य से बाहर आते हुए गौर किया कि आरके हारा-हताश एक ऐसा शख्स नजर आ रहा है, जिसका दर्प बुरी तरह चूर हो गया है...लेकिन...लेकिन यह बाबा बैद्यनाथ ? इनके चेहरे पर यह कैसा दर्प है ?

इस दर्प में छिपे एक नए यथार्थ का अर्थ खुल रहा था धीरे-धीरे।

हमज़मीन

'तू सोता क्यों नहीं ? नींद नहीं आ रही क्या ?' आवाज़ में खीझ थी, बेचैनी की हद तक।

'हाँ नींद नहीं आ रही। हर कोशिश करके देख ली।' प्रत्युत्तर में, उभरे स्वर की लाचारी छुपी न रह सकी।

'क्या बात है, बहुत दुखी लग रहा है, तू ?' पहली आवाज़ में यकायक सहानुभूति की तरलता आ गई थी।

'दुख अपनी जगह है, नींद का न आना अपनी जगह। दोनों का एक-दूसरे से रिश्ता हो ही कोई जरूरी नहीं।' दूसरी आवाज़ संजीदा थी। शायद लम्बी उम्र का अनुभव बोल रहा था।

'कहता तो तू ठीक है। लेकिन बहुत देर से ग़ौर कर रहा हूँ। तू खासा बेचैन है। रहा नहीं गया, सो पूछ लिया।' पहले ने सफाई दी।

'अच्छा किया।' दूसरे ने उसका हौसला बढ़ाया, 'इसी तरह शायद बेचैनी कुछ कम हो। बोलने-बतियाने से जी हल्का होता है।'

पहले को विश्वास हो आया कि दूसरा जरूर उम्रदराज है। अनुमान लगाने की कोशिश की—साठ साल। हाँ, इसी के आस-पास होगा। यह खयाल आते ही उसे सन्तोष हुआ कि चलो, एक उम्र जी ली है उस शख्स ने।

उसे चुप पा दूसरे ने टोका, 'क्या हुआ, ख़ामोश क्यों हो गया ?'

'नहीं कुछ ख़ास नहीं। बस, तेरे ही बारे में सोचने लगा था।' पहले ने हड़बड़ी में सफाई दी।

'मेरे बारे में ? क्या सोच रहा था मेरे बारे में ?' दूसरे के स्वर में उत्सुकता थी।

'यही कि तेरी उम्र कितनी होगी ? तू कितने साल का है ?' उत्तर के साथ-साथ पहले ने जिज्ञासा भी ज़ाहिर कर दी।

'क्या फ़र्क़ पड़ता है, उम्र तीस की हो या साठ की ?' दूसरे के स्वर में सूफियाना अन्दाज़ था।

'क्यों ? क्यों नहीं फ़र्क़ पड़ता ? साठवाले ने तीसवाले से ज़्यादा जमाना देखा होता है। उसने ज़िन्दगी के ज़्यादा लुत्फ लिए होते हैं।' पहले ने ज़ोरदार दलील दी।

'नहीं। साठवाले ने ज़िन्दगी के ज़्यादा दुख झेले होते हैं। ज़्यादा जिम्मेदारियाँ ढोई होती हैं।' दूसरे ने असहमति जताई।

'तो मेरा अनुमान सही है।' पहले ने बात बदल दी।

'क्या ?'

'यही कि तेरी उम्र साठ साल है।'

'हाँ, तेरा अन्दाज़ा सही है। मैं साठ साल का हूँ। और तू ? तेरी उम्र कितनी है ?' दूसरे ने बग़ैर माथा-पच्ची के सीधा सवाल किया।

'मेरी उम्र ! तू बता कितनी होगी ?' पहले ने चुहल की।

'मैं इस मामले में अनाड़ी हूँ। हिसाब-किताब से कभी वास्ता नहीं रहा।' दूसरे ने साफगोई से अपनी कमज़ोरी बता दी।

'फिर इतनी लम्बी ज़िन्दगी तूने जी कैसे ली ?' पहले ने हैरानी से पूछा।

'कोई ज़रूरी नहीं कि जो जिया वो ज़िन्दगी ही थी।' दूसरा हिसाबी-किताबी न सही ख़ासा अनुभवी जान पड़ रहा था।

'तो अब दुखी क्यों है तू ? अब तो वैसी ज़िन्दगी से छुट्टी पा चुका है ?' पहले ने टोका, 'अब क्यों नहीं नींद आ रही ? चैन से सो क्यों नहीं जाता ?'

'मेरी छोड़ !' दूसरे ने झिड़की दी, 'तू क्यों नहीं सो जाता ? खामख्वाह क्यों हलकान हुआ जा रहा है ?'

'क्यों ? मैं क्यों न हलकान होऊँ ?' पहला तुनक पड़ा। मैं अपनी मौत मरा होता तो कोई बात होती। यहाँ, इस तंग जगह में सोने की तकलीफ़ तो न होती।'

'अपनी मौत मरा होता तो क्या तू सीधे जन्नत चला गया होता ?' दूसरे के स्वर में व्यंग्य था।

पहले ने बुरा नहीं माना। बल्कि अपनी ही रौ में बोल पड़ा, 'वो तो मैं नहीं जानता। लेकिन इतना तय है कि इस क़ब्र में न पड़ा होता।'

'तो...तो कहाँ होता ?' दूसरे के स्वर में संशय का पुट था।

'जला दिया गया होता।' पहले ने दो टूक उत्तर दिया।

अचानक एक गहरी चुप्पी तिर आई। एकदम से जैसे सब कुछ ठहर गया हो।

यह अन्तराल लम्बा हो इससे पहले ही दूसरे की मद्धिम आवाज़ आई, 'तो...तू हिन्दू है ?'

'हाँ। और तू ?' पहले ने संशय में सवाल दागा।

'मैं तो मुसलमान हूँ।' दूसरे ने जवाब दिया।

'फिर तो तू सही जगह आ पहुँचा है।' पहले ने सन्तोष जताया।

'नहीं, मैं अपनी मौत मरा होता तो इससे बेहतर जगह मिली होती।' दूसरे ने पहले की आश्वस्ति को निरस्त कर दिया।

'क्यों इस जगह में क्या खराबी है ?' पहले ने सशंक पूछा।

'वही जो तुझे लगता है। इतनी तंग जगह कि न पाँव ठीक से फैला सको न करवट तक बदल सको।' दूसरे की आवाज़ में गहरी पीड़ा उतर आई थी।

'तो तेरी नींद न आने की वजह भी वही है।' पहला पुष्टि चाहता था।

'हाँ, पूरी देह अकड़ गई है। ज़ख़्म में रिसा ख़ून जमकर अलग से चुनचुना रहा है।' दूसरा बूरी तरह आजिज आ गया था।

'तेरा जख़्म कहाँ है ? मेरा मतलब किस जगह पर ?' पहले ने हमदर्दी से पूछा।

'सीने पर। बुरी तरह छलनी हो गया है।' दूसरे के स्वर में आह थी।

'च्च...च्च !' पहले ने अफ़सोस जताया, 'वाकई बहुत तकलीफ़ हुई होगी।'

'वो तो है।' दूसरे ने ग़मजदा लहजे में पूछा, 'लेकिन तू यहाँ कैसे आ फँसा ?'

'चूतियों के चक्कर में।' पहले के स्वर में जबर्दस्त गुस्सा था, 'स्साले सरकारी कारकून जो न करें।'

'ठीक कहता है तू। सबके सब खानापूरी करते हैं।' दूसरे ने हामी भरी, 'मेरे साथ भी यही हुआ।'

'अच्छा ? तेरे साथ क्या हुआ ?' पहले ने उत्सुकता जताई।

'वही। सरकारी कारकून रात के अँधेरे में ढेरों लाशें लेकर आए और बित्ता-बित्ताभर गड्ढ़े में दफना गए। गोया थोड़ा ज़्यादा ज़मीन खोदने में स्सालों की जान जा रही हो।' दूसरे की आवाज़ में उज्र था।

'अक्ल के अँधे कभी नहीं सुधरेंगे।' पहला कहीं ज़्यादा तीखा हो आया था, 'लाशें दफा करने के चक्कर में हिन्दू-मुसलमान कुछ नहीं सूझता।'

'लगता है, तू इसी ग़लतफ़हमी का शिकार हुआ ?' दूसरे ने हमदर्दी जताई।

'हाँ। मैं सुलेमान सेठ की गद्दी पर काम करता था। दंगाइयों ने वहाँ आग लगा दी। सबके सब ज़िन्दा जल गए।'

पहले की दहशत भरी आवाज़ में दिल दहलाता मंजर नुमाया हो आया था, 'देर रात तक हमारी लाशें सीझती रही। फिर सरकारी कारकून आए और लाशें लॉरी में भरकर आनन-फानन यहाँ दफना गए।'

'सोचा होगा मुसलमान की गद्दी पर सारे कारिन्दे मुसलमान ही होंगे !' दूसरे ने बेसाख्ता तंज लहज़े में तब्सरा किया, 'गोया हिन्दू की रोज़ी हिन्दू। मुसलमान की रोज़ी मुसलमान।'

'अक्ल के अँधों को कौन समझाए सुलेमान सेठ तो गया, अब कौन देगा मेरे घरवालों को रोटी ?' पहले के स्वर में ग़ज़ब की बेबसी थी।

एकबारगी दूसरे ने कोई प्रतिक्रिया नहीं व्यक्त की। दोनों के बीच चुप्पी सनसनाती रही। आखिरकार पहले ने ही पहल की, 'क्या हुआ, तू चुप क्यों हो गया ?'

'नहीं ! बस तेरे ही बारे में सोचने लगा था।' दूसरे ने सफाई दी।

'मेरे बारे में ? मेरे बारे में क्या सोचने लगा तू ?'

'यही कि तेरे घर में कौन-कौन होगा ?' दूसरे ने इसरार-सा किया, 'कौन-कौन था तेरे घर में ?'

'बीवी। दो बच्चे। पहला पाँच साल का, दूसरा तीन साल का !' पहला हुलसकर बोला।

'तो तू जवान लगता है। कितनी उम्र है तेरी ?' दूसरे ने अफ़सोस भरे लहजे में पूछा।

'यही कोई तीस साल !'

'च्च...च्च....च्च !' दूसरा जज़्बाती हो आया था, 'सचमुच तेरे साथ बहुत ज़्यादती हुई है।'

'क्यों ? तू तो अभी कह रहा था उम्र तीस की हो या साठ की, क्या फ़र्क़ पड़ता है ?' पहले ने पलटवार किया।

'यूँ तो कोई फ़र्क़ नहीं पड़ता !' दूसरे ने दलील दी, 'लेकिन तेरे मामले में बात दूसरी है !'

'क्या मतलब ?'

'मतलब ये कि तेरे पीछे तेरे बीवी-बच्चों को कौन पालेगा ?' दूसरे के स्वर में गहरी चिन्ता थी।

'वे ही पालेंगे, जिन्होंने पलीता लगाया है।' पहला चिढ़ा-सा जान पड़ रहा था।

'मुझे तो नहीं लगता !' दूसरे का अनुभवजन्य स्वर दो टूक था।

'तो मेरे बच्चे एक दिन उन्हें ही पलीता लगा देंगे।' पहला तिलमिलाया हुआ था।

दूसरे ने कुछ नहीं कहा। एक बार फिर सन्नाटा छा गया। पहला थोड़ी देर तक इन्तज़ार करता रहा, लेकिन दूसरे की ओर से कोई प्रतिक्रिया न होती देख उससे रहा नहीं गया। बोला, 'क्या हुआ, तू चुप क्यों हो गया ?'

'कुछ ख़ास नहीं। दिल का ज़ख़्म हरा हो गया था। इसलिए बोलने में दिक़्क़त हो रही है।' दूसरे की आवाज़ में वाकई दर्द था।

'स्सालों ने बड़ी बेरहमी से तुझे मारा न ?' पहला उत्तेजित हो आया था।

दूसरे ने संजीदा स्वर में जवाब की जगह सवाल किया, ''कातिल रहमदिल भी होते हैं क्या ?''

'किसने मारा तुझे ?' पहले ने उत्सुकता से पूछा।

'कातिलों ने !' दूसरे ने छोटा-सा जवाब दिया।

'आखिर वे थे कौन ? हिन्दू ?' पहले ने ज़ोर देकर पूछा।

'क्यों ? मुसलमान क्यों नहीं हो सकते ?'

'मुसलमान मुसलमान को क्यों मारेगा ?'

'भाई, कातिल तो सिर्फ़ कातिल ही होता है।' दूसरे ने फलसफा दिया।

'तू तो बड़ी-बड़ी बातें करता है।' पहले ने फिर चुटकी ली। 'लेकिन तू मरा कैसे ?' पहले के स्वर में गहरी जिज्ञासा थी।

'छोड़ भी ! कब से ख़ाली मनहूस बातें ही किए जा रहा है ? मौत, मातम, मैय्यत के अलावा तेरे पास और कोई बात नहीं क्या ?' दूसरे ने पहले के सवाल को चलाकी से दरकिनार कर दिया।

'मुर्दे मौत नहीं तो क्या ज़िन्दगी की बात करेंगे ?' पहले ने तर्क किया।

'ज़िन्दगी जैसी भी हो, वक़्त काटने के लिए उससे बेहतर कुछ नहीं।' दूसरे ने अपने बुज़ुर्गाना अन्दाज़ में पहले को आश्वस्त किया, 'ख़ासकर हम मुर्दों के लिए इससे मुफीद तो कुछ हो ही नहीं सकता !'

'चल तेरी बात मान भी ली, तो ज़िन्दगी में ऐसा क्या है, जिसके लिए उसे याद किया जाए ?' पहले ने सीधे-सीधे हथियार नहीं डाला।

'बहुत कुछ, मसलन रोटी का स्वाद। बच्चों की किलकारी। मुहब्बत का जादू।'

पहले ने दूसरे की बात बीच में ही काटकर उसे छेड़ा, 'काफ़ी आशिक़ मिज़ाज लगता है तू ?'

'हाँ, मैंने ज़िन्दगी से आशिक़ी की !' दूसरे ने फिर सूफियाना जवाब दिया।

'लेकिन तू तो कह रहा था कोई ज़रूरी नहीं जो जिया वो ज़िन्दगी ही हो।' पहले ने दूसरे को याद दिलाया।

'हाँ, मैंने कहा था। वो तजुर्बे की बात थी।' दूसरे ने बग़ैर किसी हिचक के खुलासा किया, 'लेकिन वो ज़िन्दगी ही है, जिसमें हर रोज़ जीने की नई आस जागती है। हर रोज़ लगता है हालात बदलेंगे !'

'लेकिन बदला तो कुछ नहीं ?' पहले ने जिरह-सी की।

'हाँ, लेकिन आस तो फिर भी कायम रहती है न ?' दूसरे के स्वर में ग़ज़ब का विश्वास था।

'तू बहुत जीवटवाला है।' पहले ने हथियार डालते हुए दूसरे की तारीफ की, 'वाकई तेरा जवाब नहीं !'

अपनी तारीफ के बावजूद दूसरे की ओर से कोई प्रतिक्रिया न पाकर पहला कसमसाया—ज़रूर बुढ़ऊ ने फिर गुम्मी साध ली है, सो झुँझलाकर आवाज़ दी, 'क्या हुआ फिर कहीं खो गया क्या ?'

'आँ-हाँ !' दूसरा जैसे चिहुंका, 'कुछ याद आने लगा था।'

'कुछ याद आने लगा था या कोई याद आने लगा था ?' पहले ने फिर छेड़ा।

'अरे नहीं ! अपना कोई था ही नहीं, जिसकी याद आए !' दूसरे ने आह भरी।

'क्यों बीवी-बच्चे ?' पहले ने संकोच भरे स्वर में पूछा।

'अरसा हुआ उन्हें गुज़रे। अब तो साल-तारीख भी याद नहीं।' दूसरे का स्वर सपाट था।

'कैसे मरे वे ?'

'भूख से !'

''भूख से ?' पहले ने हैरानी से पूछा, 'तू कमाता-धमाता नहीं था क्या ?'

'नहीं। तब मैं गाँव में रहता था। उन्हीं दिनों जबर्दस्त अकाल पड़ा। लोग दाने-दाने को मुहताज हो गए। मैं शहर में मज़दूरी के लिए आया और उधर मेरी बीवी-बच्चे भूख

से तड़पकर मर गए। बहुत सारे लोग मरे थे तब !' दूसरा एक क़िस्से की तरह सब कुछ बोल गया।

'सारे के सारे मुसलमान ही मरे थे ?' दबी जुबान से पहले ने पूछा।

'धुत्त !' दूसरे ने झिड़की लगाई, 'इतना भी नहीं जानता कि भूख से सिर्फ़ गरीब मरते हैं ?'

'आँ-हाँ !' पहला शायद शर्मिन्दगी महसूस कर रहा था, लिहाजा झेंप छुपाने की गरज से बोला, 'फिर दूसरी शादी कर ली होगी तूने ?'

'हाँ, चाहा था, लेकिन हुई नहीं !' सर्द आह भरी दूसरे ने।

'क्यों नहीं हुई ? क्या कमी थी तुझमें ?'

'यही कि मैं शिया था !'

'और वो ?'

'सुन्नी !'

'एई स्साला ! तेरे यहाँ भी ये सब चलता है ?' पहले को जैसे पहली बार एक नई सच्चाई जान पड़ी थी। हकलाते हुए पूछा, 'फिर जानते-बूझते क्यों इस चक्कर में पड़ा ?'

'मुहब्बत ! मुहब्बत के चलते !' दूसरे की आवाज़ लरज रही थी।

'फिर ?' पहले ने दिलचस्पी दिखाई।

'बस कसम खा ली। ताउम्र शादी नहीं करनी !' दूसरे की आवाज़ दरकी-दरकी-सी थी।

पहले ने महसूस किया कि दूसरे की दुखती रग दब गई है। इससे पहले कि वह और दुखी हो, पहले ने बात का रुख मोड़ा, 'अच्छा, ये बता, तू करता क्या था ? मेरा मतलब काम-धन्धा ?'

'मैं राज मिस्त्री था !' पहले की कारगुजारी काम आ गई। दूसरे की आवाज़ सहज हो आई थी, 'लोगों के मकान बनाता था।'

'वाह ! खुद के लिए दो गज जगह भी नसीब नहीं हुई ?' पहला हँसा।

'अपनी मौत मरता तो ऐसा नहीं होता !' दूसरे ने सफाई दी।

'तो तू मरा कैसे ?' पहले की आवाज़ में तड़प थी।

'मैं एक बेवा का मकान बना रहा था। मकान अभी आधा-अधूरा ही बना था कि इलाक़े के कुछ लोगों ने बावेला खड़ा कर दिया।'

'क्यों ?' पहले के स्वर में हैरानी थी।

'वे लोग बेवा पर दबाव डाल रहे थे कि हिन्दू का मकान कोई मुसलमान नहीं बनाएगा !' दूसरे की तिलमिलाहट छुपी न रह सकी।

'फिर ?' पहले ने उकसाया।

'यक़ीन मान उस दिन मुझे बहुत गुस्सा आया। जी में हुआ स्सालों को एक-एक कर दीवार में चुन दूँ। लेकिन बेबसी देख कि मेरी रुलाई फूट पड़ी।' दूसरे की आवाज़ भीगी हुई थी, 'वो बेवा भली औरत थी। उसने मुझे समझाया कि अभी काम रोक देते हैं। हालात ठीक होते ही फिर हाथ लगाएँगे !'

'तो तूने काम छोड़ दिया ?' पहले ने कुरेदा।

'क्या करता !' ठंडी आह भरते हुए दूसरा बोला, 'हम हालात ठीक होने का इन्तज़ार करते रहे। इन्तज़ार लम्बा होता जा रहा था। मुझे उस बेवा के अधूरे मकान की फिक्र खाए जा रही थी। उसकी बेटी की शादी की तारीख नजदीक आती जा रही थी। बस मुझसे रहा नहीं गया। एक दिन आगा-पीछा सोचे बग़ैर घर से निकल पड़ा !'

दूसरा पल भर दम लेने के लिए ठहरा कि पहला उतावला हो गया, 'सीधे बेवा के पास जा पहुँचा ?'

'नहीं ! रास्ते में मुहल्ले के कुछ शोहदों ने घेर लिया। कहने लगे, तू हिन्दुआनी का मकान नहीं बनाएगा। मेरी ख़ामोशी देखकर वे और भड़क गए। धमकी देने लगे—उधर गया तो तेरी ख़ैर नहीं।' दूसरा हाँफने लगा था। 'लेकिन मैं नहीं माना। मैं उनकी नजरें बचाकर निकल गया !'

'वाकई तू जीवटवाला है !' पहले के मुँह से बेसाख्ता निकल पड़ा, 'तुझे डर नहीं लगा ?'

'डर उन शोहदों से तो नहीं, उस बेवा से ज़रूर लगा !'

'क्यों ? ऐसा क्या हुआ ?'

'उस बेवा का मकान तेज़ी से बन रहा था। मिस्त्री-मज़दूर काम में जुटे थे। मैं तो यह नजारा देखकर सन्न रह गया। बेवा बेचारी मुझे देखते ही सफेद पड़ गई। बड़ी मुश्किल से माफी माँगते हुए बोली—जहूर मियाँ, रहना तो मुझे इन्हीं के बीच है।'

एकबारगी एक गहरी ख़ामोशी खिंच गई। पहला जो अब तक खोद-खोदकर दूसरे को तंग किए हुए था एकदम से चुप लगा गया। दूसरा भी दम लेते हुए चुप पड़ा रहा।

अचानक कोई आहट सुन दोनों चौंके। पहले ने धीमे से दूसरे को टोका, 'कोई हमारी बात सुन तो नहीं रहा ?'

'छोड़। ज़िन्दा जी किसी ने नहीं सुनी तो अब क्या खाक सुनेंगे।' दूसरे ने खीझकर कहा।

'ठीक कहता है। ये मेरा भरम होगा।' पहले ने खुद को दिलासा दिया।

'हाँ, भरम के टूटने से डर लगता है।' दूसरे ने खोए-खोए स्वर में खुलासा किया, 'उस दिन मेरा भरम भी टूट गया था। मैं पहली बार बुरी तरह डर गया था। डरा-सहमा मुहल्ले में दाखिल ही हुआ था कि शोहदों ने घेर लिया। वे इस बात पर नाराज थे कि मैंने उनका हुक्म नहीं माना था। वे मुझे मारने-पीटने लगे। मैंने भी बचाव में उलटा वार कर दिया, बस, क्या था ! ताबड़-तोड़ उन लोगों ने चाकुओं से मेरा सीना छलनी कर दिया। मैं अपने मुहल्ले के नुक्कड़ पर ढेर हो गया था !

बात पूरी करते-करते दूसरे की आवाज़ उखड़ गई। वह बुरी तरह थक गया था। पहले ने एक छोटे अन्तराल के बाद आशंका जताई, 'तो तेरी ही मौत को लेकर फ़साद हुआ था ?'

'हाँ, जिन शोहदों ने मुझे मारा उन्होंने ही सड़क जाम किया। दुकानें जलाईं। बवाल

किया, पुलिस ने गोलियाँ चलाईं। शोहदे तो लाश छोड़कर भाग खड़े हुए। मारे गए राहगीर। तमाशबीन। पुलिस ने आनन-फानन सारी लाशें ठिकाने लगा दी।' दूसरे की आवाज़ डूबने लगी थी।

पहले ने हमदर्दी जताते हुए कहा, 'थका लगता है तू, आराम कर ले।'

'आराम !' दूसरे की आवाज़ में गहरा तंज शामिल हो आया था, 'इत्ती-सी जगह में क्या तो आराम, कैसा आराम ?'

'कहता तो ठीक है। गुड़ीमुड़ी पड़े-पड़े स्साली देह अकड़ गई है।' पहले के स्वर में टभकती हुई पीड़ा थी। बातों में बहते दर्द की अचानक याद आते ही बेसाख्ता कराहने लगा।

'बहुत तकलीफ़ हो रही है न ?' दूसरे के स्वर में तड़प थी।

'हाँ; बहुत ज़्यादा। बर्दाश्त नहीं होता !' पहले की भिंची-भिंची आवाज़ आई।

'एक काम करते हैं !' दूसरे ने कुछ सोचते हुए सुझाया, 'हम दोनों के बीच जो दीवार है न, इसकी मिट्‌टी कुछ नम लगती है। तू अपनी ओर से कुरेद। मैं अपनी ओर से कुरेदता हूँ।'

'राजमिस्त्री है न, तू !' पहला अपनी पीड़ा के बावजूद चुहल से बाज नहीं आया, 'कब्र में भी कारीगरी सूझ रही है ?'

'सुन, लाशें दफन होती है। कारीगरी नहीं !' दूसरे की आवाज़ में उम्र का तर्जुबा था।

'बड़ी-बड़ी बातें करता है, तू। मेरी समझ में नहीं आतीं।' पहला आजिजी से बोला, 'सीधे-सीधे बता, करना क्या है ?'

'तू अपनी तरफ से मिट्‌टी खोद। मैं अपनी तरफ से खोदता हूँ। दीवार गिरी कि समझ थोड़ी ज्यादा जगह निकल आएगी !' दूसरे ने संजीदा स्वर में पहले को समझाया, 'कम से कम करवट लेना आसान हो जाएगा। क्या पता आड़े-तिरछे हाथ-पाँव फैलाना भी मुमकिन हो जाए।'

पहले की ओर से कोई जवाब आता न पाकर दूसरा घबराया—कहीं बुरा तो नहीं मान गया। हड़बड़ाते हुए ज़ोर से हाँक लगा बैठा, 'क्या हुआ ? रूह फना हो गई क्या ?'

'नहीं बड़े मियाँ !' पहले ने दुगुने ज़ोर से जवाब दिया, 'मैं अपनी तरफ़ की मिट्‌टी खोदने लगा था !'

'ठीक है। फिर मैं भी शुरू करता हूँ।' दूसरे ने आश्वस्त किया।

...और अचानक अब तक का सबसे नामुमकिन वाकया वजूद में आया। सहमे हुए समय ने ग़ौर से देखा, ज़मीन में ज़िन्दगी की-सी हरकत हो रही है।

ठिठोली

चौधरियों के गाँव की यूँ तो कई खासियतें थीं। लेकिन जो सबसे अहम और दिलचस्प खासियत थी, वह थी उनकी हँसी। वे हँसने के लिए मशहूर थे। वे बात-बात पर हँसते थे। बिना बात भी वे हँस सकते थे। लेकिन बिना बात हँसना हमेशा संभव नहीं था, इसलिए वे हँसने के लिए अकसर कोई न कोई वजह पैदा किया करते थे। जाहिर है, वजह पैदा करने के लिए उन्हें तरह-तरह की तरकीबें ढूँढ़नी पड़ती थीं। किस्म-किस्म के करतब करने पड़ते थे। लेकिन हँसना उनका शगल था, सो इसके लिए उन्हें किसी भी हद तक जाने में कोई गुरेज नहीं था।

दरअसल, हँसने की यह शुरुआत एक ऐसी गुदगुदी से हुई, जो अचानक पैदा हो गई थी। हुआ यूँ कि एक चौधरी का हाथ अभिसार के क्षणों में एक चौधराइन की काँख से जा लगा। चौधराइन हाथ लगते ही सिहर गई। पलटकर उसने चौधरी की काँख को छेड़ दिया। चौधरी चौधराइन की इस हरकत से उछल पड़ा। यह एक अद्‌भुत आनन्ददायी अनुभव था। इस अनुभव का जिक्र चौधरी ने अपने कुछ अन्तरंग मित्रों से किया, तो चौधराइन ने कुछ सखियों से। बात कानों-कान इस कदर फैली कि सभी ने गुदगुदी पैदा करने के लिए शरीर के विभिन्न अंगों की आजमाइश शुरू कर दी। संयोग से ऐसे कई संवेदनशील अंगों की पहचान हुई, जहाँ हाथ धरने से या उँगली करने से हँसी पैदा होती थी। चूँकि यह एक आनन्ददायी खोज थी, इसलिए ज़्यादा दिनों तक गोपनीय नहीं रह सकी। बल्कि वे अब सार्वजनिक रूप से एक-दूसरे के अंगों को गुदगुदा कर हँसने-हँसाने का आनन्द लेने लगे। अगला जब किसी की गुदगुदी से उचक-उचककर हँसने लगता तो उसे हँसता देखकर गुदगुदी करनेवाला भी अपनी हँसी नहीं रोक पाता। इस तरह वे एक-दूसरे के साथ, एक-दूसरे पर हँसते और हँस-हँसकर एक-दूसरे को हँसने के लिए प्रेरित करते। धीरे-धीरे उन्हें आभास हुआ कि हँसना तो एक स्वास्थ्यवर्द्धक उपक्रम है। लिहाजा इस अचूक नुस्खे को पाकर उन्हें इतनी खुशी हुई कि उन्होंने हँसने को अपना धर्म मान लिया। अब वे सोते-जागते, उठते-बैठते हर वक़्त हँसते रहते। यहाँ तक कि उनकी नींद में भी हँसी के ही सपने आते। लेकिन सपने में हँसना जितना आसान था, हकीकत में वह उतना ही कठिन होने लगा।

यह कठिनाई कब और कैसे पैदा हुई, ठीक-ठीक तो नहीं कहा जा सकता। लेकिन कुछ दिनों बाद चौधरियों ने महसूस किया कि किसी भी अंग को छूने या उँगली करने

से अब वैसी गुदगुदी नहीं होती जैसी कि पहले होती थी। सारे के सारे अंग जैसे प्रतिरोधी हो गए थे। उनकी संवेदनशीलता चुक गई थी। पता नहीं अब स्पर्श ही संवेदन नहीं रह गया था या त्वचा ही घठा गई थी कि लाख कोशिशों के बाद भी यह कला काम नहीं कर रही थी। यह एक कठिन समय था। ऐसे में जब वे सोते तो उन्हें भयंकर सपने आते। लगता कोई उन पर ठहाके लगा रहा है। पहले तो वे इसका अर्थ नहीं समझ पाए। लेकिन एक-दूसरे से इस सपने का जिक्र करते हुए उन्हें इल्हाम हुआ कि वे डरे हुए हैं। इस डर से निजात पाने के लिए उन्होंने देखे गए सपने की हँसी उड़ानी शुरू कर दी। आश्चर्य कि सपने की हँसी उड़ाने में उन्हें इस कदर मजा आया कि उन्हें लगा–अरे ! हँसने से ज्यादा आनन्द तो हँसी उड़ाने में आता है। इस प्रकार वे हँसी उड़ाने की दिशा में प्रेरित हुए। अब उनकी लगातार कोशिश किसी की भी हँसी उड़ाने की होती। वे ऐसा कोई भी मौका नहीं चूकते। बल्कि वे अब ज्यादातर हँसी उड़ाने के मौके निकालने की फिराक में होते। इस जुनून में वे कुछ भी कर गुजरने को तैयार रहते।

एक बार की बात है कि जब चौधरियों को हँसी उड़ाने के मौके की तलाश थी, ठीक तभी गली का एक कुत्ता किसी के पालतू कुत्ते पर गुर्राने लगा। सबका ध्यान इस गुर्राहट की ओर गया तो क्या देखा कि गली का कुत्ता तो गुर्राते हुए अपने दोनों अगले पंजे ज़मीन में रगड़ रहा है और पालतू कुत्ता डर के मारे दुबका जा रहा है। यह एक खासा दिलचस्प दृश्य था। चौधरियों की बेसाख्ता हँसी फूट पड़ी। वे उत्साह और उत्तेजना से भरे गली के कुत्ते को उकसाने लगे। गली का कुत्ता जितना आक्रामक होता, पालतू कुत्ता उतना ही ज्यादा सहमकर सिकुड़ जाता। अचानक पालतू कुत्ते के मालिक ने हस्तक्षेप किया और गली के कुत्ते को एक ऐसी लात जमाई कि वह ''कीं-कीं-कीं'' करता हुआ भागा और किसी गली में जा घुसा। सारे के सारे चौधरी उस भागते हुए कुत्ते पर हँसते रहे और हँसते हुए उसके भागने के कारणों की व्याख्या करते रहे।

एक चौधरी ने कहा, ''गली के कुत्ते स्साले होते हैं लतखोर !''

दूसरे चौधरी ने खुलासा किया, 'टुकड़खोर होते हैं, स्साले। एक टुकड़ा रोटी का दिखाओ। दुम हिलाते चले आएँगे।''

तीसरे चौधरी ने नहले पर दहला जड़ा, ''लेकिन कुछ भी कहो ! पालतू कुत्ते से ज्यादा दिलेर होते हैं। जहाँ चाहा मुँह मारा। जहाँ चाहे टाँग उठा दी।''

बात में दम था। लिहाजा चौधरियों ने तय किया कि पालतू कुतियों का गली के कुत्तों के साथ मिलाप कराया जाए तो एक साथ दो काम सध सकते हैं। पालतू कुत्तों का पालतूपना भी रह जाएगा और उनका डरपोकपना भी खत्म हो जाएगा। इस तरह उन्हें पहली बार एक तीर से दो शिकार करने का अनुभव प्राप्त हुआ।

यह अनुभव वाकई कारगर रहा। जब उनकी पालतू कुतियों के बच्चे बड़े हुए तो उनमें आवारापन के व्यापक लक्षण पाए गए। वे अपने मालिक के सिवा किसी की बात नहीं सुनते। यहाँ तक कि वे घर में भी सिर्फ उसी का कहा मानते जो उन्हें खाना-पानी

देता। यह एक तरह की ऐसी दोगली नस्ल थी, जिस पर भरोसा नहीं किया जा सकता था। लेकिन चौधरियों को इस नस्ल पर इतना भरोसा था कि पूछिए मत ! जब भी उन्हें हँसी उड़ाने की वजहों के टोटे पड़ जाते वे अपने कुत्ते किसी पर भी छोड़ देते। यह आजमाइश वे अकसर मज़दूरों, भिखमंगों और कचरा वगैरह चुननेवालों पर किया करते। चूँकि वे सम्पन्न थे। धन-धान्य से पूर्ण थे, इसलिए मज़दूर, भिखारी और कचरा चुननेवाले उनके गाँव में नहीं थे। वे दूसरे गाँवों से आते और जान जोखिम में डालकर आते। लेकिन धीरे-धीरे हुआ यह कि मज़दूरों की आमद घटने लगी। खेती-बाड़ी, काम-धन्धा, सेवा-टहल पर असर पड़ने की आशंका को देखते हुए चौधरियों ने एक रास्ता निकाला कि कुत्ते मजूदरों पर तब तक न छोड़े जाएँ, जब तक कि बहुत अनिवार्य न हो। बल्कि मज़दूरों को यह अहसास दिलाया जाए कि वे चौधरियों को उतने ही प्रिय हैं, जितने कि उनके कुत्ते। इस प्रकार चौधरियों ने हर्रे लगी न फिटकरी, रंग जमा लिया चोखा।

यही वह समय था, जब चौधरियों के चोखेपन की चर्चा आसपास के गाँवों में फैलने लगी। उनकी बढ़ती सेहत का राज जानने की उत्सुकता बढ़ने लगी। चूँकि मामला सेहत का था, इसलिए ठाकुरों के गाँव की बेचैनी कुछ ज्यादा ही बढ़ गई। वे ऐन-केन प्रकारेण यह पता लगाने में जुट गए कि आखिर चौधरियों की बढ़ती सेहत का राज क्या है ? कहा गया है, जहाँ चाह, वहाँ राह। अन्ततः ठाकुरों को कामयाबी मिल ही गई। हालाँकि उन्हें एकबारगी विश्वास नहीं हुआ, लेकिन खबर इतनी पक्की थी कि उन्हें झक मारकर विश्वास करना पड़ा कि चौधरियों की बढ़ती सेहत का रहस्य उनकी हँसी में छुपा है।

चूँकि ठाकुरों को अपनी सेहत से बेहद लगाव था और इसके लिए वे कुछ भी उठा नहीं रखते थे, इसलिए उन्होंने इस नुस्खे को आजमाने की ठान ली। लेकिन उनके साथ सबसे बड़ी दिक्कत यह पेश आई कि यह नुस्खा आजमाया किस पर जाए ? बहुत सोच-विचार के बाद इस नुस्खे को कुछ नौजवानों पर आजमाने का निर्णय लिया गया। निर्णय के आलोक में कुछ नौजवानों का चयन हुआ और उन्हें इस नुस्खे पर अमल के लिए हरी झंडी दे दी गई।

पहले दिन जब इस नुस्खे की आजमाइश शुरू हुई, पूरा गाँव किसी जलसे की शक्ल में इकट्ठा हो गया। देखते-देखते दृश्य कुछ ऐसा उपस्थित हुआ कि गाँव का आसमान जयघोष से गूँजने लगा। लोग तालियाँ बजाकर नौजवानों का जोश बढ़ाने लगे। इसी जोश-खरोश के बीच एक नौजवान ने दूसरे नौजवाना के किसी संवेदनशील अंग को उँगली कर दी। दूसरा नौजवान, जिसके उँगली की गई थी, अचानक हुई इस हरकत से एकदम से भड़क उठा। उसने आव देखा न ताव पास ही में रखी अपनी तेल पिलाई लाठी उठाई और हवा में भाँजते हुए पहले नौजवान को ललकारने लगा, "असल की औलाद है तो दुबारा उँगली करके दिखा। मारके लाश न बिछा दी तो मैं भी ठाकुर नहीं।"

यह सरासर सार्वजनिक अपमान था। दूसरे नौजवान की आँखें क्रोध से जल उठीं। खून खौल गया। भुजाएँ फड़फड़ाईं और उसने भी अपनी लाठी खींचकर हवा में लहराते हुए पहले नौजवान को मुँहतोड़ जवाब दिया, "ज़्यादा ठकुरैती मत दिखा। यहीं खोद के जिन्दा गाड़ दूँगा।"

फिर क्या था ? दोनों नौजवानों के समर्थक आपस में ही गुत्थम-गुत्था हो गए। लाठियाँ खिंचनी शुरू हो गईं। मामले को बिगड़ता देख कुछ बड़े-बुजुर्गों ने हस्तक्षेप किया और सबको समझा-बुझाकर शान्त किया। जब स्थिति काबू में आ गई तब पूरे गाँव की बैठक बुलाई गई और इस बात की समीक्षा की गई कि आखिर इस नुस्खे में नुक्श कहाँ है ? काफी देर तक माथा-पच्ची के बाद निष्कर्ष यह निकला कि ठाकुर क्रोध कर सकते हैं। घृणा कर सकते हैं। इन वजहों से लड़-मर सकते हैं। लेकिन हँस नहीं सकते। हँसना उनकी प्रवृत्ति में शामिल नहीं है। हद तो तब हो गई, जब कुछ लोगों ने साफ-साफ ऐलान कर दिया कि सेहत के लिए अपनी कसरत-कुश्ती ही ठीक है। हँसना-हँसाना ठाकुरों का धर्म नहीं।

कायदे से तो बात यहीं खत्म हो जानी चाहिए थी, लेकिन चौधरियों के गाँव की बढ़ती सेहत आखिर सुहाती भी तो कैसे ? ठाकुर सब कुछ बर्दाश्त कर सकते थे, लेकिन ताकत में कोई उनसे आगे निकल जाए यह बर्दाश्त बाहर था। अन्ततः यह तय किया गया कि हँसना एक कठिन कला सही, परन्तु उसे साधना होगा। ऐन-केन-प्रकारेण।

चौधरियों के गाँव को जब यह पता चला कि ठाकुरों ने हँसने की कला को साधना शुरू कर दिया है तो उनका माथा ठनका। अब तक जिस कला पर उनका एकाधिकार था उसके टूटने की आशंका ने उनकी नींद हराम कर दी। उन्होंने आनन-फानन ठाकुरों को धमकी दे डाली, "खबरदार ! जो हमारी कला को हथियाने की कोशिश की।"

ठाकुरों को भला यह धमकी कैसे सहन होती। उन्होंने ताल ठोंकते हुए चौधरियों को ईंट का जवाब पत्थर से दिया, "हिम्मत हो तो रोक लो।"

ठाकुरों के इस जवाब से चौधरियों का गाँव सकपका गया। उन्हें ठाकुरों के गाँव की ताकत का अन्दाजा था। बल्कि वे जानते थे कि ठाकुरों से खुली लड़ाई मोल लेना कतई बुद्धिमानी नहीं होगी। लिहाजा चुप रहने में ही भलाई थी। फिलहाल, वे चुप लगा गए। लेकिन चुप बैठे रहना उनकी फितरत नहीं थी। उन्होंने भीतर ही भीतर ठाकुरों को सबक सिखाने की ठान ली। इस क्रम में उन्होंने पहला काम यह किया कि ठाकुरों के गाँव पर नजर रखनी शुरू कर दी। धीरे-धीरे उन्हें पता चल गया कि ठाकुरों की सबसे बड़ी कमजोरी क्या है ? ठाकुरों की सबसे बड़ी कमजोरी थी अपने आन-बान-शान पर डटे रहना। उनका अतीत ऐसे तमाम उदाहरणों से भरा पड़ा था। चौधरियों ने इसी लाइन पर काम शुरू किया और ठाकुरों के अन्दर इस जज्बात को उभारना शुरू कर दिया। चौधरियों ने कानों-कान ठाकुरों के गाँव में यह बात फैलानी शुरू कर दी कि हँसना-हँसाना ठाकुरों का नहीं मिरासियों का काम है। इस बारे में सोचना भी ठाकुरों की तौहीन है।

आखिरकार, चौधरियों का यह दाँव काम कर गया। ठाकुरों में मतभेद बढ़ गया। वे आपस में एक-दूसरे पर ताने कसने लगे। माखौल उड़ाने लगे। बात हद से बढ़ जाती तो वे आपस में ही भिड़ जाते। देखते-देखते एक-दूसरे के खिलाफ हो जाते। धीरे-धीरे स्थिति यह हो गई कि गाँव की एकता बचाए रखना कठिन हो गया। हँसने-हँसाने का नाम लेने का मतलब था अपने लिए ही मुसीबत मोल लेना। लिहाजा, लोग इस मुद्दे के जिक्र से भी बचने लगे।

उधर, चौधरियों को पहली बार एक तीर से दो शिकार करने का ऐसा आनन्द आया कि वे ठाकुरों की आन-बान-शान की हँसी उड़ाते हुए ठहाके पर ठहाके लगाने लगे। वे अपनी कामयाबी पर इस कदर लहालोट हुए कि उनकी हँसी रोके नहीं रुक रही थी। अनायास ही उनके हाथ एक ऐसी कुँजी आ लगी थी, जो पेंचीदा से पेंचीदा ताला भी खोल सकती थी। वे ऐसी नायाब कुँजी पाकर इस कदर रोमांचित हुए कि उन्हें लगा, इसे सात तालों में सुरक्षित रख दिया जाना चाहिए, ताकि वक़्त जरूरत-काम आ सके। लेकिन कुछ विचारवान लोगों ने सुझाया कि यह ठीक नहीं। इस तरह तो कुँजी को जंग लग जाएगा। बेहतर हो कि कुँजी इस्तेमाल में आती रहे। बल्कि कुँजी का मुतवातिर इस्तेमाल सुनिश्चित हो, इसके लिए बकायदे जरूरत पैदा करनी चाहिए।

दलील दमदार थी, लिहाजा लगे हाथ चौधरियों ने इस कुँजी को पठानों के गाँव पर आजमाने की सोची। यह उनके लिए इसलिए भी मुफीद था कि वे इस तरह कई निशाने साध सकते थे। ठाकुरों की अकड़ भी ढीली हो सकती थी और ब्राह्मणों का बर्चस्व भी बिखर सकता था। दरअसल, चौधरियों को पता था कि पठानों को ठाकुरों का गाँव फूटी आँख नहीं सुहाता। वजह थी ब्राह्मणों पर उनका वरदहस्त। ब्राह्मणों का गाँव चूँकि पठानों के गाँव से लगा हुआ था, इसलिए उनमें अकसर ठन जाती। गाहे-बगाहे वे ब्राह्मणों को ललकारते भी तो ठाकुरों की धौंस उनके हौसले पस्त कर देती। वे ठाकुरों की लाठियों के आगे कमजोर पड़ जाते। उन्हें अपनी यह कमजोरी इस कदर खलती कि वे सोते-जागते हर वक़्त लाठियों के सपने देखते। इसकी वजह थी उनके पास लाठियों की बेहद कमी। यह कमी कुदरती थी। कुदरत ने उनके गाँव में एक भी बँसवारी नहीं दी थी। वक़्त-जरूरत उन्हें बाँस की दरकार होती तो दूसरे गाँवों का मुँह जोहना पड़ता। कई बार तो मन मुताबिक बाँस मिल भी नहीं पाते। ऐसे में उन्हें मन मसोसकर रह जाना पड़ता।

तो, जब पठानों को चौधरियों का यह सन्देश मिला कि वे जब चाहें और जितना चाहें बाँस हमारे गाँव से ले सकते हैं, तो पठानों की बाँछें खिल गईं। खुशी के मारे पठानों ने आनन-फानन चौधरियों को एकमुश्त कई बैलगाड़ी बाँसों का ऑर्डर पठा दिया। चौधरियों ने भी बग़ैर देरी किए बाँस बैलगाड़ियों पर लादकर उलटे पाँव पठानों के गाँव को रवाना कर दिया।

बाँसों से लदी बैलगाड़ियाँ जैसे ही ठाकुरों के गाँव से गुजरने लगीं कि ठाकुरों ने रास्ता रोक लिया और खुलेआम खम ठोंककर ऐलान कर दिया, "चौधरी हों या पठान

हमारी इजाजत के बग़ैर किसी की बैलगाड़ी हमारे गाँव से होकर नहीं जा सकती।'' यह ऐलान सुनते ही चौधरियों का माथा ठनका। उन्होंने तत्काल अपनी कुँजी घुमाई और ठाकुरों को कहलवा भेजा, ''चाहें तो इस एवज में चुंगी ले लें। हर पाँच बैलगाड़ी पर एक बैलगाड़ी बाँस।''

मुफ्त में मिल रहा एक बैलगाड़ी बाँस ठाकुरों को ललचा गया। वे थोड़ी हीला-हुज्जत के बाद राजी हो गए। लेकिन पठानों को यह बात नागवार गुजरी। उन्होंने चौधरियों से आपत्ति व्यक्त की, ''यह घाटा हम नहीं उठाएँगे।''

चौधरियों ने पठानों को आश्वस्त किया, ''चिन्ता मत करो, हम बाँसों की कीमत घटा देंगे।''

गरजू की शर्त क्या ? शर्त की औकात क्या ? पठानों को चौधरियों की बात समझ में आ गई। वे चौधरियों की बात में आ गए। उन्हें बाँसों से मतलब था। वे बाँसों को लाठियों में तब्दील करने में जुट गए।

उधर, पठानों और ठाकुरों को एक साथ साध लेने से चौधरियों को इतना आनन्द आया कि वे हँसी के मारे लोट-पोट हो गए। वे कभी ठाकुरों के ठस्सपने पर हँसते तो कभी पठानों की पटखनियों पर। उनके ठहाकों और उनकी सेहत में एक साथ इजाफा जारी था।

लेकिन जैसा कहा गया है, अनाड़ी की दोस्ती जी का जंजाल। तो पठानों की दोस्ती चौधरियों के लिए जब-तब जी का जंजाल बन जाती। आखिर ताकत हो, लाठी भी हो तो लाजिमी है कि हाथ में खुजली होगी। पठानों के साथ यही हुआ। वे हाथ की खुजली मिटाने के लिए ठाकुरों से ही पंगा लेने लगे।

अब कोई ठाकुरों से पंगा ले और ठाकुर चुप बैठ जाएँ, ऐसा कभी हुआ है क्या ? पठानों के पंगा लेते ही ठाकुरों ने भी रणभेरी फूँक दी—जय भवानी ! लेकिन इससे पहले कि बात बढ़कर खून-खराबे तक पहुँचे चौधरियों ने मन ही मन मजा लेते हुए, इस अनर्थ को रोकने की पहल की। तर्क यह तलाशा गया कि पठान अगर आज हमारी ही लाठियों से ठाकुरों को नीचा दिखा देते हैं, तो क्या भरोसा कि कल वे हमें ही आँख न दिखाने लग जाएँ ? चौधरियों ने बिना विलम्ब पठानों को नसीहत दे डाली, ''ठाकुर आपस में ही लड़ मरेंगे। उनके लिए लाठियाँ बर्बाद करने की क्या जरूरत है ?''

पठानों ने उल्टा सवाल दागा, ''तो फिर हम अपने हाथों की खुजली का क्या करें ?''

सवाल लाख टके का था। चौधरियों ने चौपाल में चर्चा के बाद पठानों को सुझाया, ''भूल गए कि ब्राह्मणों ने तुम्हें म्लेच्छ कहकर कितना अपमानित किया है ? खुजली मिटाने के लिए उनसे मुफीद और क्या होगा ?

पठानों को तो जैसे मुँहमाँगी मुराद मिल गई। उन्होंने अपना निशाना ब्राह्मणों के गाँव को बनाना शुरू कर दिया। ब्राह्मण जो पूजा-पाठ, जप-तप और योग-ध्यान में निमग्न थे, पठानों की इस हरकत से चकित रह गए। काफी देर तक तो एक-दूसरे का

मुँह ही ताकते रहे, फिर जब तन्द्रा टूटी तो अपने तमाम देवताओं को गुहारने लगे। कुछ ब्राह्मणों ने तो विपत्ति को टालने के लिए बकायदा यज्ञादि शुरू कर दिया। लेकिन पठान थे कि उनकी हरकतें बन्द होने के बजाय बढ़ती ही जा रही थीं। उन्होंने यज्ञादि में भी विघ्न डालनी शुरू कर दी। ब्राह्मणों को लगा कि यह हद हो गई। वे क्रोध में आग-बबूला हो चीखे, अरे दुष्टों ! सँभल जाओ, अन्यथा श्राप देकर तुम्हें भस्म कर देंगे !''

म्लेच्छ तो म्लेच्छ ठहरे। उन पर ब्राह्मणों की इस भभकी का कोई असर नहीं हुआ। उलटे वे आसपास के दूसरे गाँवों को भी ब्राह्मणों के खिलाफ भड़काने लगे। वे कभी धोबियों को धोबिया पाट सिखाते, ''ब्राह्मण तुम्हें हमेशा से गधा समझते रहे हैं। तुम कब तक उनकी लादी ढोते रहोगे ?''

कभी हज्जामों से लगाई-बुझाई करते, ''ब्राह्मण कब से तुम्हें मूंड़ रहे हैं, तुम्हें कुछ पता है ? अब भी न चेते तो ब्राह्मण तुम्हारा कर्म-कांड कर डालेंगे।''

और तो और वे हलखोरों को भी हिलकोरने से नहीं चूके, ''भाई रे, इन ब्राह्मणों की गन्दगी कब तक ढोते रहोगे तुम ?''

पठानों ने अपना मुहिम इस मुस्तैदी से चलाया कि धोबियों, धुनियों, हज्जामों, हलखोरों से लेकर भांड़ों-भड़भूजों तक के तमाम गाँवों में ब्राह्मणों के प्रति विद्रोह खड़ा हो गया। ब्राह्मणों के सारे मन्त्र, सारी विद्या, सारे ग्रन्थ, यहाँ तक कि सदियों के संचित सारे पुण्य-प्रताप धरे के धरे रह गए। उन्हें लगा कि पीढ़ियों से खड़ा उनका तिलिस्म अब टूटा कि तब टूटा। वे इस कल्पना से ही कलप गए। ऐसे में तत्काल उनका ध्यान ठाकुरों की ओर गया। उन्होंने आपद धर्म की दुहाई देते हुए ठाकुरों से गुहार लगाई।

ठाकुर जो इन दिनों मुसहरों को हड़काने में जुटे थे, ब्राह्मणों की गुहार सुनकर बोले, ''प्रभु ! मुसहरों की चोरी-चमारी इधर काफी बढ़ गई है। रात-बिरात वे हमारे खेत काट ले जा रहे हैं। हम अब उन्हें सबक सिखाएँ या आपकी सुने ?''

ब्राह्मणों के तो हाथ-पाँव फूल गए। वे रिरियाते हुए बोले, ''आप हमारे पुराने जजमान हैं। इस कठिन समय में आप हमारी मदद नहीं करेंगे तो कौन करेगा ?''

ब्राह्मणों की ऐसी आर्त पुकार कि ठाकुरों का मन भर आया। उन्होंने ब्राह्मणों का मन रखने के लिए फौरन से पेश्तर धोबियों, धुनियों, हज्जामों, हलखोरों, भांड़ों, भड़भूजों आदि को तलब किया। उन्हें कसकर घुड़की लगाते हुए कहा कि वे अपनी ओछी हरकतों से बाज आएँ। लेकिन तलब किए गए तमाम लोगों ने एकजुटता का जो तेवर दिखाया, उससे ठाकुरों के पैर तले की ज़मीन सिखकती लगी। उन्हें लगा कि इन छोटे लोगों को ज़्यादा मुँह लगाना ठीक नहीं। ऊपर से इनकी शह मुसहरों को मिल गई तो लेने के देने पड़ जाएँगे। ज़्यादा जोर-जबर्दस्ती की गई तो क्या भरोसा कि ये लाज-लिहाज करना भी छोड़ दें। नहीं ! यह बुद्धिमानी नहीं !! वक़्त की नाजुकी देख ठाकुरों ने नरमी बरतते हुए पल्ला झाड़ने की कोशिश की, ''ब्राह्मण देवता के रूप होते हैं। सदियों से हमारे पुरखों को पूज्य रहे हैं। इहलोक-परलोक वे ही सुधारते हैं।

बेहतर तो यही होगा कि ऐसी महान आत्माओं को कोई कष्ट न पहुँचाया जाए।''

''लेकिन हमारी आत्माओं के कष्ट का क्या होगा ?'' अचानक किसी ने सवाल दागा तो ठाकुरों की घिग्घी बँध गई। उन्होंने सभा विसर्जित करते हुए कहा, ''उपाय तो ब्राह्मण ही बताएँगे। उन्हीं से जाकर पूछो !''

क्या तो पूछना ? और किससे पूछना ? सनक जब सवार हो जाए तो कौन सोचता है आगा-पीछा ? धोबियों, धुनियों, हज्जामों, हलखोरों ने जब ठाकुरों की नहीं सुनी तो ब्राह्मणों को क्या लगाते ? ऊपर से पठानों की शह। वो रार मची। वो रार मची कि ब्राह्मणों का ब्रह्मांड घूम गया।

यह सारा दृश्य चौधरियों की कल्पना से भी ज़्यादा दिलचस्प था। दोनों हाथों में लड्डू और मुँह कड़ाह में था। वे छककर लड्डुओं का स्वाद लेते इस कदर हुलस पड़े कि उनकी हँसी दूर-दूर तक सुनाई पड़ने लगी। चहुँदिस गूँजती उनकी हँसी इतनी ठसक से भरी थी कि गाँव के गाँव उन पर फिदा हो गए। कोई इस हँसी को रसों का राजा बताता तो कोई इसे उदात्तता का श्रेष्ठ उदाहरण ठहराता। चौधरियों की हँसी, हँसी नहीं प्राण-वायु हो जैसे।

चरमसुख के इन्हीं दिनों में अचानक वायुमंडल का चक्र चरमरा गया। आकाश तड़तड़ाने लगा। धरती तड़फड़ाने लगी। न बादल गरजे। न बूँदें बरसीं। चारों ओर ऐसी त्राहि मची कि गाँव के गाँव दाने-दाने के लिए मुहताज हो गए। ब्राह्मणों को फिर भी व्रत-उपवास का अभ्यास था, सो उन पर तत्काल असर नहीं पड़ा। ठाकुरों के पास भी अर्जित अनाज के कुछ कोठिले थे और चौधरियों के पास तो बखरियाँ (भंडारगृह) भरी पड़ी थीं। इसलिए वे भी निश्चिन्त थे। लेकिन इस आपदा के सबसे ज़्यादा शिकार हुए पठान। उनके पास न कोठिले थे, न बखरियाँ थीं, न था व्रत-उपवास का अभ्यास। संकट की इस घड़ी में वे करते भी तो क्या ? चौधरियों के अलावा कोई आसरा भी नहीं था। आखिरकार, पठानों ने की चौधरियों से गुहार, ''दोस्ती की दुहाई ! जब कहोगे, जो कहोगे। सिर झुकाकर मानेंगे। हमें विपत्ति की इस घड़ी से उबारो !''

चौधरियों ने सोच-समझकर फिर वही कुँजी घुमाई और कई बैलगाड़ी रसद पठानों के गाँव को रवाना कर दिया। लेकिन इस बार सावधानी यह बरती कि रास्ता बदल दिया। बैलगाड़ियों ने ठाकुरों के गाँव के बजाय मुसहरों के गाँव का रास्ता पकड़ा। खरामा-खरामा बैलगाड़ियाँ जब पठानों के गाँव पहुँचीं तो पठानों की जान में जान आई। लेकिन यह क्या ? बैलगाड़ियाँ तो सही सलामत थीं, फिर भी अनाज की बोरियाँ गिनती में कम हो गईं। पठानों की तो जैसे जान ही निकल गई। उन्होंने चौधरियों से शिकायत की। चौधरियों ने इस अनहोनी पर आश्चर्य व्यक्त किया और पठानों को आश्वस्त किया कि वे असलियत पता कर शीघ्र उन्हें बताएँगे।

अब असलियत तो असलियत है। किसी के छुपाए कब छुपी है ? सात पर्दों के पीछे से चौधरियों ने असलियत बाहर खींच ली और फौरन पठानों को खबर दे दी, ''बोरियाँ मुसहरों ने चुराई हैं।''

चौधरी कहें और पठान न मानें ऐसा सम्भव ही नहीं था। यूँ भी पठान मुसहरों की नस-नस पहचानते थे। वे जानते थे कि स्साले मुसहर चोरी-चमारी में माहिर होते हैं। अब जब पठानों ने कह दिया तो विश्वास न करने का कोई कारण भी नहीं रहा। उन्हें पक्का यक़ीन हो गया कि यह काम मुसहरों ने ही किया होगा। बस क्या था ? पठानों ने मुसहरों के गाँव को घेर लिया। मुसीबत सामने खड़ी देख मुसहरों ने हाथ जोड़ लिए, "हुजूर, हम मूस खानेवाले लोग क्या करेंगे चावल-गेहूँ का ? जरूर कोई गलतफहमी हुई है।"

"नहीं ! कोई गलतफहमी नहीं।" पठानों ने लाठियाँ पटकते हुए घुड़की दी, "एक-एक घर की तलाशी लेंगे।"

मुसहर क्या करते ? मन मारकर किनारे हट गए। घरों की तलाशी शुरू हुई। एक-एक घर खँगाल डाला गया। सूअरों के खोभार से मूसों की मूसदानी तक। कहीं कुछ नहीं मिला। अन्न का एक भी दाना नजर नहीं आया। पठान हैरान रह गए। बोरियाँ गईं कहाँ ? धरती निगल गई या आसमान खा गया ?

पठान इस यक्ष-प्रश्न से जूझते अपने गाँव तो लौट गए, लेकिन मुसहरों के मन पर ऐसी चोट दे गए कि वे भीतर ही भीतर तड़प उठे। अपमान की यह पीड़ा असह्य हो आई। वे आहत-आकुल आपस में सिर जोड़कर बैठे और इस अपमान के प्रतिकार के प्रति विचार-विमर्श में जुट गए। सोचते-सोचते वे इस नतीजे पर पहुँचे कि इस सारी खुराफात की जड़ है चौधरियों का गाँव। हाँ, न चौधरियों ने पठानों को पट्टी पढ़ाई होती, न पठान उन पर शक करते। पठानों का क्या दोष ? वे तो बेचारे खुद दाने-दाने के लिए तरस रहे हैं। ऐसे में धन जाए तो धर्म भी चला ही जाता है। तो पठानों ने जो किया वह उनकी मजबूरी थी। लेकिन जो चौधरियों ने किया वह तो सरासर ज्यादती है। अगर आज उनकी ज्यादती पर चुप रह गए तो कल कोई और भी ज्यादती कर सकता है। नहीं। यह तो ठीक नहीं। इसका जवाब देना ही होगा। न नौ मन तेल होगा न राधा नाचेगी।

यह सोचना जितना आसान था, अमल उतना ही कठिन। लेकिन बात जब कौम के अपमान की हो तो क्या आसान, क्या कठिन ? जब ठान लिया तो ठान लिया। अन्ततः मुसहरों के गाँव ने एक स्वर में शपथ ली—"चाहे जो हो, चौधरियों को सबक सिखाकर रहेंगे !"

उड़ते-उड़ाते यह खबर जब चौधरियों के गाँव पहुँची तो चौधरियों की वो हँसी छूटी कि उनके पेट में बल पड़ गए। क्या तो पिद्दी, क्या तो पिद्दी का शोरबा ! चींटी की मौत आती है तो पंख निकल आते हैं। स्साले मुसहर ! घर में नहीं दाने अम्मा चली भुनाने।

पता नहीं क्यों, चौधरियों का यह रवैया पठानों को पसन्द नहीं आया। उन्होंने दबी जबान से चौधरियों को समझाने की कोशिश की, "मुसहरों का मजाक मत उड़ाइए। वे बड़े काम के होते हैं। वे मूस ही नहीं खाते। हमारे खेतों को मूसों से बचाते भी हैं।"

"मुसहर तुम्हारे लिए होंगे काम के !" चौधरियों ने हँसी उड़ाते हुए कहा, "हमारे लिए तो वे गलीज हैं। गलीज ही रहेंगे। और रही बात मूसों की तो हमारी बिल्लियाँ उनके लिए काफी हैं।"

चौधरियों की यह गर्वोक्ति पठानों को खल गई। वे मन ही मन ऐंठ कर रह गए। पहली बार उन्हें लगा कि इन चौधरियों की दोस्ती महज दिखावा है। असल में वे वही करते हैं, जो उन्हें जँचता है। वे न किसी की सुनते हैं, न किसी की गुनते हैं। बस, उन्हें तो जैसे हँसने का बहाना चाहिए। अपनी हँसी के लिए वे किसी की भी हँसी उड़ा सकते हैं। इस अहसास के बावजूद वे चुप रहे तो इसलिए कि इस अकाल में भी चौधरियों ने अनाज देकर जो अहसान किया था, उसे वे कैसे भुला देते ?

अकाल भी ऐसा-वैसा नहीं। अगला-पिछला सारा हिसाब एक साथ निबटाने आया हो जैसे। गाँव-गाँव में त्राहि मची थी। एक-एक दाना जुगाकर रखा जा रहा था। सुबह खाए तो शाम का भरोसा नहीं। रात कटी तो दिन का ठिकाना नहीं।

ऐसे कठिन समय में भी चौधरियों के यहाँ पकवान छन रहे थे। चुल्हानी से शुद्ध घी की गमक उठ रही थी। पूरा गाँव मह-मह महक रहा था। चौपाल में ठहाके गूँज रहे थे। चौधराइनें ठहाकों की अनुगूँज में चौका-चुल्हानी एक किए हुए थीं। छककर जीम रहे कुत्ते-बिल्ली भी आनन्द लोक में गोते लगा रहे थे और अघाई आत्माओं से चौधरियों को आशीष दे रहे थे—बना रहे दरबार ! भरा रहे घर बार ! तुम जियो हजारों साल !!"

तो, हँसी-ठिठोली से भरे ऐसे ही खुशगवार माहौल में अचानक एक दिन अनिष्ट हो गया। पता नहीं चौधरियों के गाँव को किसकी नजर लग गई कि दिन दुपहरिया वह अघटित घट गया, जिसकी किसी ने कल्पना भी नहीं की थी। ठसाठस अनाज से भरी कई-कई बखरियाँ एक साथ धू-धूकर जल उठीं। हवा इतनी तेज थी कि जब तक कोई कुछ समझे, देखते-देखते बखरियाँ खाक हो गईं। अनाज के अकूत भंडार राख हो गए। एक असंभव-अकल्पनीय दृश्य चौधरियों को इस कदर सनाके में डाल गया कि वे एकदम से बदहवास हो उठे। इस बदहवासी में ही उन पर सन्निपात का वो दौरा पड़ा कि तौबा ! वे रोते-रोते हँस रहे हैं या हँसते-हँसते रो रहे हैं, यह फर्क करना मुश्किल हो गया। बस ! उन्हें दौरे पर दौरे पड़ रहे थे। उनकी एक ही रट सुनाई पड़ रही थी—छोड़ेंगे नहीं ! किसी को भी छोड़ेंगे नहीं ! !

हमदर्दी जताते हुए पठानों ने हिम्मत करके पूछा, "आखिर किस पर शक है, आप लोगों को ?"

"शक नहीं। पूरा विश्वास है।" चौधरियों की बर्राहट जारी थी, "यह काम मुसहरों का है।"

पठानों को फिर भी विश्वास नहीं हुआ, सो पूछ बैठे, "ऐसा कैसे हो सकता है ?"

"हो सकता नहीं। हुआ है।" चौधरियों ने गुर्राकर जवाब दिया, "मुसहरों ने अपने

सिखाए-पढ़ाए मूस हमारे गाँव भेजे। उन्हीं मूसों ने हमारी चुल्हानियों से आग चुराई और हमारी बखरियों में जा घुसे। हम उन्हें छोड़ेंगे नहीं।''

''किसे ? मूसों को या मुसहरों को ?'' कई गाँवों ने एक साथ सवाल उठाया।

चौधरियों ने सीने की हूक दबाते हुए हुँकार भरी, ''न मूसों को छोड़ेंगे। न मुसहरों को।''

चौधरियों की हुँकार सुनकर ठाकुरों से लेकर ब्राह्मणों तक की बाँछें खिल गईं। वे एक कदम आगे बढ़कर बोले, ''बड़े भाई, इस पुण्य-कर्म में हम आपके साथ हैं। हमारी जो मदद दरकार हो, हम देने को तैयार हैं।''

ठाकुरों-ब्राह्मणों को चौधरियों के साथ होते देख पठानों को लगा कि वे कहीं अकेले न पड़ जाएँ, सो पठानों ने भी फौरन चौधरियों का साथ देने की पेशकश करते हुए दो कदम आगे बढ़कर ऐलान किया, ''आपका दुख, हमारा अपना दुख है। हम मिट जाएँ तो मिट जाएँ, लेकिन आपके दुश्मनों को बख्शेंगे नहीं !''

ठाकुरों, ब्राह्मणों, पठानों की एकजुटता देख हज्जामों, हलखोरों, धोबियों से लेकर भांड़ों, भड़भूजों के गाँवों में खलबली मच गई। सबके सब सकते में आए। तत्काल तो किसी की समझ में ही नहीं आया कि आखिर माजरा क्या है ? और जब बड़ी मगजमारी के बाद भी कुछ समझ में नहीं आया तो किसी ने सुझाव दिया, ''भइया रे, बेहतर हो कि मुसहरों से ही पूछा जाए कि सच्चाई क्या है ?''

मुसहरों ने भरी सभा में मुश्कें चढ़ाते हुए खुलासा किया, ''भाई मेरे, सच्चाई तो यह है कि एक ही झटके में सबकी फूँक निकल गई। देख लो, सारे बड़के एक हो गए हैं। मतलब साफ है। बड़कों की एक कौम। बड़कों का एक मिजाज। छोटके जाएँ भाड़ में !''

मुसहरों की यह दलील न भांडों को भाई, न भड़भूजों को। वे भीतर ही भीतर मुसहरों से असहमत होते हुए भी जाहिरातौर पर चुप रहे। उनकी चुप्पी का अर्थ कोई नहीं पकड़ पाया। ढिबरी की रोशनियों में यह संभव नहीं था।

देर रात तक चली सभा खत्म होने के तुरन्त बाद भांडों और भड़भूजों ने अपने घर जाने के बजाय चौधरियों के गाँव का रास्ता पकड़ लिया। वे रातोंरात चौधरियों के गाँव जा पहुँचे। लेकिन यह क्या ? चौधरियों का गाँव तो निचाट सन्नाटे में डूबा हुआ था। कल तक जहाँ ठहाकों-ठिठोलियों की गूँज थी, आज वहाँ एक मनहूस चुप्पी ठहरी हुई थी। दूर-दूर तक अँधेरा पसरा पड़ा था। घरों में भी दीया-बाती का नामोनिशान नहीं था। सहसा भांडों-भड़भूजों को लगा कि वे चौधरियों के गाँव की जगह किसी मुर्दघट्टी में आ गए हैं। उनका कलेजा उछलकर हलक को आ गया। रुलाई फूटती-सी जान पड़ी। जबरन खुद पर काबू रखते हुए भी आँखें डबडबा गईं। बड़ी मुश्किल से वे अपने-आपको सँभाल पाए।

अँधेरे में टटोलते पाँव वे अभी गाँव के बीचोबीच पहुँचे ही थे कि अचानक एक साथ कई कुत्तों की रुलाई फूट पड़ी। कुत्ते आसमान की ओर मुँह उठाए एक सुर

में रोए जा रहे थे। ऐसा दारुण विलाप कि भांडों-भड़भूजों की आत्माएँ काँप गईं।

कँपकँपाहट के मारे भड़भूजों के मुँह से निकल पड़ा, ''लगता है, बेचारे भूख के मारे रो रहे हैं।''

''धुत्त।'' भाँड़ों ने भड़भूजों को झिड़की दी, ''इतना भी नहीं मालूम कि कुत्तों का रोना अपसगुन होता है ?

अवाक् भड़भूजे, भाँड़ों का मुँह ताकते रहे मानों भांड़ों ने उनके साथ कोई भँड़ैती कर डाली हो।

सरपट

चौधरियों के शौक एक से एक ! पुराने से पुराना। नए से नया। जब जिस पर जी आ गया जी बहलाने का बहाना निकाल लिया। अब धरती डोले तो डोले। अम्बर टूटे तो टूटे। बस ! तबीयत है, आ गई तो, आ गई। कहते हैं उनकी तबीयत की इस शौकीनी ने उन्हें वो शान बख़्शी है कि दूर-दूर तक कोई उनका सानी नहीं रहा। कहा तो यहाँ तक जाता है कि उनकी इस शौकीन तबीयत के चलते ही कई कहावतें अस्तित्व में आई हैं और मुँह दर मुँह मशहूर होती चली गई हैं। हालाँकि चौधरियों को 'खेत खाए गदहा, मार खाए जोलहा' या फिर 'खसी की जान गई, खवइए को स्वाद नहीं' जैसी कहावतों पर सख़्त आपत्ति है। इस बाबत उनका कहना है कि ऐसी कहावतें उन लोगों ने गढ़ी हैं, जो उनकी शानो-शौकत से जलते हैं।

फिर भी बात यहीं तक रहती तो कोई बात नहीं थी। लेकिन चौधरियों को नागवार यह गुजरने लगा कि इन कहावतों की ओट में उनकी छवि खराब की जा रही है। तो बात जब छवि पर बन आए तो काट खोजनी ही पड़ती है। लिहाजा, चौधरियों ने अपने सलाहकारों से बात-विचार के बाद तय पाया कि कहावतों की काट कहावतों से ही की जाए। सो, चौधरियों की एक जमात बजाप्ता इसी काम में लगाई गई। इस जमात ने कहावतों की जड़ और जज्बे पर जबर्दस्त शोध के बाद एक साथ कई जवाबी कहावतें हवा में उछाल दीं। आश्चर्य कि चौधरियों की कहावतों ने वो रंग जमाया कि देखते-देखते तमाम कहावतें बेरंग हो गईं। दोस्त तो दोस्त, दुश्मन भी इन कहावतों के मुरीद हो गए। जिसे देखो, वही हर रोज एक नई कहावत सुनाता मिल जाता। कोई किसी दिन कहता—'ये दिल मांगे मोर।' तो कोई अगले ही दिन मुट्ठियाँ लहराते हुए सुनाता—'कर लो दुनिया मुट्ठी में।'

इन कहावतों में सनसनाती ताजगी थी। ठंडा-ठंडा, कूल-कूल असर था। लिहाजा चौधरियों के दिलों को ऐसी ठंडक पहुँची कि उन्होंने बकायदा कहावतों का कारखाना ही लगा डाला। लो, देखते हैं, कौन करता है कहावतें गढ़ने में हमारा मुकाबला ?

किस्सा कोताह यह कि मन माफिक मैदान मारते ही चौधरियों ने अपने शौक के घोड़ों को नाथना शुरू कर दिया। घोड़े ठंडे मुलुक के हों या गरम मुलुक के उनकी नाक में नकेल डालना उनके लिए बाएँ हाथ का खेल था। वे इस काम में इस कदर माहिर हो गए थे कि अड़ियल से अड़ियल घोड़े को भी उसकी औकात में लाते देर न लगती।

बल्कि जो घोड़े जितने जिद्दी होते, उनके कस-बल निकालने में उन्हें उतना ही मजा आता। इस मजे के चलते ही उन्होंने घोड़ों की एक से एक नस्लें जुटाई हैं। एक से एक किस्में आजमाई हैं। हालत यह है कि चौधरियों के अस्तबल में घोड़ों की भरमार हो गई है, लेकिन उनका मन नहीं भरा है। उलटे दिन पर दिन उनका यह शौक परवान चढ़ता जा रहा है। कहते हैं कि चौधरियों को घोड़ों का यह शौक तब चर्राया जब उनके टट्टू उनका बोझा उठाने के काबिल नहीं रहे। बोझ दिन पर दिन बढ़ता जा रहा था। टट्टू दिन पर दिन थउसते जा रहे थे। स्थिति यह हो गई कि चौधरियों को टट्टुओं का दाना-पानी भारी पड़ने लगा। ऐसे कठिन दिनों में उनके एक सलाहकार ने सुझाया कि मादा टट्टुओं का नर गधों के साथ समागम कराया जाए तो उत्पन्न होनेवाली सन्तान ज्यादा बोझा ढोने के काबिल हो सकती है। सलाह में दम था। लेकिन समस्या यह थी कि चौधरियों के गाँव में गधे नहीं थे। गधे आएँ तो कहाँ से ? बहुत खोज-बीन के बाद पता चला कि गधे धोबियों के गाँव में तो हैं, पर उन पर कुम्हारों का भी साझा हक है। ऐसे में गधे आसानी से मिलना सम्भव नहीं। यह और भी बड़ी समस्या थी। लेकिन चौधरियों के सलाहकार मामूली बुद्धि के लोग नहीं थे। उन लोगों की राय थी कि साझा की सम्पत्ति में संकट के तत्व ज्यादा होते हैं। इसलिए उन तत्वों की पहचान कर अपना काम निकालना कोई बहुत मुश्किल नहीं था।

चौधरियों को अपने सलाहकारों पर भरोसा था। उन्होंने फौरन सलाह पर अमल शुरू कर दिया। कुछ ही दिनों में उन्हें पता चल गया कि कुम्हारों के बनाए बर्तन-बासन पर्याप्त मात्रा में बिक नहीं पाने के कारण दाल-रोटी तक के लाले पड़े हैं। बस, फिर क्या था ? चौधरियों ने कुम्हारों को उनके बर्तन-बासन खरीदने का न्यौता भिजवा दिया। अँधा क्या चाहे, दो आँख ! कुम्हारों ने आनन-फानन गधों पर माल लादा और पहुँच गए चौधरियों के गाँव। चौधरियों ने कुम्हारों का खुले दिल से स्वागत किया। उनकी आवभगत से कुम्हार गद्गद हो गए। उनके मुखिया ने कृतज्ञता जताते हुए चौधरियों से कहा, "हुजूर माल आपके सामने है। अब आप पर छोड़ा, जो चाहे कीमत लगा लीजिए।"

"कीमत किसी से कम नहीं देंगे।" चौधरियों के मुखिया ने प्यार से चारा डाला, "असल बात है कि अब तुम्हें भूखों मरने की नौबत नहीं आएगी।"

"हुजूर की बात !" कुम्हार-मुखिया ने हाथ जोड़ लिए।

"तो फिर सौदा तय !" चौधरी-मुखिया ने निर्णय सुनाया, "गदहा ऊपर एक मन अनाज।"

कुम्हारों का तो कलेजा हलक को आ गया। घर में अनाज की रेलम-पेल की कल्पना से ही मन में अनार फूटने लगे। कुम्हार-मुखिया का इशारा पाते ही वे गधों की पीठ से बर्तन-बासन उतारने में जुट गए। जब तक हिसाब-किताब होता, गधों को खुले मैदान में मुँह मारने के लिए छोड़ दिया। खुद भी सुस्ताए। साँझ होते-होते जब लौटने का पयान बना तो कुम्हारों ने अपने गधों को हाँकना शुरू कर दिया। यह देखते ही चौधरियों ने कसकर घुड़की लगाई, "गधे कहाँ ले जा रहे हो ?"

"अपने गाँव !" कुम्हारों को हँसी आई।

"वाह ! जब माल हमने खरीद लिया तो फिर तुम कैसे ले जा सकते हो ?" किसी चौधरी ने खम ठोंककर पूछा।

कुम्हार तो हक्के-बक्के। उनकी समझ में यह पहेली बिल्कुल नहीं आई। कुम्हार मुखिया ने चौधरी-मुखिया के आगे हाँक लगाई। चौधरी-मुखिया ने मूँछों में मुस्कराते हुए समझाया, "भई सौदा, सौदा है। बात तो गदहा ऊपर अनाज की हुई थी !"

"लेकिन हुजूर !" कुम्हार-मुखिया हकलाया, "बात तो माल के बदले अनाज की हुई थी !"

"बात तो एक ही हुई न !" चौधरी-मुखिया ने हिसाब समझाया, "एक गदहा माल पर एक मन अनाज। बोलो हाँ कि ना ?"

कुम्हार-मुखिया की तो अकल ही चकरा गई। चौधरियों के गाँव में चौधरियों से रार मोल लेने की न हिम्मत थी, न कूवत। गला रुँध आया। बड़ी मुश्किल से बोल फूटे, "हुजूर, मेरी समझ में तो कुछ नहीं आया।"

"देखो भाई, सौदा मंजूर न हो तो न सही।" चौधरी-मुखिया ने कुम्हार-मुखिया की पीठ थपथपाई, "लेकिन बात माल की नहीं, कौल की है। हमने तुम्हें वचन दिया है, तुम्हें भूखों मरने की नौबत नहीं आएगी, तो नहीं आएगी। माल दो न दो, जितना चाहो अनाज उठा ले जाओ !"

कुम्हार-मुखिया अपनी पीठ पर रखे चौधरी-मुखिया के हाथ से धन्य हो गया। उसका हौसला लौटा। चौधरी-मुखिया अपने कौल पर टिक सकता है, तो वह क्यों नहीं ? उसने भी अपने साथियों को समझा दिया, "कुछ पाने के लिए कुछ खोना तो पड़ता ही है। चलो अनाज उठाओ, बेर ढलने को आई।"

कुम्हार-मुखिया का आदेश पा कुम्हारों ने अपनी-अपनी पीठ पर अनाज लादा और भारी मन से अपने गाँव को लौट चले।

कुम्हारों के गाँव से बाहर होते ही चौधरियों के वो ठहाके गूँजे कि पूरा गाँव ठहाकों से भर गया। इन ठहाकों के बीच ही गधों को टट्टुओं के बाड़े में ले जाया गया। एक साथ इतने गधे देखकर टट्टुओं में खलबली मच गई। नर टट्टुओं के तो होश उड़ गए। लेकिन मादा टट्टुओं ने गधों का खुले दिल से स्वागत किया। गधे तो गधे ही ठहरे। इस खुलेपन पर बिछ गए।

इस प्रकार गधों और टट्टुओं के संयोग से जो नस्ल सामने आई, वह देखते ही बनती थी। चौधरियों ने इस नई नस्ल को पालतू बनाने के लिए कई साईस बहाल किए। साईसों ने इस नस्ल को तरह-तरह के करतब सिखाए। इन करतबों को देखकर चौधरियों के बूढ़े-बच्चे-जवान सबके-सब लहालोट हो गए। धीरे-धीरे उनका मन अस्तबल में ही रमने लगा। अब अस्तबल में नई नस्लें जुटाने की जुगत होने लगी।

कहते हैं, चौधरी जिस काम में जुट जाएँ, वह न हो, ऐसा कभी हुआ नहीं। उन्हें जब और जैसे ही पता चलता कि अमुक नस्ल का घोड़ा अमुक जगह है, तो वे उसे

हासिल करने के लिए एड़ी-चोटी एक कर देते। इसी का नतीजा है कि आज उनके अस्तबल में घोड़ों की रेलम-पेल है। कौन-सा घोड़ा है, जो उनके अस्तबल की शोभा नहीं बढ़ा रहा ? लेकिन हाँ, जैसे-जैसे चौधरियों को घोड़ों का यह शौक बढ़ा, वैसे-वैसे उन्हें कई अग्नि-परीक्षाओं से भी गुजरना पड़ा है। फिर भी, वो कहावत भी तो चौधरियों की इसी कूवत से जनमी न समरथ को नहिं दोष गुसाईं।

दरअसल, बात उस समय की है, जब चौधरियों के इस ताजा-ताजा शौक को देखकर उनके एक दोस्त ने एक घोड़ा उपहार में दिया था। लेकिन घोड़ा तो घोड़ा ठहरा ! वह क्या जाने दोस्त और क्या जाने दुश्मन ? अजनबी अस्तबल में घुसते ही उसने वो उत्पात मचाया, वो उत्पात मचाया कि त्राहि-त्राहि मच गई। सारे के सारे साईसों के छक्के छूट गए। यह नजारा देखकर कुछ जवान चौधरियों ने उस घोड़े को काबू में करने का बीड़ा उठाया। सबने मिलकर पहले तो घोड़े के नथुने में नकेल डाली, फिर उसके चारों पैर छान दिए। जैसे ही घोड़ा असहाय हुआ जोशीले चौधरियों ने चाबुक लेकर उसे साधना शुरू कर दिया। ताज्जुब कि वह घोड़ा थोड़े ही दिनों में टेकुए की तरह सीधा हो गया। यहाँ तक कि चौधरियों के इशारे पर नाचने लगा।

यह एक बड़ी कामयाबी थी। किसी भी तरह के घोड़े को काबू में कर लेने का मूल मन्त्र मिल गया था। फिर तो, चौधरियों को एक-से एक अड़ियल घोड़ों को आजमाने का चस्का ही लग गया। कहिए कि सीधे-सादे घोड़े उन्हें मजा ही नहीं देते। ऐसे घोड़े तो वे बच्चों के हवाले कर देते—लो, बबुआ खेलो !

बच्चे इन घोड़ों को पाकर बल्लियों उछलते। उनके साथ खेलते-खेलते उन्हें तरह-तरह का नाम दे डालते। लिहाजा किसी घोड़े का नाम पेंट पड़ गया तो कोई पिंटो हो गया। कोई पोनी पुकारा जाने लगा तो कोई बार्ब के नाम से जाना जाने लगा। इस नामकरण का असर यह हुआ कि ये घोड़े और आत्मीय हो गए। वे अपना नाम लेते ही हिनहिनाने लगते। सबसे अच्छी बात यह हुई कि घोड़ों की बढ़ती संख्या के चलते उन्हें पहचाने जाने में जो दिक्कत आने लगी थी, उसका हल भी निकल आया। तो बच्चों के खेल से भी चौधरियों को लाभ ही हुआ। वे अब खुद घोड़ों की कद, काठी और किस्म के मुताबिक उन्हें तरह-तरह के नाम देने लगे।

ऐसे ही चरम उत्साह के दिनों में चौधरियों की नजर एक शानदार घोड़े पर लग गई। हुआ यह कि इलाके के तमाम बड़कवा लोगों की एक जुटान में जो घोड़े जुटे, उनमें से एक घोड़ा चौधरियों को इस कदर जँच गया कि पूछिए मत ! इतना शानदार घोड़ा और उनके अस्तबल में नहीं, यह सोचकर ही उनके सीने पर साँप लोट गया। फिर तो, कानों-कान पूछते-पूछते चौधरियों को पता लग ही गया कि यह घोड़ा किसका है, कि इसका नाम-नस्ल क्या है ?

यह घोड़ा था लालबाबू का और उसका नाम तुर्कमीनिया था। जैसे कड़क मिजाज लालबाबू थे, वैसा ही कड़क उनका घोड़ा भी था। लालबाबू के बारे में महशूर था कि ऊपर से नीचे तक लाले लाल उनका आवरण तो आवरण, उनकी आत्मा तक सुर्ख लाल

है। अब यह उनकी लाली का कमाल था या कि उनके कड़ियल स्वभाव का कि अच्छे-अच्छे लोग उनका खौफ खाते। खुद चौधरियों को जब लालबाबू के रुतबे का पता चला तो उनके होश उड़ गए। एक शानदार घोड़ा हासिल करने की तमन्ना तड़प बनकर रह गई। लेकिन वह चौधरी, चौधरी क्या, जो हौसला हार जाए ? वे मन ही मन तुर्कमीनिया घोड़ा पाने की जुगत भिड़ाने लगे। इस काम में उनके सलाहकारों ने फिर मदद की। बकायदे घोड़ा हथियाओ अभियान छेड़ दिया गया।

इस अभियान की कारगर कला बनी—अफवाह ! लालबाबू के गाँव में तरह-तरह की बातें उड़ाई जाने लगीं। किसी दिन यह कि लालबाबू अपनी जिद के आगे किसी की नहीं चलने देते, तो किसी दिन यह कि लालबाबू की जिद के कारण सबकी जान साँसत में है। हद तो तब हो गई, जब अफवाह जोर मारने लगी कि लाल रंग आँखों को चुभता है। बात बढ़ते-बढ़ते यहाँ तक पहुँच गई कि लोग कहने लगे—लाल रंग देखते-देखते मन ऊबने लगा है। नौजवान तो आए दिन उबकाई करने लग गए। कितनों की तबीयत बेतरह बिगड़ने लगी। देखते-देखते फिजाँ लालबाबू के खिलाफ होने लगी। हवा का रुख देखकर लालबाबू ने अपने रवैये में थोड़ी नरमी बरतनी शुरू कर दी। बस, यही ढिलाई उनके जी का जंजाल बन गई। एक दिन उनका साईस उनका घोड़ा लेकर निकला तो फिर मुड़कर लौटा ही नहीं। बहुत खोज-बीन के बाद पता चला कि साईस घोड़ा समेत चौधरियों के अस्तबल में है। बेचारे लालबाबू करते भी क्या ! बस हाथ मलकर रह गए !

उधर, तुर्कमीनियाई घोड़े के अस्तबल में पहुँचते ही चौधरियों का कलेजा जुड़ा गया। उस घोड़े को हासिल करने में चाहे जितनी मशक्कत करनी पड़ी थी, उसे साधने में उन्हें कोई दिक्कत नहीं हुई। ऊपर से उस घोड़े का साईस भी कम काम का नहीं था। उसी ने एक दिन बातों-बातों में चौधरियों को छेड़ दिया, "कौन बात के शौकीन बनते हैं, जब अस्तबल में एक काबुली घोड़ा तक नहीं ?"

"काबुली घोड़ा ?" अस्तबल में मौजूद कई चौधरियों के माथे पर बल पड़ गए। उनमें सबसे बुजुर्ग एक चौधरी ने प्रतिवाद किया, "हमने तो सुना है, काबुल में घोड़े होते ही नहीं ?"

"क्या बात करते हैं हुजूर ?" तुर्कमीनियाई घोड़े के साईस ने दोनों हाथों की उँगलियाँ दोनों कानों से छुआते हुए खुलासा किया, "काबुल में गधे नहीं होते। घोड़े तो इफरात होते हैं।"

"अच्छा !" चौधरियों का अविश्वास अभी भी बरकरार था, "तुम्हें कैसे मालूम ?"

"हुजूर, लालबाबू के साथ उधर अक्सर आना-जाना था।" साईस ने सफाई दी, "इसलिए मुझे मालूम है कि वहाँ घोड़े होते हैं और खूब होते हैं।"

"ताज्जुब है, ये खबर हमें क्यों नहीं है ?" बुजुर्ग चौधरी ने चिन्तातुर स्वर में पूछा, "क्या काबुली घोड़े वाकई अस्तबलों में बाँधने लायक हैं ?"

"हुजूर, उन घोड़ों को तो कितनी कलाएँ खुद मैंने ही सिखाई है। लालबाबू उन

पर लहालोट थे, सो मुझे भी क्या उज्र ? मैं तो उन घोड़ों की तमाम खूबियों और खामियों से वाकिफ हूँ।'' साईस का सीना चौड़ा हो आया था।

साईस के चुप होते न होते चौधरियों के सीने पर साँप लोटने लगा। यह कमतरी उनके अस्तबल की नहीं जैसे स्वयं उनकी थी। वे सब कुछ सह सकते थे, लेकिन कहीं कोई घोड़ा हो और वे उस पर सवारी न गाँठ पाएँ, यह उनकी तौहीन थी। सरासर तौहीन। भला वह शौक, शौक क्या जो पूरा न हो ? बस, शुरू हो गई चौधरियों के हाथ में खुजली। काबुली घोड़ा अस्तबल में आए, वे भी दो-दो हाथ अजामाएँ, बस, यही चिन्ता उन्हें दिन-रात, चौबीसों पहर खाए जा रही थी। उन्होंने अपने हित-नात, जान-पहचान सबको कह दिया कि उन्हें काबुली घोड़ा चाहिए ही, चाहिए। चाहे जैसे भी हो, जिस कीमत पर हो। आखिरकार एक दिन एक खबरी ने खबर दी कि काबुली घोड़े कोने-अँतरों में छिपा दिए गए हैं। उन्हें पता चल गया है कि चौधरी लोग काबुली घोड़े हथियाना चाहते हैं, इसलिए काबुली घोड़ों को ऐसी-ऐसी जगहों पर छुपाया गया है, जहाँ परिन्दे भी पर नहीं मार सकते। यह सुनना था कि चौधरियों की भुजाएँ फड़कने लगीं। क्रोध से आँखें लाल हो आईं। ईर्ष्या की अग्नि धू-धूकर भड़कने लगी, ''धिक्कार ! चौधराहट पर धिक्कार !!''

गाँववालों को धधकते देखकर चौधरी मुखिया ने समझाया, ''चिन्ता मत करो ! घी सीधी उँगली से न निकले, तो हम उँगली टेढ़ी करना भी जानते हैं।''

सचमुच यही हुआ ! चौधरियों ने एक दिन हरबा-हथियार लेकर चढ़ाई कर दी। काबुली घोड़े की तलाश में वो लाठियाँ भाँजीं, वो लाठियाँ भाँजीं कि ज़मीन-आसमान धूले-धूल हो गया। उनकी चपेट में पहले तो गधे ही आए। उन्हें यह देखकर घोर आश्चर्य हुआ कि यहाँ गधे भी पाए जाते हैं और बहुतायत में पाए जाते हैं। मतलब साफ था कि वे अब तक खाली भरम में थे। उन तक पहुँची बहुत सारी बातें महज धोखा थीं। यह सोच-सोचकर तो जैसे उनका माथा ही घूम गया।

उन्होंने ताव में आकर ताबड़-तोड़ घोड़े तो बाद में पहले गधों की ही तुड़ाई शुरू कर दी। बेचारे गधे सारी दुलत्ती भूलकर मारे-मारे फिरने लगे। लेकिन चौधरियों की चपेट से वे बचते भी तो कब तक ? हार-थककर गधों ने घोड़ों के ठिकानों की तरफ दौड़ लगाई। पीछे-पीछे चौधरियों के लठैत, आगे-आगे जान की दुहाई देते गधे।

गधों को अपनी ठिकाने पर मँडराते देखकर घोड़ों के तो होश गुम हो गए। वे लगे जोर-जोर से हिनहिनाने। दो टाँगों पर खड़े होकर गधों को डराने। इस उपक्रम में घोड़ों ने इतनी धूल उड़ाई, इतनी धूल उड़ाई कि गधों की आँखें धूल से भर गईं। बेचारगी के मारे गधों की आँखों से आँसू बह निकले।

यह करुण दृश्य चौधरियों से देखा नहीं गया। उन्होंने गधों को पुचकारते हुए दिलासा दिया, ''इन घोड़ों को गधा बनाकर न छोड़ा तो हम भी असल चौधरी नहीं।''

फिर तो चौधरियों के लठैतों ने वो रार मचाई कि तौबा ! कोना-अँतरा खोदकर रख दिया। बिल-बॉबी जो नजर आया मटियामेट कर डाला ! लेकिन वो कहावत है न, खोदा

पहाड़, निकली चुहिया। सो, इतनी मारा-मारी के बाद चौधरियों को घोड़ों के बजाय खच्चर हाथ लगे। इन खच्चरों को देखकर उन्हें बेहद मायूसी हुई। जगहँसाई हुई सो अलग। वे तड़प-तड़पकर रह गए। अपमान की आग में उनका तन-बदन खाक हुआ जा रहा था।

ऐसे वाम समय में चौधरी-मुखिया ने चतुराई से काम लेते हुए गाँववालों को समझाया, "चलो, लोगों को हमारी ताकत का अन्दाजा तो हो गया। अब चाहे कहीं, कोई घोड़ा हो, हम लाठी के जोर से भी हासिल कर सकते हैं, यह लोगों को समझ आ गया होगा।"

मुखिया की इस हौसला अफजाई से चौधरियों का सीना गर्व से फूल गया। कितने घुड़सवारों ने अपनी मूँछों पर यूँ ताव दिया मानों घोड़ों की मूँछ मरोड़ रहे हों। चौधरियों को इस तरह फूलते देखकर अस्तबल के तमाम घोड़ों की सिट्टी-पिट्टी गुम हो गई। कितनों ने तो खूँटें पर खड़े-खड़े मूतना शुरू कर दिया। कई एक तो हिनहिनाना ही भूल गए। कइयों की पीठ पर चौधरियों के चाबुक की फटकार के जख्म हरे हो गए।

ऐसे ही मुश्किल भरे दिनों की बात है। एक दिन एक व्यापारी ऊँट पर लाव-लश्कर लादे चौधरियों के गाँव पहुँचा। इस विचित्र व्यापारी को देखते ही गाँववालों की भीड़ लग गई। लोगों से घिरे उस व्यापारी ने हाथ जोड़कर अर्ज किया, "साहेबान, मैं तेल का व्यापारी हूँ। तेल बेचता हूँ। आपके गाँव की शोहरत सुनकर मैं भी अपनी किस्मत आजमाने चला आया।"

तेल का नाम सुनते ही चौधरियों की बाँछें खिल गईं। तिलहन की फसल मारी जाने के कारण गाँव में तेल के लाले पड़े थे। लाठियों को तेल पिलाना तो दूर, बच्चा-बुतरु की मालिश तक के लिए तेल मुहाल हो गया था। ऐसे दुर्दिन में जैसे भगवान ने तेल-व्यापारी भेजकर उन्हें मनमाँगी मुराद ही दे डाली थी। बस क्या था ! चौधरियों ने तेल-व्यापारी को मुखिया जी के दालान में बड़े प्यार से बिठाया और आव-भगत शुरू कर दी।

मुखिया जी भोजन करके उठे ही थे कि तेल-व्यापारी के आगमन की खबर पाकर खरिका से दाँव खोदते हुए लपककर दालान में आ धमके। तेल-व्यापारी मुखिया जी पर नजर पड़ते ही दाँत निपोरकर खड़ा हो गया। मुखियाजी को समझते देर न लगी कि यह भले ही बन रहा हो व्यापारी, लेकिन है खालिस तेली ! मुखियाजी का अन्दाजा तब और पक्का हो गया, जब सामने पनपियाव आते ही व्यापारी मुखियाजी को तेल लगाने में जुट गया, "बड़े लोगों की बड़ी बात ! बड़े काम ही बड़प्पन की पहचान है। लोग चौधरियों का लोहा ऐसे ही थोड़े मानते हैं। धन्न भाग, जो आपके दर्शन हुए।"

"ठीक है। ठीक है।" मुखियाजी ने मन का मोद लुटाते हुए कहा, "हाथ-मुँह धोकर पहले जलपान करें, फिर होगी सौदा-सुलुफ की बात।"

मुखियाजी का संकेत पाते ही व्यापारी ने भरे लोटे से एक अँजुरी पानी लेकर मुँह पर छींटा मारा और सिर से बाँधे गमछे के छोर से मुँह पोंछना शुरू ही किया था कि

दालान में मौजूद कई चौधरी ठठाकर हँस पड़े। उन्हीं में से एक बुजुर्ग चौधरी ने टहोका लिया, ''मुँह में पानी घस रहे हो कि तेल ?'' व्यापारी झेंप गया। लजाते हुए बोला, ''वो क्या है सरकार कि अपने गाँव में पानी की बड़ी किल्लत है। इसलिए किफायत की आदत पड़ गई है।''

चौधरी-मुखिया व्यापारी की बात सुनकर मन ही मन मुस्कराया। लगे हाथ जख्म पर मरहम लगाने का अवसर नहीं चूका, ''लो, यह भी कोई बात हुई ! हमारे रहते कोई गाँव पानी के लिए तरसे यह तो हमारे लिए डूब मरनेवाली बात है। जितना पानी कहो हम तुम्हारे गाँव पठा देते हैं।''

''चौधरियों का इकबाल बना रहे। आपकी इस मेहरबानी पर तेल क्या है, हम अपने तेल की घानियाँ तक वार देंगे।'' मुँह से लोटा लगाते-लगाते व्यापारी ने भी चारा डाल दिया।

चौधरी-मुखिया को समझते देर न लगी कि व्यापारी भी भाँप गया है कि चौधरियों को तेल की सख्त दरकार है। उसकी इस चालाकी पर मुखिया मन ही मन मुस्कराया—''बेटा तेली, पहले ऊँट पहाड़ के नीचे आने तो दो, सारा तेल न निकाल दिया तो असल चौधरी नहीं !'' इससे पहले कि व्यापारी लोटा मुँह से हटाए मुखिया ने हँसते हुए व्यापारी को लुभाया, ''लो भइया, ऐसा करो कि जितना पानी चाहो ऊँट पर लदवा लो। बदले में हमें तेल दे जाओ।''

''जय हो, चौधरियों की, जय हो !'' भर लोटा पानी डकारने के साथ ही व्यापारी का गला खुल गया। जुड़ाए जी से उसने सौदा अपनी तरफ से पक्का ही कर डाला, ''आपको भी जितना तेल चाहिए ले लें। हम भी पीछे नहीं हटनेवाले।''

इस तरह तेल और पानी का ऐसा मेल हुआ कि दुनिया देखती रह गई। जिसे देखो, वही इस मेल का मतलब निकालने में जुटा था। चौधरियों के विरोधी तानाकशी करते—'तेल देखो, तेल की धार देखो !' तो चौधरियों के चहेते पलटवार करते—'तेली का तेल जले, मशालची की जान !''

तेल-पानी की दोस्ती के इस दिलचस्प दौर के बीच ही तेल व्यापारी को पता चला कि चौधरियों को घोड़ों का जबरदस्त शौक है, तो वह उनका अस्तबल देखने की जिज्ञासा दबा नहीं पाया। बात-बात में उसने अपनी उत्सुकता जाहिर कर दी। बात चूँकि दोस्ती की थी, इसलिए चौधरी-मुखिया स्वयं तेल व्यापारी को साथ लेकर अस्तबल दिखाने निकला। शानदार अस्तबल में एक से बढ़कर एक शानदार घोड़े देखकर व्यापारी की आँखें फट पड़ीं। जिधर देखो, उधर साईसों की जमात घोड़ों के रख-रखाव में जुटी थी। कोई घोड़ों की मालिश में लगा था, तो कोई नाल ठोंकने में। कोई किसी घोड़े की नकेल डाल रहा था तो कोई लगाम कसने में मशगूल था। कुछ घोड़ों की पीठ पर जीन कसने में लगे थे, तो कुछ सवारी गाँठे जाने के बाद हाँफते-सुस्ताते घोड़ों को दाना-पानी देने में जुटे थे। जहाँ देखो घोड़ों की बास। जिधर देखो घोड़ों की बात।

इस नजारे पर लहालोट तेल व्यापारी ने तारीफ के पुल बाँधते हुए चौधरी-मुखिया

को तेल लगाया, "इसे कहते हैं शौक ! जैसे शानदार घोड़े हैं, वैसा ही शानदार अस्तबल। इतने घोड़े पोसना जितना मुश्किल है, उन्हें अकुंश में रखना उससे भी ज्यादा मुश्किल। लेकिन देख रहा हूँ, क्या मजाल कि एक भी घोड़ा बेकाबू हो जाए !"

"हाँ, ये बात तो है।" मुखिया ने गद्‌गद भाव से खुलकर व्यापारी की बात की पुष्टि की, "घोड़ों को कैसे काबू में किया जाता है। उन पर कब और कैसे सवारी गाँठी जाए। किसे घुड़दौड़ सिखाना है, किसे किसिम-किसिम के करतब। यह सब है तो मुश्किल काम, लेकिन हमारे लोग माहिर हो गए हैं। अब समझो कि ये सब हमारे बाएँ हाथ का खेल है !"

"लेकिन सरकार !" व्यापारी ने हिचकते-हिचकते अर्ज किया, "क्या है कि आपके अस्तबल में कोई अरबी घोड़ा नहीं दिख रहा है ?"

"अरबी घोड़ा ?" मुखिया के कान खड़े हो गए।

"हाँ, सरकार ! एक अरबी घोड़े की कमी खल रही है।" व्यापारी ने अफ़सोस जताया।

"आश्चर्य कि हमें अरबी घोड़े के बारे में कोई जानकारी नहीं है ?"

चौधरी-मुखिया कौतूहल दबा नहीं पाया, "पता-ठिकाना बताओ, हम उसे भी अपने अस्तबल में ला खड़ा करेंगे।"

"पता-ठिकाना क्या हुजूर ! हमारे जात-भाई के पास ही है अरबी घोड़ा।" व्यापारी ने सुरागदेही के अन्दाज में मुखिया को समझाया, "हमारे पड़ोस से ही लगा उनका गाँव है। उनका भी तेल का ही कारोबार है। बस यही है कि वे अकड़ू मिजाज के हैं। उनका दिमाग कुछ ज्यादा ही आसमान पर रहता है।"

"बड़े-बड़े का दिमाग हम ज़मीन पर ला दिए हैं, फिर तेली सब चीज क्या है ?" मुखिया फुँफकारा तो व्यापारी की हवा गुम हो गई। जिस हिकारत से उसने तेली कहा था, उससे व्यापारी को कम हेठी महसूस नहीं हुई। लेकिन गोतिया-भाई के गुमान के आगे यह हेठी भी बर्दाश्त कर लेने में ही भलाई थी। उसने थूक निगलते हुए मुखिया को उकसाया, "अब तेली-तमोली भी शान दिखाए, यह शोभा देता है क्या ? भला बताइए, चलाएँगे कोल्हू और बनेंगे चौधरी, यह भी कोई बात हुई ?"

व्यापारी ने नहले पे दहला ठोंका था। मुखिया बुरी तरह तिलमिलाया, पर बोला कुछ नहीं। वह जितना अनुभवी था, उतना ही घाघ। कोई तेली चौधराहट दिखा रहा है, तो असलियत पता लगाए बगैर कुछ करना उचित नहीं होगा। यूँ भी काबुली घोड़े के चक्कर में हाथ लगे खच्चर और हुई जगहँसाई ने सबक सिखा दी है कि हर कदम फूँक-फूँककर रखना चाहिए। फिर इस व्यापारी का भी क्या भरोसा ? है तो तेली ही न ? तेलिया मसान की खोपड़ी यूँ भी कम खतरनाक नहीं होती।

चौधरी-मुखिया की हठात् चुप्पी से व्यापारी के मन में खलबली मचने लगी। पता नहीं, भीतर क्या पका रहा है चौधरी ? लिहाजा टोह लेने की गरज से टोका, "सरकार, मैंने कुछ लगत कह दिया क्या ?"

"नहीं, नहीं ! ऐसी कोई बात नहीं" चौधरी-मुखिया का मन अस्तबल से उचट गया था, "बस अरबी घोड़े के बारे में सोच रहा था ?

"इसमें सोचनेवाली बात क्या है, सरकार ?" व्यापारी ने गर्म लोहे पर चोट की, "उस गाँव में भी बिन पानी सब सून है। आप उन्हें भी पानी दें, बदले में अरबी घोड़ा माँग लें !"

'चौधरी-मुखिया कच्चा खिलाड़ी नहीं था। वह समझ गया था कि मामला इतना सीधा नहीं। इसी गरज से उसने व्यापारी से दो टूक पूछा, "अच्छा, उस गाँव जाने का रास्ता बता सकते हो ?"

"रास्ता तो हमारे गाँव होकर ही जाता है, सरकार !" व्यापारी ने तपाक से पेशकश की, "गाँव के सीमान तक तो हम ही पहुँचा देंगे।"

"तो ठीक है। हम अपना एक आदमी साथ लगा देते हैं। उसे सही-सलामत उस गाँव पहुँचाने की जिम्मेदारी तुम्हारी !" चौधरी-मुखिया ने फैसला सुनाया।

इस फैसले की खबर जंगल की आग की तरह पूरे गाँव में फैल गई। उसी शाम मुखिया ने एक चौधरी को सबकुछ समझा-बुझाकर तेल व्यापारी के साथ रवाना कर दिया। चूँकि यह चौधरी बुद्धिमान भी था और गाँव भर का विश्वस्त भी, इसलिए सबको भरोसा था कि वह अपने साथ अरबी घोड़ा लेकर ही लौटेगा। लेकिन जब वह लौटा तो न सिर्फ खाली हाथ, बल्कि बुरी तरह मायूस भी था। उसने गहरी हताशा में डूबे-डूबे सारा हाल कह सुनाया, "अरबी घोड़ा सचमुच लाखों में एक है। क्या देह ! क्या धजा ! गुरूर-सी तनी गर्दन। रियाज से कसे पुट्ठे ! ऐसा गठीला जिस्म, ऐसा चमकीला रंग कि आँख न ठहरे। बस समझो, कि ऐसा घोड़ा न किसी ने देखा होगा, न देखेगा !"

अरबी घोड़े का हाल-अहवाल सुनकर सुननेवालों का दिल डूबने लगा। कई एक तो अपनी सिसकारी नहीं रोक पाए। स्थिति बिगड़ती देख मुखिया ने घुड़की लगाई, "ये घोड़ा-पुराण बन्द करो और बताओ कि उन तेलियों ने क्या जवाब दिया ?"

तेलियों के गाँव से लौटा चौधरी बड़ी मुश्किल से अपने-आप में लौटा। सूखे होंठों पर जीभ फिराते हुए बोला, "वे पानी के बदले तेल देने को तो राजी हैं, लेकिन घोड़ा किसी कीमत पर नहीं !"

"ओह, तो तेलियों की ये मजाल ?" कड़क चौधरियों की लाठियाँ खड़कीं।

"ठीक है। हमें सोचने दो !" मुखिया ने चौधरियों को दिलासा दिलाया, "कोई न कोई रास्ता निकलेगा जरूर !"

अन्ततः कई दिनों के सोच-विचार के बाद रास्ता निकला। चौधरियों ने तेलियों को तेल के बदले पानी देने का सौदा मंजूर कर लिया। इस प्रकार दोस्ती का हाथ थामकर चौधरियों ने तेलियों के यहाँ आना-जाना शुरू कर दिया। वे कभी कोल्हू देखने के बहाने जाते, तो कभी घानी नापने के बहाने। इस आवाजाही में चौधरियों ने अरबी घोड़े का थाह-पता लेना भी जारी रखा। जब वे पूरी तरह आश्वस्त हो गए तो चौधरी-मुखिया

ने तेल व्यापारी को दोस्ती का तकाजा देते हुए पटाया, ''हमारे होशियार साईस तुम्हारे गाँव में डेरा डालेंगे। फिर देर रात जब दुनिया सोई होगी, वे तेलियों के गाँव में घुसेंगे और रातों-रात अरबी घोड़ा पार कर लौट आएँगे।''

''सरकार, हम तो हर हाल में आपके साथ हैं।'' व्यापारी ने दुविधाभरी हिचक जताई, ''लेकिन खरतेवाली कोई बात तो नहीं ?''

''धुत्त !'' व्यापारी की आशंका चौधरी-मुखिया ने हवा में उड़ा दी, ''हमारे लठैत किस दिन काम आएँगे ? मार लाठी धुरकुस नहीं छुड़ा देंगे ?''

इस तरह हर्र लगी न फिटकरी, रंग जम गया चोखा। रातों-रात चौधरियों ने अरबी घोड़ा अपने अस्तबल में ला खड़ा किया। घोड़े के अस्तबल में आते ही उसे देखने के लिए चौधरियों का पूरा गाँव उमड़ पड़ा। दूर से, पास से जिसने जहाँ से भी देखा, यही कहा, ''वाकई जैसा सुना था, वैसा ही पाया !''

घोड़ा सचमुच इतना शानदार था कि उस पर सवार कसने का मोह संवरण करना मुश्किल हुआ जा रहा था। बस, आव देखा न ताव घोड़ों का सबसे सयाना शौकीन उछलकर घोड़े के पीठ पर जा बैठा। लेकिन यह क्या ? जब तक किसी की समझ में कुछ आता अरबी घोड़ा अगली टाँगों को हवा में उछालते हुए इतनी जोर से हिनहिनाया कि देखनेवालों की साँसें अटक गईं। घोड़े की पीठ पर सवार चौधरी पीठ के बल यूँ ज़मीन पर गिरा कि उसकी चीख से लोगों का कलेजा कंठ से आ लगा। 'होऽऽऽ होऽऽऽ' करते कई लोग अरबी घोड़े को पकड़ने के लिए लपके। लेकिन दुलत्ती झाड़ते हुए घोड़े ने ऐसी कुलाँच भरी कि यह जा, वह जा।

फिर तो अस्तबल के भीतर-बाहर वो हाहाकार मचा कि तमाम चौधरी गुस्से के मारे थर-थर काँपने लगे। किसी तरह अपमान की घूँट पीते हुए झुंड के झुंड चौधरियों ने अन्ततः अरबी घोड़े को धर ही लिया। इससे पहले कि घोड़ा कोई और हरकत करता चौधरियों ने ताबड़-तोड़ लाठियों और चाबुकों से मार-मार घोड़े को बेदम कर दिया। यहाँ तक कि उसके जिस्म पर कई जगह से खून रिसने लगा। मुँह से फेन झरने लगा। किसी तरह ठेल-ठालकर अरबी घोड़े को अस्तबल पहुँचाया गया।

अस्तबल में अरबी घोड़े को जैसे ही बाँधने का उपक्रम किया जाने लगा वह फिर हड़कने लगा। उसकी यह उछल-कूद चौधरियों को एकदम हिमाकत लगी। कइयों ने दाँत पर दाँत चढ़ाकर किटकिटाते हुए चाबुक फटकारना शुरू कर दिया। इस पर एक साईस ने समझाया, ''नहीं। ऐसे और भड़क जाएगा।''

''फिर काबू में कैसे आएगा ?'' पीठ के बल गिरे चौधरी ने रीढ़ में उठती चिलक को दबाते हुए पूछा।

''आ जाएगा। दाना-पानी बन्द कर दीजिए, कैसे काबू में नहीं आता ?'' साईस ने नुस्खा सुझाया।

''स्साले का घाव भी खुल्ला छोड़ दो ! मच्छर-मक्खी खाएगा तब पता चलेगा !'' किसी उतावले चौधरी ने चट से अपनी राय जड़ दी।

“नहीं। ऐसा भूलकर भी नहीं करना।” एक अनुभवी साईस ने सलाह दी, “इस तरह तो यह मरेगा ही, दूसरे घोड़ों को भी मारेगा।”

यह सुनते ही चौधरियों के चेहरे सफेद पड़ गए। आनन-फानन अरबी घोड़े की मरहम-पट्टी शुरू हो गई। तीखी दवा जख्म से लगते ही घोड़ा हिनहिनाता, लेकिन तुरन्त राहत मिलते ही चुप लगा जाता। इस तरह उसकी दवा-दारू चलती रही, परन्तु दाना-पानी बन्द रहा।

दो-चार दिन बीतते न बीतते चौधरियों ने अरबी घोड़े को फिर आजमाने की सोची। इस बार पूरी तैयारी के साथ सयाने शौकीनों ने कमान सँभाली। तय हुआ कि सबसे पहले घोड़े की नाक में नकेल डाली जाए। नकेल जहाँ पड़ी की समझो फतह ! तो नई-नकोर रस्सी की नकेल लेकर एक सयाना चौधरी घोड़े के पास पहुँचा। उसने हाथ बढ़ाकर जैसे ही घोड़े की नाक में नकेल डालनी चाही कि घोड़ा हत्थे से उखड़ गया। फिर तो उसने वो उधम मचाया कि खूँटा तक हिलने लगा। खूँटा हिलते देख साईस चौकन्ने हो गए—अगर खूँटा उखड़ गया तो छरियाया घोड़ा ऐसा उत्पात मचाएगा कि अस्तबल की खैर नहीं। इस खयाल के आते ही साईसों ने घोड़े को पुचकारना शुरू कर दिया। कोई हौले-हौले पीठ सहलाने लगा, तो कोई पूँछ। धीरे-धीरे अरबी घोड़ा शान्त होने लगा तो साईसों की जान में जान आई।

लेकिन चौधरियों की जान तो जैसे अरबी घोड़े में ही अँटकी हुई थी। वह घोड़ा उनके सामने चुनौती बनकर खड़ा था और उनकी कोई कला काम नहीं आ रही थी। वे इस घोड़े पर चाबुकें तोड़कर हार चुके थे। दाना-पानी बन्द कर लिया था। लेकिन उसने अपनी गर्दन पर हाथ नहीं रखने दिया, तो नहीं रखने दिया। हालत तो यह हो गई थी कि चौधरियों को करीब फटकते देखकर ही वह माकने लगता। वह जितना बिदकता चौधरियों का कलेजा उतना फटता। उस पर सवारी गाँठना तो दूर, चौधरियों के लिए उसे हाथ लगाना भी दूभर होता जा रहा था।

कहते हैं, बड़ों की बेबसी बहुतों का मन बहलाव। जिसने भी चौधरियों की इस बेबसी का किस्सा सुना, वह चुटकी लेने से नहीं चूका। दुश्मनों को तो खिल्ली उड़ाने का बहाना मिल ही गया था, दोस्त भी हँसी-ठठ्ठा करने से बाज नहीं आए। लेकिन चिकाई की भी हद होती है। जब सुनते-सुनते चौधरियों के कान पक गए तो खोजने लगे कोई माकूल जवाब। आखिरकार, सलाहकारों की राय से तय हो पाया कि बस, एक ही उपाय है—न रहेगा बाँस, न बजेगी बाँसुरी !

और फिर एक दिन ! दूर-दराज तक के गाँवों ने सुना इतने जोर का धमाका कि अच्छे-अच्छों का दिल दहल गया। लोगों के कान बड़ी देर तक झनझनाते रहे। जब तक लोगों के होश-हवास दुरूस्त होते, चेहरे की रंगत लौटती चौधरियों ने डंके की चोट पर मुनादी कर डाली, “घोड़ा जब पागल हो जाता है, तो उसे गोली मार दी जाती है।”

इतना सुनना भर था कि गाँव के गाँव की हवा खिसक गई। जिसे देखो, भकुआया-

सा एक-दूसरे का मुँह ताकता नजर आ रहा था। कई गाँवों ने तो अपने घोड़े चौधरियों के हवाले कर देने के लिए पंचों की राय लेनी शुरू कर दी।

इसके कबल, लोगों ने एक अद्‌भुत नजारा देखा—बदहवास काठियावाड़ी घोड़े मुँह उठाए चौधरियों के गाँव की राह सरपट भागे जा रहे थे।

निमोछिया

बुलेट उर्फ बुलेटवा उर्फ भूलोटन सिंह वल्द झूरी सिंह, साकिन सतघरवा, थाना सिरीपुर, जिस वक़्त अनुमंडलीय उपकारा की इकलौती कोठरी में दाखिल हुआ, वहाँ पहले से ही चादर तानकर सोया पड़ा कैदी हिलाडुला तक नहीं। मुर्दा माफिक उस कैदी को देखकर क्षणभर को उसे लगा कि ससुरा सचमुच टें बोल गया है। लेकिन नहीं। उस कैदी की चादर में रह-रहकर बनती-सिकुड़ती शिकन देखकर उसका भरम जाता रहा। वह मुँह ही मुँह बड़बड़ा पड़ा—बुझाता है, स्साला, खरिहाने बेच के सूता है। सूते। अँखिया खुले पर तो अपना बाप को साच्छात देख के पराने छोड़ देगा। इस क्रूर खयाल के साथ ही विद्रूप हँसी उभरी और उसका चेहरा कहीं ज्यादा भयावह हो आया। टेढ़ी आँखों से सोए कैदी पर उपेक्षापूर्ण नजर डालते हुए अपने-आप में ही बुदबुदाया—हम देखते हैं, केतना खतरनाक कैदी है, ई !

"बहुत खतरनाक कैदी है वह ! उससे सँभलकर रहना !" जेलर रामलोचन सिंह ने उसे कोठरी में भेजने से पहले दस बार चेताया था, "डी.आई.जी. के ऑर्डर पर उसे सब कैदियों से अलग रखा गया है। लेकिन तुम अपनी जात के हो इसलिए एडजस्ट कर रहे हैं।"

"एडजस्ट तो स्साला अब ई करेगा।" अन्दर ही अन्दर तड़पता बुलेटवा फुँफकार उठा, "गोड़ नहीं दबवाया तो हमरो नाम बुलेट सिंह नहीं।"

अपनी ही अकड़ में वह कुछ इस तरह तना कि उसकी गर्दन की नसें खिंच गईं। चौड़ी छाती थोड़ी और फैल गई। दम्भ में ऐंठती देह और दहकती आँखें एक साथ घूमीं मानो कोठरी की हर चीज को अपनी दहशत से भर देना चाह रहा हो। इस क्रम में वह कोना-अँतरा सब टटोल गया। बरसाती पानी से चितकबरी हो आई दीवारें। दीवारों से जगह-जगह झड़े प्लास्टर से झाँकती ईंटें। पूरब की ओर खुलता जंगला। जंगले की आधी से ज्यादा नुच चुकी जाली। कोने में रखा काई जमा घड़ा। छत से गज भर तार पर झूलता धुआँया बल्ब। चीकट चौकियाँ। कहीं कुछ नहीं बदला था। बस अन्तर था तो इतना कि पहली बार इस कोठरी पर उसका एकछत्र राज था, इस बार पहले से ही एक और है। ऊपर से तुर्रा यह कि वह 'एडजस्ट' करे ! वह माने बुलेट सिंह ! एकबारगी उसकी खोपड़ी चनकी और भीतर ही भीतर उफन पड़ा, "बड़का-बड़का बह गया, गदहा थाहे केतना पानी।"

चौकी पर बेसुध पड़े उस आदमी को बर्दाश्त करना मुश्किल हुआ जा रहा था। उसकी इच्छा हो रही थी कि ससुरे को टेंटुआ पकड़कर उठाए और सीधे ज़मीन पर खड़ा कर दे। लेकिन बार-बार जेलर रामलोचन सिंह की चेतावनी आड़े आ जा रही थी। किसी तरह स्वयं को जब्त करते हुए वह खाली चौकी पर धम्म से जा बैठा मानो कोई भारी पेड़ अर्राकर गिरा हो। चौकी की चरमराती चूलें हिलीं और कोठरी 'चर्र-चूँ' के शोर से गूँज गई। मारे खीझ के उसने चौकी पर दो-तीन मुक्के जमाए और एक भद्दी-सी गाली उछाल दी।

सहसा, दूसरी चौकी पर सोया कैदी कुनमुनाया। उसके शरीर में हरकत हुई और उसने सिर तक तनी चादर सरकाकर अपना चेहरा बाहर निकाला। तीस-बत्तीस का वह नौजवान पसीने से लथपथ था। उसके माथे पर बूँदें छलछलाई हुई थीं। गोरा रंग, भरा चेहरा। बिना मूँछ-दाढ़ी। पहली नजर में वह कोई निहायत नफीस नौजवान जान पड़ रहा था।

बुलेटवा उसे खा जानेवाली निगाहों से घूरते हुए भीतर ही भीतर बुदबुदाया, "स्साला निमोछिया, कउनो नचनिया बुझाता है।"

वह निमोछिया नौजवान कोठरी में किसी अजनबी को देखकर अचकचाया और हड़बड़ाकर उठ बैठा। उसकी चौड़ी हो आई आँखों में उत्सुकता से ज्यादा हैरानी थी मानो मौजूदा दृश्य पर उसे कतई विश्वास न हो रहा हो। वह अपनी आँखें मिचमिचाते हुए सामने चौकी पर विराजमान उस भयावह आदमी की टोह लेने लगा। साढ़े पाँच फुटा गाढ़ा साँवला वह आदमी देखने से ही हिंस्र लग रहा था। सिल्क के कुर्ता, पायजामा में अकड़ा बैठा वह आदमी उसे कच्चा चबा जाने के अन्दाज में लगातर घूरे जा रहा था। इस क्रम में उसके मोटे होंठ मूँछों के नीचे फड़फड़ा रहे थे मानो मन ही मन ढेरों गालियाँ बके जा रहा हो। उस आदमी की इस बेकली को लक्ष्यकर वह थोड़ा सतर्क हुआ और इस कोशिश में मुस्करा पड़ा, ताकि वह आदमी उसकी मनःस्थिति को भाँप न पाए।

लेकिन बुलेटवा को निमोछिया का यूँ मुस्कराना बुरी तरह खल गया। इससे पहले कि उसकी मुस्कराहट और गहरे तक चुभे बुलेटवा ने कुर्ते की बाँहें चढ़ाते हुए हमला-सा बोल दिया, "कौन है रे, तू ?"

"कैदी।" पूर्ववत मुस्कराते निमोछिया ने तपाक से जवाब दिया।

बुलेटवा के तो जैसे तन-बदन में आग ही लग गई। बेहद खौफनाक हो उठा वह बेसाख्ता चीख पड़ा, "ढेर फुटानी मत छाँट ! नाम बता, आपन नाम !"

"नाम !" निमोछिया की मुस्कराहट और गहरी हो आई थी मानो वह सामनेवाले की बौखलाहट का भरपूर आनन्द ले रहा हो। बगैर किसी उत्तेजना के उसने संयत स्वर में कहा, "नाम में क्या रखा है, पार्टनर ?"

बुलेटवा का तो माथा ही घूम गया। निमोछिया की यह ढिठाई उसके धैर्य को हिला गई। वह क्रोध में काँपता हुआ चिंघाड़ा, "बिना माय-बाप का टपका है, कारे, हरामी का जना ?"

"तुम्हारा अपने बारे में क्या खयाल है ?" तुर्की-ब-तुर्की निमोछिया पलटवार कर बैठा।

यह हिमाकत थी। सरासर हिमाकत। बुलेटवा को लगा कि अब बहुते हो गया—स्साले निमोछिया का होस ठेकाने नहीं लगाया तो कपारे पर मूते लगेगा। एकबारगी भीतर ही भीतर तड़पकर रह गया वह—बाबू बुलेट सिंह, जातो का कउनो धरम होता है। जेलर रामलोचन सिंह का तो विश्वासे उठ जाएगा तोरा पर से। ना, ई ठीक बात ना है। निमोछिया पर कउनो दूसरे दाँव आजमाए पड़ेगा।

एकाएक बुलेटवा ढीला पड़ गया। पैंतरा बदलते हुए उसने निमोछिया पर नया दाँव आजमाया, "बुलेट सिंह से मजाक तोरा बहुत महँगा पड़ेगा, बेट्टा। तोरा मालूम ना है केतना मर्डर किया है हम ?" क्षणभर को ठहरा बुलेटवा निमोछिया को आतंकित करने के लिए एक-एक शब्द पर जोर देते हुए बोला, 'पन्द्रह ! पूरे पन्द्रह ठो मर्डर किया है। बाईस ठो अपहरण। पचास ठो रंगदारी। हमरा नामे से बड़ा-बड़ा लोग खड़े मूत देता है।"

अपनी बात का असर देखने के लिए बुलेटवा जैसे ही रुका, निमोछिया ने कसकर व्यंग्य दे मारा, "बहुत बहादुरी का काम किया है। तुझे तो परमवीर चक्र मिलना चाहिए !"

"एई स्सा ऽऽऽ ला ऽऽऽ चुप्प !" हत्थे से उखड़ा बुलेटवा डायनामाइट-सा फट पड़ा, "बहुते बक-बक कर रहा है, तू। लगता है तोरा काल मँडरा रहा है।"

निमोछिया भी उसी तेवर के साथ चादर फेंककर उठा और तन्नाए स्वर में बुलेटवा को चुनौती दे डाली, "क्या करेगा, तू ? बोल ? क्या करेगा ?"

"बुलेट सिंह को चीन्हता ना है, तू ? तोरा लासो का पता ना चलेगा।" बुलेटवा ने ब्राह्मास्त्र छोड़ा।

"अच्छा !" निमोछिया के होंठों पर जहरबुझी मुस्कान खेल गई। वह बुलेटवा के सामने तनकर खड़ा हो गया, "मारेगा ? मार। मारके दिखा।"

बुलेटवा निमोछिया के इस अप्रत्याशित तेवर से एकदम चकरा गया। अन्दर ही अन्दर उथल-पुथल मच गई—स्साला, सच्चे खतरनाक है का ? देखे से तो मोम का बबुआ बुझाता है। फिर एतना हकड़ कइसे रहा है ? बाबू बुलेट सिंह, एके अभिए औकात ना बताए तो मुर्गीवाला आगिए में मूते लगेगा। अब चाहे जे हो, बूझें रामलोचन सिंह। बुलेट सिंह तो कोई का चैलेंज न सहा है, न सहेगा।

बस आव देखा न ताव भूखे बाज-सा वह उछला और निमोछिया पर झपट्टा मार बैठा। उसका दाहिना हाथ निमोछिया की गर्दन पर खूनी पंजे-सा लहराया। लेकिन यह क्या ? जब तक वह निमोछिया की गर्दन दबोचता उसकी कलाई किसी शिकंजे में कस-सी गई थी। उसके सँभलते न सँभलते निमोछिया ने उसका हाथ मरोड़कर उसे चक्करघिन्नी-सा घुमा दिया।

बुलेटवा की तो आँखों के आगे तारे ही नाच गए। जो सपने में भी गुमान नहीं

था वह क्षणभर में हो गया था। लगा कि दुनिया उलट-पुलट हो गई है। एक अकेला निमोछिया उस पर भारी पड़ गया। वह क्रोध, अपमान और दर्द के मारे इस बुरी तरह छटपटाया कि कन्धे तक उठी चिलक दबाने के बावजूद कराह निकल पड़ी।

अचानक अनझटके में निमोछिया ने बुलेटवा का हाथ छोड़ा तो वह सीधे जंगले से जा टकराया। जब तक उसकी घुमड़ती देह स्थिर होती निमोछिया अपनी चौकी पर लौटा और इत्मीनान से बैठ गया। वह अभी भी तनी हुई मुद्रा में बुलेटवा पर नजर रखे हुए था।

बुलेटवा चोट खाए साँप-सा पलटा और कहर बरपाते लहजे में फुँफकार पड़ा, ''अपना मौत को नेवता दे दिया है, तू।''

''अच्छा !'' निमोछिया हँसा। हँसी उड़ाती इस हँसी के बीच ही बोला, ''तो मार ! मारता क्यों नहीं ?''

ऐसी धारदार हँसी कि बुलेटवा सिहर गया। सामने लगातार मुस्कराए जा रहे निमोछिया का सामना करना कठिन हो गया। वह पहली बार स्वयं को इतना असहाय पा रहा था। पता नहीं क्यों, उसे निमोछिया सचमुच खतरनाक लगने लगा था। लगा कि इससे उलझना फिलहाल ठीक नहीं। उसने जान-बूझकर चुप्पी साध ली।

निमोछिया बुलेटवा को चुप देख भड़क गया। उसकी मुस्कराहट अचानक गायब हो गई थी। उसने बुलेटवा को लक्ष्य करके सख्त स्वर में लताड़ लगाई, ''हाथ में फुटफुटिया ले लिया तो दुनिया ऊपर हो गया ? जब जिसका मन किया खून कर दिया ?''

बुलेटवा चुप। इस चुप्पी में सामनेवाले की थाह लेने की चालाकी थी। किसी मूरत-सा खड़ा वह भीतर ही भीतर ताव खाता रहा—उड़ ले, बेट्टा, उड़ ले। हमूँ देखें तू चीज का है ?

निमोछिया अपनी चौकी से उठा और बुलेटवा के सामने आ खड़ा हुआ। बुलेटवा की आँखें उसकी आँखों से टकराईं। निमोछिया ने उसकी जलती आँखें साफ महसूस की। उसने बगैर इसकी परहवाह किए बुलेटवा को झिंझोड़ा, ''तेरे पास अभी फुटफुटिया नहीं है तो क्या है, तू ? बोल क्या है, तू ?''

बुलेटवा के दिमाग में पहली बार कौंधी यह सच्चाई—हाथ में फुटफुटिया नहीं तो का हैं हम ? माने फुटफुटिया खत्म। खेला खतम ? इस खयाल के साथ ही जैसे हलक सूख गया। बड़ी मुश्किल से उसने थूक अन्दर निगला।

निमोछिया बुलेटवा की आँखों में आँखें डालते हुए निहायत सर्द स्वर में बोला, ''महज दो हाथ-पैरवाला आदमी है, तू भी। ठीक मेरी तरह। जैसे मैंने आज तेरी औकात बताई वैसे ही एक दिन लोग तेरी औकात बता देंगे।''

सन्नाटे में डूबा बुलेटवा किसी आश्चर्यलोक में खड़ा था। उसे समझ में नहीं आ रहा था कि इतनी ही देर में उसका सारा बल कहाँ चला गया ? सारा आतंक बालू के ढीह-सा कैसे ढह गया ? उसकी हकड़ती आवाज़ को क्या हो गया ?

निमोछिया बुलेटवा को उसके हाल पर छोड़कर पलटा और अपनी चौकी पर बैठते हुए उसे चेताया, "इस कोठरी में रहना है तो मुझसे पंगा लेने की कोशिश मत करना !"

जंगले की दीवार से सटे बुलेटवा की जड़-बुद्धि जागी और वह बड़ी तेजी से आगा-पीछा सोचने लगा—निमोछिया स्साला जो हो, बाकी है बहुत दिलेर। बातो खरा बोलता है। खराब भले लगे, बाकी सच्चाई तो इहे है। फुटफुटिया के बिना का है हमरी औकात ? इहे तो कि निमोछिया भारी पड़ गया। एक्के झटका में सान झाड़ के रख दिया। बाबू बुलेट सिंह फिरो भिड़े तो ससुरा बचलो इज्जत उतार लेगा। अइसा आदमी बल से ना बुद्धि से मराएगा। कहाउतो है, 'जहाँ बल ना चले वहाँ बुद्धि चलाओ।'

अपनी ही इस युक्ति पर बुलेटवा चकरा गया। उसकी आँखों में चमक जागी और वह एकदम पैंतरा बदलते हुए निमोछिया से मुखातिब हो गया, "जेतना तोरा में दम है, ओतने तोरा बातों में दम है।"

निमोछिया को बुलेटवा के इस अप्रत्याशित बदलाव पर सहज ही विश्वास नहीं हुआ। उसने पूरी चौकसी बरतते हुए बुलेटवा को इशारा किया, "बैठ जाओ। जब साथ रहना है तो खार क्यों ?"

बुलेटवा ने देखा कि निमोछिया के होंठों पर मुस्कराहट लौट आई है। वह उसकी ओर देखता हुआ लगातार मुस्कराए जा रहा था। पता नहीं क्यों वह भी अपने होंठों पर आई मुस्कराहट छुपा नहीं पाया। उसे अपना मुस्कराना भी अद्भुत लगा। रूई के फाहे जैसी ऐसी हल्की मुस्कान वह पहली बार महसूस कर रहा था। लगा कि किसी जादू की गिरफ्त में है। अपने-आपमें खोया-सा वह खुद से ही पूछ बैठा—बाबू बुलेट सिंह, ई का हो रहा है, तोरा ? स्साला निमोछिया कउनो मन्तर मार दिया है का ?

जादू के इस जोर से बाहर आने की कोशिश करता वह खाली पड़ी चौकी तक आया और लस्त-पस्त धम से बैठ गया। वह अभी भी पूरी तरह सामान्य नहीं हो पाया था।

निमोछिया ने लक्ष्य किया कि बुलेटवा कुछ ज्यादा ही असहज है। उसे इस स्थिति से उबारने की गरज से पूछ बैठा, "पानी पियोगे ?"

बुलेटवा ने कोई जवाब नहीं दिया। उसके जवाब की परवाह किए बगैर निमोछिया उठा और कोने में रखे घड़े के पास जाकर वहीं फर्श पर लुढ़के गिलास को उठाया और पानी उड़ेलने लगा। बुलेटवा चुपचाव उसे देखता रहा। निमोछिया ने भी बिना कुछ बोले भरा गिलास बुलेटवा की ओर बढ़ा दिया।

बुलेटवा गिलास लेने से पहले थोड़ा झिझका। फिर झेंपते हुए हाथ बढ़ाकर गिलास ले तो लिया, लेकिन हाथ में गिलास थामे हुए वह ठिठका रहा मानो पानी में घुलता उसका अहं उसे आहत कर रहा हो।

निमोछिया उसकी इस मनः स्थिति पर मुस्कराया। फिर मन ही मन मजा लेते हुए उसे छेड़ा, "पियो पार्टनर, पानी से क्या बैर ?"

बुलेटवा गिलास झट मुँह से लगाकर गटागट पानी पी गया। पानी अन्दर जाते ही राहत-सी महसूस हुई। खाली गिलास नीचे रखने के लिए झुका कि बीच ही में निमोछिया ने गिलास लपक लिया, "और लोगो ?"

"नहीं !" बहुत देर बाद बुलेटवा का कंठ खुला।

निमोछिया ने गिलास में दुबारा पानी उड़ेलते हुए बुलेटवा को कुरेदा, "पार्टनर, यहाँ जेल कैसे आना हुआ ?"

बुलेटवा कसमसाया। कोई गहरी टीस उभर आई। दाँत भींचते हुए फट पड़ा, "नया डी.एस.पी. था एही से धरा गए। स्साला का दिन पूरा हो गया बुझाता है।"

"क्यों, क्या करोगे उसका ?" पानी भरा गिलास लेकर अपनी चौकी पर लौटा निमोछिया।

"बदली ! बदली करा देंगे हरामी का !" बुलेटवा गरजा। वह अपने असल रंग में आने लगा था।

"लगता है, बहुत चलती है तुम्हारी ?" चौकी पर बैठा निमोछिया व्यंग्य से मुस्कराया।

एकदम सही मौका मिल गया था बुलेटवा को। अपनी ताकत दिखाने का यह अवसर लपककर थामा और चौकी पर आसन जमाते हुए निमोछिया के चेहरे पर अपनी आँखें जमा दीं। फिर रौब गाँठने के अन्दाज में बोला, "बुलेट सिंह के नाम का डंका बजता है। डंका। थाना-पुलिस, कोट-कचहरी सब हमारी जेबी में रहता है। देखियो, ई डी.एस.पी.आ कइसे जाता है तेलहण्डे में।"

"फिर पुलिस के हाथ कैसे लग गए ?" बुलेटवा को खुलते देख निमोछिया ने उसे उकसाया।

"कइसे का ?" बुलेटवा का चेहरा क्रूर हो आया, "हमको बुझाता है कउनो जान-बूझ के हमको पकड़वाया है।

"क्यों ? तुम्हें ऐसा क्यों लगता है ?" निमोछिया ने दिलचस्पी दिखाई।

"ऐसा लगता है काहे कि पुलिस का मजाल नहीं था जो हमको पकड़ लेता। बाकी कोई गद्दारी जरूर किया है, तभिए पुलिस पकड़ा !" बुलेटवा की आँखों से चिनगारी छिटकने लगी थी। वह अपने ही आवेश में लगातार बोले जा रहा था, "एकठो व्योपारी को उठाए थे। एक करोड़ फिरौती का मामला था। बाकी व्योपारिया स्साला साहेब का आदमी निकल गया। साहेब ओके छोड़े का बोले। तब हम का करते ? ओही को बस अड्डा ले जा रहे थे। बस रस्ते में पुलिस घेर लिया। कउनो नया डी.एस.पी. था। चीन्हा नहीं स्साला। हमरा संघे दू-तीन ठो छौंडा सब था। ऊ पुलिस को देखते भाग लिया। हमी धरा गए।"

"कहानी बढ़िया है। लेकिन गले नहीं उतरी।" निमोछिया ने पीठ दीवार से टिकाते हुए चुहल की।

बुलेटवा अचकचाया, "काहे ? काहे गले ना उतरी ?"

"देखो, अक्सर होता ये है कि छौंडे तो पकड़े जाते हैं, सरगना फरार हो जाता है। लेकिन तुम्हारे मामले में तो सव उलटा ही हो गया !" निमोछिया ने खुलासा भी किया, संशय भी जताया।

बुलेटवा के चेहरे पर उलझन स्पष्ट दिखी। असमंजस में फँसा वह तुर्शी में बोला, "एही से तो कहते हैं, कउनो गद्दारी किया है।"

"तो क्या करोगे तुम ?" निमोछिया ने उत्सुकता से पूछा।

"स्साला को सरग का रासता दिखा देंगे।" बुलेटवा बेहद तमतमाए स्वर में चिंघाड़ा, "ऊ तो जान से जइबे करेगा।"

"उसी फुटफुटिया के बूते ?" निमोछिया हँसा।

बुलेटवा निमोछिया को हँसते देख सकपका गया। लेकिन तुरन्त ढिठाई पर उतर आया, "सभे उसी से डरता है।"

"डरा हुआ आदमी कुछ भी कर सकता है।" निमोछिया ने बुलेटवा की ढिठाई का प्रतिवाद किया, "अपनी जान बचाने के लिए वह भी फुटफुटिया उठा सकता है।"

"ओके चलावे खातिर कलेजा चाही। कलेजा !" इस बार खिल्ली उड़ाने का मौका बुलेटवा के हाथ था। उसने निमोछिया पर पलटवार-सा कर दिया था।

निमोछिया ने कोई प्रतिक्रिया व्यक्त किए बगैर एक अर्थपूर्ण निगाह बुलेटवा पर डाली और फिर सिरहाने हाथ डालकर कुछ टटोलना शुरू कर दिया।

बुलेटवा सतर्क हो गया। मन ही मन स्वयं को चेताया—बाबू बुलेट सिंह निमोछिया स्साला फिरो कुछ गड़बड़ करेगा का ? का भरोसा मीठा-मीठा बतिया के कहीं गरदने ना उतार ले। ना, एसे सावधाने रहना ठीक है।

इस बीच निमोछिया ने सिरहाने से अपना हाथ बाहर निकाला और किसी दवा का रैपर फाड़कर सफेद गोली हथेली पर रखी तो बुलेटवा की अटकी जान लौटी। अपनी आशंका के निर्मूल होते ही तपाक से टोक बैठा, "का हुआ, दवा खा रहा है ?"

"हल्का बुखार है !" लापरहवाही से उत्तर देकर निमोछिया ने बात का सिरा पकड़ने की गरज से पूछा, "अच्छा, ये साहेब कौन है ?"

बुलेटवा चिंहुका। उसकी सारी इन्द्रियाँ सतर्क हो गईं। एक साथ कई आशंकाओं ने सिर उठाया—ई निमोछिया पुलिस का जासूस तो ना है। टोह लेवे खातिर भेस तो ना बदला है ? बात-विचार से तो क्रिमिनल लगता ना है। फिर ? जरूर पुलिसे का आदमी होगा। तभिए बुलेट सिंह से भिड़े का जुर्रत किया।

एकबारगी उसके दिमाग में खतरे की घंटी बज उठी, बिलकुल जेल की पगली घंटी की तरह। बेचैनी से पहलू बदलता वह निमोछिया को यूँ घूरने लगा मानो उसका भेद ले रहा हो। आखिरकार सशंक स्वर में पूछ ही डाला, "पुलिस का जासूस हो का ?"

निमोछिया बेसाख्ता हँस पड़ा। इतनी खुली हुई हँसी कि कोठरी का कोना-कोना झनझना उठा। इस हँसी के बीच ही उसने बुलेटवा से उलटा सवाल किया, "मैं तुम्हें पुलिस का आदमी लगता हूँ ?"

"फिर साहेब के बारे में काहे पूछा ?" बुलेटवा अभी भी आश्वस्त नहीं था। निमोछिया ने पूर्ववत चटखारा लिया, "लगता है सिनेमा बहुत देखते हो ?"

"तुमको कइसे पता ?" हैरान बुलेटवा की आँखों में ग़ज़ब की चमक दिखी।

"ऐसा जासूस सिनेमा में ही होता है।" निमोछिया ने हँसते हुए उसे विश्वास दिलाने की कोशिश की, "लेकिन बेफिक्र रहो। मैं जासूस-वासूस नहीं हूँ।"

"तो...तो...तुम कौन हो ?" बुलेटवा हकलाया। निमोछिया का रहस्य उसकी समझ से परे होता जा रहा था।

निमोछिया ने महसूस किया कि बुलेटवा के मन से उसके प्रति शक पूरी तरह खत्म नहीं हुआ है। इससे पहले कि बुलेटवा उसके बारे में कोई और धारणा बनाए उसने पूरी गम्भीरता से खुलासा किया, "यक़ीन मानो, मैं भी कैदी हूँ। बिलकुल तुम्हारी तरह।"

"देखे से तो तुम हमरी तरह बुझाते नहीं।" बुलेटवा को अभी भी निमोछिया पर सहज ही विश्वास नहीं हुआ।

निमोछिया के होंठों पर फीकी मुस्कराहट रेंग गई, "क्यों ? क्या फर्क है हम दोनों में ?"

"हम क्रिमिनल हैं। हमसे लोग डरते हैं।" बेलाग बुलेटवा अकड़ा।

बुलेटवा की साफगोई पर निमोछिया मुस्कराए बिना नहीं रहा। लगा कि सामने बैठा शख़्स चाहे जो हो अपनी सच्चाई स्वीकार करने से नहीं हिचकता। खुद को छुपाने की चतुराई नहीं करता। बुलेटवा की यह अदा उसे पसन्द आई। उसने भी उसी बेबाकी से कहा, "तुमसे लोग डरते हैं। मुझसे सरकार डरती है।"

बुलेटवा बेतहाशा हँस पड़ा। मानो निमोछिया ने कोई भारी मजाक किया हो। इस हँसी में उसकी क्रूरता कहीं गहरे तिरोहित हो गई थी। वह अद्‌भुत उल्लास में उमगता अपनी हँसी रोके नहीं रोक पा रहा था। हँसी के भीतर ही उसकी जिज्ञासा उभरी, "तुम का सेना-फउज हो जो तुमसे सरकार डरेगी ?"

"हाँ, यही समझ लो !" निमोछिया की आवाज़ किसी अतल गहराई से आती जान पड़ी, "नहीं तो तुम्हारी सरकार मुझे क्यों गिरफ्तार करती ?"

बुलेटवा की हँसी एकदम से पिचक गई। उसने अपनी आशंका जताई, "जरूर कउनो क्राइम किया होगा ?"

"हाँ ! क्राइम तो किया ही।" निमोछिया मुस्कराया। वही रहस्यमय मुस्कराहट।

"का किया था, मर्डर ?" निमोछिया को धर लेने के उत्साह से बोला बुलेटवा।

"ना।"

"फिर ?" बुलेटवा अकबकाया।

निमोछिया की मुस्कराहट कहीं ज्यादा रहस्यमयी हो आई। उसने बुलेटवा को गौर से निहारते हुए संजीदा स्वर में कहा, "पोल खोल रहा था तुम्हारी सरकार की। सरकार चलानेवालों की। लोगों को बता रहा था कि यह व्यवस्था नेता-पुलिस-अपराधी का

गठजोड़ होकर रह गई है। ये लोग इस महान लोकतन्त्र के सबसे बड़े दुश्मन हैं। ऐसे लोगों का खात्मा जरूरी है।''

''पता ना का बुझौव्वल बुझा रहे हो तुम ?'' आजिजी से भरा बुलेटवा झुँझला पड़ा, ''हमको तो तुमरी अँगरेजी पल्ले ना पड़ रही है।''

बुलेटवा की झुँझलाहट में छुपी नाराजगी निमोछिया से छुपी नहीं रह सकी। सहसा उसे विश्वास नहीं हुआ कि सामने बैठा शख्स वही है, जो कुछ देर पहले तक अपने रौद्र रुआब में ऐंठा जा रहा था। पन्द्रह खून। बाईस अपहरण। पचास रंगदारी के दम्भ में चूर। निमोछिया अपने आपको रोक नहीं पाया। मनुहार के स्वर में पूछा, ''नाराज हो गए क्या ?''

बुलेटवा ने कोई उत्तर नहीं दिया। निमोछिया की तरफ देखे बगैर चुपचाप चौकी से उठा और फर्श पर पड़ा खाली गिलास उठाकर घड़े के पास जा बैठा। घड़े से गिलास में पानी उँड़ेलते हुए भी वह चुप ही रहा। फिर पानी भरा गिलास निमोछिया की ओर बढ़ाते हुए पूछा, ''पिओगे ?''

बुलेटवा के हाथ से गिलास लेते हुए निमोछिया मुस्कराया। मन में कुछ खटका भी, ''कहीं नाटक तो नहीं कर रहा ?'' अगले ही पल लगा, ऐसा आदमी नाटक नहीं करता। शायद नाटक कर ही नहीं सकता। बस, एक आश्वस्ति-सी उभरी और उसने आत्मीयता से बुलेटवा का हाथ थाम लिया, ''वाकई नाराज हो ?''

''नाराज होता तो पानी ना पिआता।'' अकड़ के बावजूद बुलेटवा आक्रामक नहीं था।

''क्या पता पानी पिला-पिलाकर मारो ?'' निमोछिया ने टहोका लिया और ठठाकर हँस पड़ा।

बुलेटवा हँसा नहीं। उसके भीतर कुछ और ही चल रहा था। उसने निमोछिया की हँसी पर ध्यान दिए बगैर अपनी ही धुन में सवाल किया, ''तोरा हमसे सच्चो डर ना लगता है ?''

निमोछिया के होंठों पर रहनेवाली मुतवातिर हँसी यकायक गुम हो गई। वह सचमुच संजीदा हो आया था। उसने बुलेटवा की आँखों में आँखें डालते हुए उसे गौर से देखा। बुलेटवा उसकी आँखों की ताब सह नहीं सका। आँखें चुराते हुए कोठरी की छत निहारने लगा। वह बुलेटवा का ध्यान अपनी ओर खींचते हुए बोला, ''पार्टनर, डरकर तो जिया नहीं जा सकता न ?''

''तो बेमौत मराएगा, तू।'' बुलेटवा झुंझलाया-सा तड़पा।

''बचोगे तो तुम भी नहीं।'' निमोछिया अभी भी संजीदा था।

''हमारी बचे का तो बहुते उपाय है।'' बुलेटवा उपहास उड़ाते हुए हँसा, ''जिन्दा बचा तो तूहूँ देखेगा।''

''अच्छा ! कवच-कुंडल मिलनेवाला है क्या ?'' निमोछिया भी व्यंग्य से मुस्कराया।

''ईहे बूझ ले !'' हुलसता-सा बुलेटवा अपनी खुशी छुपा नहीं पाया, ''साहेब के

आसीरवाद से टिकटो मिलिए जाएगा। फिर देखिहो कइसे जीतते हैं हम इलेक्शन !''

''ओह ! तो तुम्हारा साहेब कोई बड़ा नेता है ? निमोछिया ने ऐन बुलेटवा की खुशी में जैसे संध लगा दी।

बुलेटवा साहेब के इस जिक्र से ठसुआ-सा गया। अपनी गलती पर बुरी तरह पछताते हुए उसने जान-बूझकर बात का रुख ही बदल दिया, ''तोरा जमानत कब तक मिले का उम्मीद है ?''

''मैं जमानत नहीं लूँगा।'' निमोछिया बुलेटवा का आशय समझ गया। उसकी दुखती रग छेड़ने के बजाय उसने सीधा जवाब दिया, ''मैंने जमानत की कोई अर्जी नहीं दी है।''

''काहे ? जमानत काहे नाही लेगा ?'' बुलेटवा उजबक-सा निमोछिया का मुँह ताकने लगा।

''इसलिए कि मैंने कोई जुर्म नहीं किया है !''

दो-टूक निमोछिया का उत्तर सुनकर बुलेटवा के माथे पर बल पड़ गए। उसने बेसब्री में एक साथ कई सवाल दाग दिए, ''बिना कउनो जुरूम के पुलिस काहे पकड़ेगी ? बिना कारन काहे जेल देगी ? अभी एतना अनेत तो ना हुआ है ?''

अनेत ! मन ही मन दुहराता निमोछिया बुलेटवा की मासूमियत पर मुस्कराया—पार्टनर, यही तो है इस तन्त्र का तिलिस्म ! ऐसा विभ्रम जिस पर सौ-सौ जान न्योछावर हैं लोग। तुम ही क्या, अच्छे-अच्छे मुग्ध हैं इस मायावी छद्म पर। गहरी साँस खींचता वह अपनी चौकी से उठा और बुलेटवा की चौकी पर जा बैठा।

बुलेटवा बेतकल्लुफी से निमोछिया को अपनी चौकी पर बैठता देख थोड़ा परे खिसक गया। वह अभी भी निमोछिया के प्रति पूरी तरह आश्वस्त नहीं हुआ था।

निमोछिया से बुलेटवा की यह सतर्कता छुपी नहीं रह सकी। उसने बुलेटवा के कन्धे पर हाथ रखा तो जैसे उसकी देह संकोच से सिकुड़ गई। स्पर्श की यह भाषा अनकही सही, लेकिन थी असरकारी। निमोछिया बिना किसी भूमिका के सीधे बुलेटवा से मुखातिब हो गया, ''इसलिए कि मैं उन्हें सूट नहीं करता। उनकी सत्ता और व्यवस्था में फिट नहीं बैठता। जाहिर है, ऐसा आदमी उन्हें अपने लिए खतरनाक लगता है। सो, मैं भी खतरनाक हूँ।''

बुलेटवा आँखें फाड़े निमोछिया को बिटर-बिटर ताके जा रहा था मानो जादुई पिटारे से डिब्बा-दर-डिब्बा एक से एक अजूबे नमूदार हो रहे हों। वह खोया-खोया-सा अपने-आपमें बड़बड़ाया, ''सच्ची बहुते खतरनाक आदमी है, तू।''

''इसीलिए तो तुम्हारी सरकार भी डरती है मुझसे।'' निमोछिया तीखे तेवर में मुस्कराया, ''यहाँ तक कि उसे जेल में भी मुझसे खतरा महसूस होता है।''

''जेल में तो बड़का-बड़का का बुखार ठंडा जाता है। फिर तू का चीज है ?''

निमोछिया अर्थपूर्ण अन्दाज में मुस्कराया, फिर भेदभरे स्वर में अपनी बात समझाने की कोशिश की, ''दरअसल, सरकार को डर है कि जेल में मुझे कैदियों के साथ रखा

गया तो वे मेरे प्रभाव में आ जाएँगे। उनका दिमाग फिर जाएगा। वे विद्रोही हो जाएँगे।''

बुलेटवा बेचैनी से पहलू बदलता हुआ फिस्स से हँस पड़ा—ससुरा दिनों में सपना देखता है ! जहाँ नौसिखुओ उस्ताद बनके निकलता है, ऊँहा ई सबको चंडीपाठ पढ़ाएगा। एकदम खिसकले बुझाता है। एकाएक निमोछिया पर तरस खाते हुए उसने कसकर झिड़की लगाई, ''ईहाँ सब एक से एक क्रिमनल है ! क्रिमनल !! ऊ स्साला सब उलटे तोरे अकिल भुला देगा।''

निमोछिया आदत के मुताबिक न हँसा, न मुस्कराया। निहायत गम्भीर था। उसी गम्भीरता से उसने निमोछिया को टोका, ''फिर तुम्हीं बताओ, मुझे दूसरे कैदियों के साथ क्यों नहीं रखा जाता ?''

''का पता तुमरी कउनो पैरवी हो। ईहाँ तो सब पइसे-पैरवी का भासा बूझता है।'' इस बार बुलेटवा भी अर्थपूर्ण अनदाज में मुस्कराया।

''नहीं, मेरी कोई पैरवी नहीं।'' निमोछिया ने सख्ती से बरजा।

''अच्छा ? तो कहो, हम कर दें तुमरी पैरवी ?'' बुलेटवा ने बेहद शातिर लहजे में निमोछिया पर निशाना साधा।

''किस बात की पैरवी ?'' निमोछिया बिफरा।

''तुमरा जरनल वार्ड में जाए का सौख पुरा दें।'' बुलेटवा मजाक उड़ाने के मूड़ में आ गया था, ''तनी हमू देखें तमाशा तोरी लंतेरानी का !''

''निमोछिया को कोई हैरानी नहीं हुई इसलिए प्रतिक्रिया व्यक्त करने के बजाय चुप रहना ही बेहतर समझा। एक तरह से बुलेटवा को निरस्त करने का यही तरीका ठीक भी लगा। वह चुपचाप उठा और अपनी चौकी पर लौट आया।

बुलेटवा अपने कुर्ते की जेब टटोलते हुए अपनी ही रौ में बोला, ''तोरा देखाते हैं हम अपनी चलती। भेजवाते हैं तोरा जनरलवार्ड। ऊहें तोरा सब फुटानी निकलेगा।''

बुलेटवा को इस कदर उफनाते देख निमोछिया थोड़ा चिन्तित दिखा, लेकिन बुलेटवा तो जैसे अपनी ही धुन में था। कुर्ते की जेब से मोबाइल निकालकर निमोछिया की ओर बढ़ाते हुए बोला, ''का बूझता है तू, हमको घास-भूसा ? इहें बइठले-बइठले तोरा पत्ता ना साफ कर दिए तो हमरो नाम बुलेट सिंह नहीं।''

निमोछिया बुलेटवा के उतावलेपन पर मुस्कराया। लेकिन उसकी मुस्कराहट बुलेटवा को खल गई। वह ताव में भरा मोबाइल नम्बर लगाने लगा। दूसरी ओर नम्बर मिलते ही सेट कान से लगाया और हुलसकर किसी का अभिवादन किया, ''प्रणाम, साहेब।''

निमोछिया चौंका—तो यह अपने साहब से बात कर रहा है। उसके कान चौंकन्ने हो गए। वह दिलचस्पी से बुलेटवा की बात सुनने लगा।

दूसरी ओर की बात सुनते हुए बुलेटवा तुनक पड़ा, ''का करते साहेब ! सरेण्डर ना करते तो ऊ गोलिए मार देता। नया डी.एस.पी. बुझाता है, साहेब ! कउनो उपाय करने पड़ेगा, साहेब !''

बुलेटवा ठहरा। दूसरी ओर की बात सुनते हुए उसके चेहरे पर रौनक लौटने लगी थी। वह गद्‌गद स्वर में बोल रहा था, "सब किरपा है, साहेब !...बस, साहेब, एक ठो पैरवी था।"

बुलेटवा ने विजयी भाव से गर्दन घुमायी और अपनी आँखें सीधे निमोछिया के चेहरे पर टिका दीं। निमोछिया को अपनी बात ध्यान से सुनते देख वह कहीं ज्यादा जोश से भर उठा, "साहेब, का है कि ई कोठरिया में पहिले से एगो कैदी है। हँ...हँ...साहेब, बहुते दिक्कत है। एकरा जनरल वार्ड में भेजवा दिया जाए, साहेब !"

अपनी बात खत्म कर बलेटवा थोड़ी देर तक दूसरी ओर की बात सुनता रहा। फिर सेट को घूरने लगा। दूसरी ओर से शायद लाइन काट दी गई थी। मोबाइल जेब में डालते हुए वह ठसके से बोला, "समझ ले कि तोर बेवस्था हो गया।"

निमोछिया कुछ नहीं बोला। बोलने की इच्छा ही नहीं हुई। भारी मन से खड़ा हुआ और अपनी चादर में तह लगाने लगा।

बुलेटवा ने उसकी चुप्पी को बेधते हुए आवाज़ लगाई, "का हुआ, सारा हवा निकल गया ?"

"हवा मेरी नहीं, पार्टनर, इस मुल्क की निकल रही है।" निमोछिया के स्वर में अफ़सोस था।

"काहे ? तुमरी जनता का करेगी ?" बुलेटवा ने खिल्ली उड़ाई।

"जनता तो लड़ेगी ही और जीतेगी भी !" निमोछिया का स्वर ही नहीं चेहरा भी सख्त हो आया था, "तब तुम और तुम्हारे साहेब सभी ठिकाने लग जाओगे।"

बुलेटवा चौकी पर पसरते हुए हँसा, "ठेकाना तो अब तू लगेगा।"

निमोछिया ने कोई प्रतिवाद नहीं किया। गहरी चुप्पी के बीच सिरहाने से डायरी-कलम निकाली और इत्मीनान से बैठकर कुछ सोचने लगा। भीतर घुमड़ रहे अनवरत संवाद का सिरा पकड़ने की कोशिश में वह जैसे खुद से जूझ रहा था। डोरीनुमा तार पर लटका धुआँया बल्व हवा के झोंके से हिलता और पीलिया उजाला छितराकर उसकी इस कोशिश को भंग कर देता। अँधेरे-उजाले के क्षण-क्षण बनते-मिटते वलय के बीच वह अजीब कशमकश से दो-चार हो रहा था।

बुलेटवा इस सघन सन्नाटे से उकताकर उठ बैठा। जान-बूझकर निमोछिया का ध्यान आकृष्ट करने के लए गला साफ करने के बहाने खँखारने लगा। निमोछिया का ध्यान भंग हो गया था। बुलेटवा से आँखें मिलते ही वह मुस्कराया। बुलेटवा से रहा नहीं गया, सो बगैर वक़्त गँवाए मन की बात कह डाली, "कुछो हो, तोरा ईहाँ से जाए के बाद हमरो बड़ा खराब लगेगा।"

"लगता है, तुम्हारी तबियत ठीक नहीं है।" निमोछिया उठा और घड़े के पास जाकर गिलास में पानी उँड़ेलने लगा, "पानी पियोगे ?"

बुलेटवा के होंठों पर बेलौस मुस्कराहट खिली। बेझिझक हाथ बढ़ाकर पानी का गिलास थामा और निमोछिया को निहारते हुए आत्मीयता जताई, "तू आदमियों

ठीके बुझाता है।''

निमोछिया निरन्तर चुप्पी के बीच भी मुस्कराता हुआ गिलास खाली होने की प्रतीक्षा करता रहा। पानी पीकर बुलेटवा ने जैसे ही खाली गिलास बढ़ाया उसने लपककर गिलास में दुबारा पानी भरना शुरू कर दिया। इसमें शायद संवाद से बचने की सायास कोशिश भी थी। वह बुलेटवा की बात को तरजीह दिए बगैर उठा और पानी भरा गिलास लेकर अपनी चौकी पर लौट आया। फिर कुछ घूँट पानी पीकर गिलास किनारे रख दिया।

बुलेटवा निमोछिया की इस ख़ामोशी से बेचैन हो उठा। जी में आया कि उसे छेड़े, लेकिन डायरी-कलम उठाकर उसे कुछ लिखते देख ठिठक गया। भीतर से इतना साहस नहीं हुआ कि उसे टोक सके। मन मसोस कर रह गया। स्वयं से जूझता वह उसकी तन्मयता टूटने की प्रतीक्षा में पहलू बदलता रहा।

डायरी लिखते-लिखते निमोछिया की कलम थम गई। चिहुककर दरवाजे की तरफ देखा। ''खट्-खट्'' की आवाजों के बीच दरवाजा खुलने की आहट हुई। अगले ही क्षण दरवाजा खुला और एक लम्बी परछाईं फर्श पर हिलती नजर आई। परछाईं बेधड़क अन्दर दाखिल हुई। बल्ब की छितराती रोशनी के बीच जेल वार्डन की रोबीली आवाज़ कोठरी के सन्नाटे को चीर गई, ''चल उठ ! जनरल वार्ड में जाना है।''

आवाज़ का असर खत्म होते न होते वार्डन के पीछे एक सिपाही साए की तरह उभरा और आक्रामक मुद्रा में तनकर खड़ा हो गया। उनकी आमद अप्रत्याशित नहीं थी, लिहाजा निमोछिया डायरी-कलम बन्द कर उठा और बिना किसी सवाल-जवाब के उनके साथ चलने को तैयार हो गया।

बुलेटवा मुस्कराता हुआ चौकी पर आसन की मुद्रा में पालथी मारकर बैठा था। रौब जमाने के अन्दाज में निमोछिया को टोका, ''देखा न, बुलेटवा का पावर ?''

निमोछिया कोई जवाब दे इससे पहले ही वार्डन कर्कश स्वर में चीख पड़ा, ''तू कहाँ जा रहा है ? उसको जाना है। उसको !''

वार्डन बुलेटवा की ओर इशारा करते हुए निहायत सर्द स्वर में सीधे उससे मुखातिब हो गया, ''तुझको जनरल वार्ड में शिफ्ट किया जा रहा है। अभी। इसी वक़्त !''

पल भर को तो जैसे बुलेटवा की कुछ समझ में ही नहीं आया। वह हक्का-बक्का-सा वार्डन को देखता रह गया। लेकिन वार्डन को अपनी ओर बढ़ता देख वह हड़के साँड़-सा बिदका और उछलकर सीधे चौकी पर खड़ा हो गया। तांडव की मुद्रा में हाथ-पैर एक साथ भाँजता हुआ आग-बबूला हो उठा, ''बुझाता है, तू सबका दिन पूरा हो गया है। सबके सब तेलहण्डे में जाएगा। कोई को ना छोड़ेंगे। तू सबका औकात अभिए बताते हैं।''

क्रोध में धू-धू जलते बुलेटवा के मुँह से झाग निकलने लगा था। वह लगातार चीखता हुआ अपने कुर्ते की जेब टटोल रहा था। जेब से मोबाइल बाहर आते ही उसने वार्डन को धमकी देनी शुरू कर दी, ''तोरा पता ना है हमरा पहुँच कहाँ तक है ? ले,

ले...ले अभिए ले, तोरा देखाते हैं हम अपना पावर। सीधे साहेब से तोरा बेवसथा कराते हैं।''

''चल ! चल !! तेरे उसी साहेब के आर्डर पर तुझे जनरल वार्ड में शिफ्ट किया जा रहा है !'' वार्डन ने बुलेटवा की धमकी की धज्जियाँ उड़ाते हुए बेहद तल्ख़ लहजे में घुड़की लगाई।

एकबारगी बुलेटवा को साँप सूँघ गया। उँगलियाँ मोबाइल पर जड़ होकर रह गईं। आवाज़ हलक में ही अंटक गई। फटी-फटी आँखों में किसी तिलिस्म के टूटने की भयावह वीरानी पछाड़ें खाने लगी थीं। अपमान और असहायता के अतिरेक में उसकी देह थरथराने लगी।

निमोछिया बुलेटवा की यह हालत देखकर घबरा गया। उसे लगा कि बुलेटवा को सँभाला नहीं गया तो वह चौकी से बेसाख्ता गिर पड़ेगा। उसकी हालत सन्निपात के किसी रोगी-सी हो गई थी। बगैर एक पल भी गँवाए वह तेजी से लपका और बुलेटवा का हाथ कसकर थाम लिया। उसकी थरथराती देह में अभी भी हाहाकार मचा हुआ था। उसके कन्धे का सहारा लेकर नीचे उतरा बुलेटवा उससे आँखें मिलाने से बच रहा था।

अचानक वार्डन के साथ खड़े सिपाही ने आगे बढ़कर बुलेटवा के पेट में डंडा कोंचा और उसकी गर्दन पर कसकर हाथ देते हुए घुड़की लगाई, ''चल ! चल ! ! अब ढेर नाटक मत कर।''

भौंचक बुलेटवा की आँखें निमोछिया की आँखों से मिलीं। उन आँखों में जिबह के लिए जाते जानवर की-सी बेचारगी हाँय-हाँयकर रही थी। निमोछिया के लिए उन आँखों का सामना करना कठिन हो रहा था।

सिपाही ने बुलेटवा को हुलकाते हुए आगे की ओर ठेला मानो किसी जानवर को बाड़े से बाहर ले जा रहा हो। इस उपक्रम में वह हाथ, जबान और डंडा के साथ सदेह सक्रिय हो गया था।

निमोछिया का मन गहरे विषाद से भर गया। अपने पाँवों पर खड़े रह पाना कष्टकर हो गया। दरवाजे के पार बुलेटवा के घिसटते कदमों की आहट बड़ी देर तक महसूस होती रही। उसने अपनी डायरी-कलम उठाई और बेमन से सिरहाने डाल दिया।

धुआँए बल्ब की पीलिया रोशनी में वक़्त चुपचाप टूटे तिलिस्म की किरचें चुन रहा था।

कवच

रोज की तरह ही वह घर से निकला था, लेकिन घर से बाहर दुनिया रोज की तरह नहीं थी।

एकबारगी ठिठककर उसने अपने इर्द-गिर्द इस गौर से देखना शुरू किया मानो खुद को यक़ीन दिलाने की कोशिश कर रहा हो कि वह अभी-अभी जिस दुनिया से रू-ब-रू है, वह ठीक वही दुनिया है, जिससे वह अबतक बावस्ता रहा है। इस कोशिश में पलकें झपकाने, खुद को चिकोटी काटने के अलावा भी उसने कई उपक्रम किए, लेकिन कहीं कुछ नहीं बदला। बल्कि यह सब करते हुए वह इस विश्वास में गहरे तक धँसता गया कि वह अचानक एक ऐसी दुनिया में आ खड़ा हुआ है, जिसमें वह उतना ही अजनबी है, जितनी कि यह दुनिया उसके लिए। अजब यह कि उसके भीतर-बाहर इतना कुछ एक साथ घट रहा था कि खुद पर क़ाबू रख पाना उसके लिए मुश्किल होता जा रहा था।

वह जिस जगह खड़ा था वह उसके अपार्टमेंट का मुख्य द्वार था और उससे लगकर गुजरती चिकनी-चौड़ी वह प्रशस्त सड़क थी, जिसपर ड्राइव करते हुए उसे अक्सर यह अहसास होता था कि उसकी कार मक्खन की टिकिया पर सरपट फिसली जा रही है। लेकिन आश्चर्य कि इस वक़्त वही सड़क उसे न सिर्फ भयावह लगने लगी थी, बल्कि हैरानी की हद तक परेशान कर रही थी कि वह इस सड़क पर अब तक कार चला कैसे लेता रहा है ? इस खयाल के साथ ही उसकी रीढ़ की हड्डियों में सिहरन-सी दौड़ गई और अनजाने डर से आँखें भिंच गईं। जब तक आँखें खुलतीं, एक तेज धमाका हुआ और उसने फटी-फटी आँखों से देखा, सामने सड़क दुर्घटनास्थल में तब्दील हो चुकी है। दो कारें आपस में गुत्थम-गुत्था थीं और देखते ही देखते उन कारों के आगे-पीछे, दाएँ-बाएँ वाहनों का रेला लग गया था। तेज-तीखे शोर मचाते हॉर्न की आवाजों के बीच यह अन्दाज लगा पाना कतई संभव नहीं था कि आपस में भिड़ी दोनों कारों में सवार लोगों की स्थिति क्या है ? वे दर्द से चीख-चिल्ला भी रहे हैं या नहीं ?

उसके भीतर एक हूक-सी उठी। जी में आया कि दौड़कर उन कारों के पास जाए और उनमें फँसे लोगों को किसी तरह की मदद की जरूरत हो, तो उनकी मदद करे। इस नेक खयाल के साथ ही उसने अपने आसपास नजर घुमाई कि शायद उसी की तरह कुछ और लोग उन कारों में फँसे लोगों की मदद के लिए तत्पर हों, लेकिन कहीं

कोई जुम्बिश नहीं थी और इस तरह सोचता हुआ वह नितानत अकेला लग रहा था। इस बीच ट्रैफिक पुलिस के जवानों ने दोनों कारों को अपने घेरे में ले लिया था और सड़क पर बेतरह लग चुके जाम को हटाने में जुट गए थे। गाड़ियों का रेला धीरे-धीरे खिसकने लगा था। उसने राहत की साँस ली और ऊपर आसमान में किसी को शुक्रिया अदा करते हुए स्वयं में ही बुदबुदाया, "शुक्र है, यह एक्सीडेंट मेरे साथ नहीं हुआ !"

उसकी कार गैरेज में थी। घर से निकलते वक़्त उसने तय किया था कि गैरेज से अपनी कार लेते हुए वह ऑफिस जाएगा और कोर ग्रुप की मीटिंग के बाद टी.ए.,डी.ए. के पेंडिंग बिल क्लियर कराएगा, ताकि इनकम टैक्स सेविंग इंवेस्टमेंट्स के लिए पर्याप्त रकम हाथ में आ जाए। लेकिन पता नहीं क्यों, उसका जी एकदम उचाट हो आया और उसने अपना फैसला हठात बदल डाला। एक निचाट उदासी उसके भीतर पसर आई थी। स्वयं को एक तरह से घसीटता हुआ वह सड़क के किनारे-किनारे लगभग सुरक्षित जोन में जाने की कोशिश कर रहा था। इस दौरान दुर्घटना का वह दृश्य उसके साथ-साथ चलता रहा और वह दुर्घटनाग्रस्त कारों में फँसे लोगों के बारे में सोच-सोचकर हलकान हुआ जा रहा था। उसके दिमाग से ज्यादा दिल में दिक्कत भरे सवालों का हुजूम उमड़ा पड़ रहा था—वह उन दुर्घटनाग्रस्त लोगों की मदद के लिए आगे क्यों नहीं बढ़ा ? हो सकता है, उनमें से कोई छटपटाता हुआ अन्तिम साँसें गिन रहा हो ? ऐसे वक़्त में वह शख्स क्या सोच रहा होगा ? किसके बारे में सोच रहा होगा ? किस-किस के बारे में सोच रहा होगा ?

एकाएक उसके माथे पर बल उभर आए—उफ ! एक आदमी की मौत का कितना बड़ा मतलब है ? एक झटके में सब कुछ खत्म ? बीवी, बच्चे, माँ-बाप, भाई-बहन, दोस्त, साथी, रिश्ते-नाते सब समाप्त ? वे लोग जो आपकी परवाह करते हैं, वे लोग जिनका होना आपके होने के बगैर बे-मानी है, उनके बारे में क्यों नहीं सोचते हम ?

"इसलिए कि उन्हें हमने अपने सोच से बाहर कर दिया है।" यह पिता थे। हू-ब-हू यह पिता की आवाज़ थी। वह एकबारगी ठिठक गया। अपने चारों ओर चोर निगाहों से तजबीजते हुए खुद को टोका—लेकिन पिता ने तो कभी यह बात कही नहीं ? तो...तो...कहीं भीतर से आश्वस्ति उभरी—आखिर वह उनका पुत्र है। उनके हाव-भाव का आशय न समझ सके ऐसा भी नहीं !

लेकिन क्या वाकई वह उन्हें कभी समझ पाया ? कभी समझने की कोशिश की ? कितने दिन हो गए उनसे बातचीत किए हुए ? कितने दिन हो गए उनके पास बैठे हुए ? क्यों नहीं याद आता कुछ ? दिन, महीना, साल, तारीख ?

माँ की मृत्यु ! हाँ, माँ की मृत्यु के बाद ही पिता उसके पास आए थे। लेकिन कब ? कब हुई थी माँ की मृत्यु ? स्मृति पर जोर डालने की कोशिश में दिमाग की नसें तन गईं। उसने महसूस किया कि उसकी आँखों की कोरें गीली हो आई हैं। सहसा, उसका दिल डूबता-सा लगा। रुलाई फूटती-सी लगी। बड़ी मुश्किल से खुद को जब्त करता हुआ वह सड़क के किनारे उस रेलिंग के पास जा खड़ा हुआ, जहाँ खड़े लोग बसों के इन्तज़ार

में थे। गीली कोरों को उँगली से सुखाते हुए उसे आश्चर्य हुआ कि माँ की याद आते ही वह इस कदर भावुक क्यों हो गया ? उस वक़्त जब उसे माँ की मृत्यु की खबर मिली थी, नहीं रोया था। बल्कि उस खबर को उसने प्रत्याशित रूप में लिया था। माँ बीमार थी। धीरे-धीरे मृत्यु की ओर बढ़ रही थी। पिता जब भी फोन करते, लगता माँ की मृत्यु की खबर होगी, लेकिन अक्सर वह एक ही बात दुहराते ''माँ तुम्हें बहुत याद करती है। फुर्सत निकालकर मिल जाओ !''

''हाँ...हाँ !'' वह हर बार हड़बड़ी में पिता को आश्वस्त करता, ''बस, छुट्टी मिलते ही आऊँगा !''

लेकिन वह माँ से मिलने नहीं जा पाया था। बात छुट्टी की नहीं थी। कैरियर की थी। उन दिनों उसका एक अन्य कम्पनी से 'निगोशिएशन' चल रहा था। कभी भी, किसी भी दिन, कुछ भी हो सकता था। शहर छोड़ने का मतलब था, सामने की थाल छोड़ देना। नहीं, अच्छे मौके रोज-रोज नहीं आते। उसने घर जाना टाल दिया था। एक तरह से उसने घर और माँ के बारे में सोचना तक छोड़ दिया था, लेकिन पत्नी गाहे-बगाहे उसे याद दिला देती, ''एकाध दिन के लिए हो आते।''

वह पत्नी को अपनी दलीलों से निरस्त कर देता, ''माँ बीमार है। तो उसका इलाज भी चल ही रहा है। अब हम डॉक्टर तो हैं नहीं जो हमारे जाने भर से ठीक हो जाएगी। उलटे वह और जज्बाती हो जाएगी। फिर तुम जानती ही हो कि इस जंक्चर पर मेरा कोई रिस्क लेना ठीक नहीं है।''

''मैं हो आती हूँ।'' पत्नी ने दबी जुबान से आखिरकार एक दिन उसके सामने प्रस्ताव रखा था तो वह पलभर को निरुत्तर हो आया था। लेकिन तुरन्त ही जैसे कुछ याद आया था और उसने पत्नी को टोका था, ''बच्चों का स्कूल खुला है। उनका क्या होगा ?''

पत्नी कुछ कहना चाह रही थी। शायद कोई समाधान सुझाना चाहती थी, लेकिन उसे कोई अवसर दिए बगैर उसने उसे चुप करा दिया था, ''तुम जानती ही हो कि कितनी मुश्किल से बच्चों का इस स्कूल में एडमिशन हुआ है। फिर वे ऐसी लापरवाही टॉलरेट नहीं करेंगे। बेहतर होगा कि बच्चों की छुट्टियों में हम सभी चले चलेंगे।''

पत्नी का चेहरा उतर आया था। वह उसके चेहरे की उदासी की उपेक्षा करता दफ्तर के लिए निकल पड़ा था। हालाँकि पत्नी की आँखें उसका लगातार पीछा करती रही थीं, लेकिन दफ्तर पहुँचते ही वे आँखें कहीं गुम हो गई थीं और वह कहीं ज्यादा भयावह यथार्थ से रू-ब-रू था।

चीफ एक्सक्यूटिव का बुलावा उसके दफ्तर पहुँचने से पहले उसकी प्रतीक्षा कर रहा था। वह आनन-फानन चीफ एक्सक्यूटिव के चैम्बर में हाजिर ही हुआ था कि उसने सीधा सवाल दाग दिया था, ''आप दूसरी कम्पनी ज्वाइन कर रहे हैं ?''

उसे लगा, वह सीधे सेंध पर धर लिया गया हो। घुटने बज गए। पसीना छूट आया। बड़ी मुश्किल से बोल फूटे, ''नो....नो सर ! नॉट एट आल।''

"आर यू श्योर ?" चीफ एक्सक्यूटिव की तौलती आँखों ने उसे बेधा।

"यस सर, आई प्रोमिस !" उसने सूखे कंठ से विश्वास दिलाने की कोशिश की।

चीफ एक्सक्यूटिव ने उस पर कितना विश्वास किया था नहीं पता, लेकिन उसकी विश्वसनीयता सन्दिग्ध हो आई है, यह अहसास उसे लगातार कचोटता रहा था। ऐसे में उसे उस कम्पनी पर गुस्सा आया था, जहाँ वाकई उसका निगोशिएशन चल रहा था, लेकिन अन्ततः बात नहीं बन पाई थी। वह इस मुगालते में था कि वह बात आई-गई हो गई। परन्तु नहीं। आखिरकार 'लीक' हो ही गई थी। उसकी सारी इन्द्रियाँ झनझना उठी थी—कहीं, यह दूसरी कम्पनी ने ही तो 'पास' नहीं किया ? मतलब यह कि सबके सब एक ही थैली के चट्टे-बट्टे हैं ?

उस दिन के बाद से वह अतिरिक्त सतर्क हो गया था। अपनी विश्वसनीयता बनाए रखने के लए उसने जी-तोड़ मेहनत शुरू कर दी थी। काम, काम और काम। काम के आगे वह यह भी भूल गया कि उसकी बीमार माँ अस्पताल में पड़ी उसकी प्रतीक्षा कर रही है। 'वीक एंड' तक में दफ्तर जाता और जब घर लौटता तो इस कदर निचुड़ चुका होता कि पत्नी उसकी हालत देखकर सहम जाती।

कभी-कभी टोक भी देती, "इतनी मेहनत किसलिए ?"

"सर्वाइवल ! सर्वाइवल के लिए !" वह दो टूक उत्तर देता और पत्नी कहीं ज्यादा सहम जाती।

उन्हीं दिनों मिली थी माँ की मृत्यु की खबर। क्षणभर को काठ मार गया था। मन के किसी कोने में अपराधबोध जागा था और आँखों में माँ का चेहरा तिर आया था। अगले ही क्षण उसने गहरी साँस ली थी—चलो, यन्त्रणा से मुक्त हो गईं माँ ! माँ की मुक्ति एक तरह से उसकी यन्त्रणा से सबकी मुक्ति थी। उसने भारी मन से आफिस को यह सूचन दी और आनन-फानन घर रवाना हो गया।

माँ के क्रिया-कर्म के दौरान भाई-बहन, पिता सभी चुप-चुप से रहे। चुप्पी साधे रहने की एक सायास कोशिश थी यह। उसे लगा था कि वह अजनबियों के बीच औपचारिकता भर निभा रहा है। वहाँ एक-एक दिन रुकना भारी गुजर रहा था। और रवानगी से ठीक एक दिन पहले उसने पहल की थी, "पिताजी को मैं अपने साथ ले जा रहा हूँ।"

थोड़ी देर को चुप्पी छा गई थी। बहनें खिसक गई थीं। उसने पत्नी की ओर देखा था। पत्नी का चेहरा फक हो आया था। भाई से आँखें मिली थीं। भाई ने प्रतिवाद किया था, "नहीं, पिताजी को अभी यही रहने दीजिए।"

भाई की आँखें ही नहीं आवाज़ में भी नाराजगी थी। उसकी इस मुद्रा पर भीतर ही भीतर हँसी के बुलबुले फूट पड़े थे—तो बराबरी पर उतर आया है छोटू ! भावुकता का अतिरेक। इसी अतिरेक में सब के सब पिता के प्रति मोह-छोह की ऐसी माया रच रहे हैं गोया वे ही पिता के सबसे बड़े हितैषी हैं। लगा कि वह फट पड़ेगा, लेकिन पत्नी

ने ऐन वक़्त पर हस्तक्षेप करके मामला सँभाल लिया, "पिताजी के लिए चेंज अभी बहुत जरूरी है। यहाँ रहेंगे तो माँ की याद उन्हें ज्यादा सालेगी। अच्छा होता कि वह कुछ दिनों के लिए हमारे साथ रह लेते !"

पता नहीं पत्नी के प्रति सबका विश्वास शेष था या सम्मान कि थोड़ी-सी ना-नुकर के बाद सभी राजी हो गए थे। उसे सीने पर पड़ा कोई बोझ हल्का होता जान पड़ा था। पिता को साथ ले जाकर वह अपने अपराध-बोध की भरपाई करना चाह रहा था। और वह कामयाब हुआ था।

पिता को उसने अपने फ्लैट का सबसे अच्छा कमरा दिया था। लैट्रिन-बाथरूम अटैच्ड। बड़ी-सी पलंग। स्टडी टेबुल। वार्डरोब। कूलर। पोर्टेबल टी.वी.। अखाबर, पत्र-पत्रिकाएँ। एक भरी-पूरी दुनिया। उनकी तमाम जरूरतों से लैस उनका कमरा हर वक़्त चाक चौबन्द। सभी को सख्त हिदायत–पिताजी की हर चीज करीने से रहे नोडस्ट। नो डिस्टर्बेन्स।

एक ही कमरे में इतना कुछ पाकर पिता गदगद हो उठे थे। उनकी आँखों की चमक चुगली खा गई थी। उसकी इच्छा हुई कि पूछे–पिताजी, कैसा लग रहा है यह सुख ? लेकिन पिता बुरा न मान जाएँ, यह सोचकर टाल गया था।

पिता खुश थे। उनकी खुशी का आलम यह था कि वह देर रात तक खाने पर उसकी प्रतीक्षा करते। वह चाहे जितनी रात गए लौटता पिता बालकनी में उसकी राह देखते मिलते। शुरू-शुरू में उसे भी अच्छा लगता। भीतर गुद्गुदी-सी होती, लेकिन धीरे-धीरे यह कष्टकर लगने लगा। आखिरकार एक दिन उसने पिता को समझाया, "पिताजी, आप खामख्वाह मेरा इन्तज़ार करते हैं। मेरा कोई ठिकाना नहीं रहता। बेहतर हो, आप समय से खाना खा लिया कीजिए।"

"एक बात पूछूँ, आशीष ?" अवाक् खड़े पिताजी ने उससे यूँ अनुमति माँगी मानो उसके मुखापेक्षी हों, "तुम्हारा कोई रूटीन नहीं है क्या ?"

टाई की नॉट ढीली करते हुए वह पिताजी के प्रश्न पर हँस पड़ा–"रूटीन ? यानी दस से पाँच की नौकरी ? फिर सीधे घर वापस...चाय-नाश्ते के साथ टी.वी. देखो... बीवी-बच्चों के साथ कहीं घूमने-मिलने जाओ... ?"

"इसमें हर्ज क्या है ?" पिताजी ने उसकी बात बीच में ही काट दी। सम्भवतः उनका धैर्य जवाब दे गया था। वह सशरीर प्रश्नवाचक की तरह उससे मुखातिब थे।

वह उनकी आँखों की ताब सह नहीं पाया। सोफे पर परसरते हुए स्वयं को ढीला छोड़ दिया। थकान के बावजूद भरसक सहज स्वर में बोला, "सर्वाइवल, पिताजी, सर्वाइवल ! अब नौकरी घंटों के हिसाब से नहीं, आपके डिवोशन, कमिटमेंट और लॉयल्टी के हिसाब से चलती है। हर वक़्त अपने-आपको प्रूव करना होता है।"

"क्या ? क्या प्रूव करना होता है ?" पिताजी के चेहरे पर शिशुवत उत्सुकता देखकर वह दंग रह गया। बड़ी कठिनाई से बोल पाया, "अपनी काबलियत। अपना कमिटमेंट !"

"मतलब चौबीसों घंटे के नौकर ? चौबीसों घंटे की नौकरी ?" हँसी उड़ाती पिता की हँसी गूँजी, "अपनी निजी ज़िन्दगी कुछ नहीं ? घर-परिवार के लिए कोई समय नहीं ?"

इच्छा हुई कि वह भी ठहाका लगाकर हँस पड़े—पिताजी किस दुनिया में रहते हैं आप ? लेकिन साहस नहीं जुटा पाया। पिता बिना खाना खाए उसकी प्रतीक्षा में बैठे थे। ऐसे में तर्क-वितर्क का कोई अर्थ नहीं था। उन्हें कनविंस करना ज्यादा जरूरी था। लिहाजा एक नया यथार्थ खोलने के अन्दाज में वह पिता से मुखातिब हुआ, "पिताजी, यह कार्पोरेट कल्चर है। कार्पोरेट कम्पनियों का मानना है कि काम का रिश्ता घंटों के साथ नहीं, आपके कमिटमेंट के साथ है। ज्यादा मेहनत, ज्यादा पैसा। इस कल्चर में कामचोरों के लिए कोई जगह नहीं है।"

अपनी बात पूरी करते न करते उसने गौर किया कि पिता कुछ बेचैन हो उठे हैं। उनकी आँखों में अविश्वास की-सी छाया उभर आई है। चेहरे पर ऐसा भाव मानो उस पर तरस आ रहा हो। इस स्थिति में वह असहज हो आया। पिता से आँखें मिलाने का साहस नहीं हुआ। इससे पहले कि पिता कुछ बोल पाएँ, वह झटके से उठा और सीधे अपने बेडरूम में जा घुसा।

उखड़ी-उलझी इस मनःस्थिति के बीच कपड़े बदलते हुए ड्रेसिंग टेबुल के आईने में अपनी सूरत पर नजर पड़ते ही वह चिंहुक गया। क्या यह वही है ? अगर हाँ, तो फिर चेहरे की चमक इतनी फीकी क्यों है ?

अपने चेहरे को उसने हौले से छुआ। उसके भीतर यह इच्छा तीव्रता से उठी कि वह अभी, इसी वक़्त अपना चेहरा देखे। लेकिन वह बस स्टैंड पर खड़ा था और लोग अपनी-अपनी बसों की प्रतीक्षा में बेहाल हुए जा रहे थे। उसे उनकी व्यग्रता पर मन ही मन हँसी आई। स्वयं को किसी जल्दबाजी में न पाकर उसे गहरा सन्तोष हुआ। लेकिन इसी के साथ कुछ नुकीले सवाल सिर उठाने लगे। उसे तो ऑफिस जाना है ? वह घर से तो ऑफिस के लिए ही निकला था। जरूरी काम निबटाने थे ? फिर...फिर... ?

उहं। उसने लापरवाही से कन्धा उचकाया और जेब से सिगरेट निकाल ली। अभी वह सिगरेट सुलगाता ही कि हवा के तेज झोंके की तरह एक बस ऐन उसके सामने आ खड़ी हुई। लोगों का बेबांध रेला उमड़ा और वह उस भीड़ में धक्के खाता बस के पायदान तक जा पहुँचा। सँभलने के लिए बस की हैंडिल पकड़ने की कोशिश की, लेकिन बस एक हचके के साथ चल पड़ी। कंडक्टर ने हाथ बढ़ाकर उसे तेजी से ऊपर न खींच लिया होता तो निश्चित ही वह मुँह के बल गिर पड़ता या फिर बस के साथ काफी दूर तक घिसटता चला जाता। बस लोगों से अँटी पड़ी थी। वह किसी तरह अंटक पाया। लोगों के आगे-पीछे फँसा वह सोचने लगा—आखिर उसे जाना कहाँ है ? जब तक वह कोई उत्तर ढूँढ़ पाता कंडक्टर ने आवाज़ दी, 'टिकट !'

"टिकट ?" वह झेंपा, "हाँ, एक टिकट।"

"कहाँ का ?"' कंडक्टर की आँखें उसके चेहरे पर टिकी थीं।

"राजापुर !"

"बस राजापुर नहीं, राजापुल जा रही है।" कंडक्टर ने चेताया।

"हाँ...हाँ...वही। राजापुल !" वह खिसियानी हँसी हँसता जेब से पैसे निकालने लगा।

कंडक्टर से टिकट लेते ही उसके दिमाग में कौंधा—वह राजापुल क्यों जा रहा है ?"

कोई जवाब नहीं सूझा। उसके आगे खड़े लोग धीरे-धीरे आगे सरकते जा रहे थे। वह भी किसी अनुगामी लहर की तरह बढ़ता जा रहा था। अचानक उसकी निगाह ड्राइवर सीट के पास लगे 'मिरर' पर जा अटकी। पता नहीं क्यों, एक बार फिर अपना चेहरा देखने की उसकी इच्छा बलवती हो आई ? ड्राइवर सीट तक पहुँचना कतई सम्भव नहीं था, लिहाजा उसने चुपके से अपने चेहरे को टटोला। लगा कि उसका चेहरा कुछ-कुछ तरल हो आया है। चेहरे की तरलता तत्काल न देख पाने की बेचैनी के बीच उसे खयाल आया कि काश ! वह इस वक़्त अपनी कार में होता। 'फ्रंट मिरर' में चेहरा देखना कितना आसान होता। एकबारगी उसे अपनी कार शिद्दत से याद आने लगी। और फिर आगा सोचा न पीछा, बस के किसी स्टाप पर रुकते ही लोगों को लगभग धकियाते हुए गेट पर पहुँचा और छलाँग लगाकर बस से बाहर निकल आया।

यह अपेक्षाकृत ज्यादा भीड़ भरा इलाका था। वह जहाँ खड़ा था, उसके ठीक पीछे मूत्रालयों की कतार थी और लोग उनमें 'निबटने' में लगे थे, जबकि उनके बाहर आने की प्रतीक्षा में कई लोग आतुर-अकुलाहट के साथ डटे थे। दुर्गन्ध के उठते भभके के बीच उसका वहाँ खड़ा रहना दूभर हो गया। पिच्च से थूकता हुआ वह सड़क का जायजा लेने लगा। बाईं ओर दिशा-संकेतक बोर्ड पर 'कुर्जी' लिखा देख उसकी स्मृति के सारे तार झनझना उठे। यह नाम दिमाग में ठक्-ठक् बजने लगा। इस नाम से तो वह परिचित है। हाँ, इस इलाके से वाकिफ है। लेकिन कैसे ?

"यू आर आलवेज वेलकम, सर !" ठक-ठक के गहराते शोर में स्मृति की तमाम साँकलें एक साथ बजने लगीं, 'कुर्जीवाली सड़क सीधे क्राइस्ट चर्च तक जाती है। क्राइस्ट चर्च के पास ही है क्रिश्चियन कालोनी। वहाँ किसी से पूछो मरियम विला, लोग बता देंगे। बस, आप पहुँच गए मेरे घर। इट्स वेरी इजी सर !"

यह रॉबर्ट था। रॉबर्ट हेम्ब्रम। कम्पनी में कामगार यूनियन का मुखर लीडर। प्रोडक्शन विभाग का माहिर सुपरवाइजर। काम का धुनी, जिद का पक्का। शायद, उसकी यह जिद ही थी, जो उसे महँगी पड़ी। वी.आर.एस. की घोषणा के साथ ही मैनेजमेंट ने उस पर दबाव बढ़ाया था, "कामचोर कर्मचारियों को वी.आर.एस. पर जाने के लिए राजी करो।'

"यह कौन तय करेगा कि कौन कामचोर है, कौन नहीं ?" हत्थे से उखड़ा रॉबर्ट बुरी तरह भड़क गया था।

"हमने लिस्ट तैयार कर ली है !" मैनेजमेंट ने दो टूक उत्तर दिया था।

रॉबर्ट गुस्से में काँपने लगा था। बगैर कुछ सोचे-समझे उसने जैसे जंग का ऐलान-सा कर दिया था, "हम ऐसी किसी भी लिस्ट का विरोध करेंगे।"

"तो फिर पैरेलल यूनियन खड़ी हो जाएगी !" मैनेजमेंट ने निशाना साधा था।

और फिर वही हुआ था, जिसका अन्देशा था। एम्प्लाइज यूनियन दो फाड़ हो गई थी। रॉबर्ट के लाख समझाने के बावजूद एकजुटता नहीं बनी थी। मैनेजमेंट ने लोभ, लाभ, साम-दंड हर हथकंडे का इस्तेमाल शुरू कर दिया था। इसी के साथ हुआ था—"वी.आर.एस. पर जाओ, कांट्रेक्ट पर आओ।" तीर निशाने पर बैठा था। एकमुश्त पाँच लाख लेकर कांट्रेक्ट पर नौकरी एक जबर्दस्त आकर्षण था। वर्कर बिखरने लगे थे। रॉबर्ट कमजोर पड़ने लगा था। कई चार्ज लगाकर कम्पनी में उसका प्रवेश प्रतिबन्धित कर दिया गया था। वह आता। घंटों गेट पर बैठा रहता और हताश लौट जाता।

धीरे-धीरे रॉबर्ट का आना कम होता गया था। पता चला वह बीमार रहने लगा है। उसकी इसी बीमारी की आड़ में कम्पनी ने उसे रिटायरमेंट दे दिया था। चेक उसके घर के पते पर भेज दिया गया था।

जिस दिन रॉबर्ट के नाम का चेक भेजा जा रहा था, उसने लिफाफे पर उसका पता गौर से पढ़ा था—रॉबर्ट हेम्ब्रम, 11, मरियम विला, क्रिश्चियन कॉलोनी कुर्जी।

कुर्जी जानेवाली सड़क सामने थी और वह विस्मित-विमूढ़, समझ नहीं पा रहा था कि अब क्या करे ? रॉबर्ट से मिले या वापस चला जाए ? एक मन आगे, तो एक मन पीछे। दुविधा के इस दबाव में आखिरकार रॉबर्ट ने उसे अपनी ओर खींच ही लिया—यू आर आलवेज वेलकम, सर !

कैसा होगा रॉबर्ट हेम्ब्रम ? क्या कर रहा होगा आजकल ? क्या सोचता होगा उसके बारे में ? यूँ अचानक उसे अपने सामने देखकर क्या प्रतिक्रिया होगी रॉबर्ट की ?

रॉबर्ट का खरापन ही उसके लिए शुरुआती आकर्षण बना था। प्रोडक्शन की तमाम बारीकियों से उसे रॉबर्ट ने ही परिचित कराया था। उसकी मदद से वह अपने विभाग की खूबियों-खामियों को थोड़े ही समय में जान गया था। यही वजह थी कि स्टीयरिंग कमेटी की मीटिंग में उसने जब अपनी पहली रिपोर्ट रखी तो सबके सब चकित रह गए थे। न सिर्फ उसकी रिपोर्ट की तारीफ हुई थी, बल्कि उसके तमाम सुझावों पर अमल की हरी झंडी दे दी गई थी।

उस मीटिंग के तुरन्त बाद उसने रॉबर्ट को बुलाकर अपनी अन्तरंगता जाहिर की थी, "रॉबर्ट क्रिसमस ईव पर मैं तुम्हारे घर आ रहा हूँ। पता बताओ ?"

"यू आर आलवेज वेलकम, सर !" रॉबर्ट ने गर्मजोशी से अपने घर का पता बताया था।

लेकिन वह रॉबर्ट के घर नहीं जा पाया था। न क्रिसमस पर। न क्रिसमस के बाद। अचानक उसे सॉफ्टवेयर डेवलपमेंट प्रोग्राम की ट्रेनिंग के लिए बेंगलूर जाना पड़ा था।

जाने से पहले उसने रॉबर्ट को छेड़ा था, "इस बार तो तुम्हारा केक बच गया। लेकिन लौटकर डबल केक वसूलूँगा।"

डबल केक वसूलने का वह अवसर फिर आया ही नहीं। ट्रेनिंग से लौटने के तुरन्त बाद मैनेजमेंट ने उसे चेताया था, "मिस्टर आशीष, रॉबर्ट यूनियन लीडर है। उससे डिस्टेंस मेनटेन कीजिए। मैनेजेरियल स्ट्रेटजी के लिए यह जरूरी है।"

यह एक तरह का आदेश था। पाँवों के नीचे से ज़मीन खिसकती लगी। रॉबर्ट का सामना करना कठिन हो गया। उस दिन उसने पहली बार मन ही मन तय किया था—जितनी जल्दी हो, वह यह कम्पनी छोड़ देगा।

उसकी तमाम कोशिशों के बावजूद दूसरी कम्पनी में बात नहीं बनी और इसी कम्पनी में रहते हुए उसने रॉबर्ट की सारी फजीहत देखी। आखिरी बार उसने रॉबर्ट को तब देखा था, जब वह बुरी तरह टूट चुका था। प्रवेश द्वार से कुछ परे खड़ा वह हर आनेवाले को गुडमार्निंग बोल रहा था। उस पर नजर पड़ते ही वह तेजी से उसके करीब आ खड़ा हुआ था, "कैसे हैं, सर ?"

वह भीतर तक हिल गया था। एक ठंडी लहर रीढ़ की हड्डियों में उतर गई थी। वह जवाब तो क्या रॉबर्ट से आँख तक नहीं मिला पाया था। लगभग उसकी अनदेखी करता वह अन्दर दाखिल हो गया था। शुक्र था, किसी ने नोटिस नहीं ली थी।

उस दिन उसने स्वयं को बुरी तरह थकाया था। रॉबर्ट से पीछा छुड़ाने का उसे और कोई तरीका नहीं सूझा था। उस दिन उसे महसूस हुआ था कि कायान्तरण की प्रक्रिया कितनी कठिन होती है।

अपनी ही रौ में वह क्राइस्ट चर्च तक आ पहुँचा था। भव्य, शान्त लाल रंग में पुती दीवारोंवाले चर्च के कंगूरे पर नजर पड़ते ही उसके कदम ठिठके। कोई हिचक आड़े आई और मुँह से हठात निकल पड़ा—मैं आशीष कुमार बी.ई.,एम.बी.ए.। सीनियर मैनेजर प्रोडक्शन, यहाँ क्या कर रहा हूँ ? रॉबर्ट से मिलने ? लेकिन क्यों ? रॉबर्ट जो एक आया-गया किस्सा हो गया था, उसके लिए इतनी फिक्र क्यों ?"

प्रश्न ही प्रश्न। लगा कि उसके भीतर एक फाँस अरसे से अंटकी पड़ी है और उसकी चुभन एकबारगी उभर आई है—वह सीनियर मैनेजर प्रोडक्शन के अलावा क्या और कुछ नहीं ? लेकिन क्या ? इसके अलावा वह है क्या ?

"सबसे बड़ी बात तो यह सर, कि आप एक अच्छे इंसान हैं।" रॉबर्ट ने यह तगमा शुरुआती मुलाकातों के कुछ ही दिनों बाद दे डाला था, "आप निहातय ईजी और इमोशनल हैं। हंड्रेड पर्सेन्ट ओरिजनल !"

"यह बात एक अच्छा इंसान ही कह सकता है।" उसने उसी विनम्रता से रॉबर्ट को धन्यवाद दिया था।

क्राइस्ट चर्च के कंगूरे पर अभी-अभी एक कबूतर आकर बैठा है। अपने पंख फुलाकर गर्दन अन्दर किए बैठा कबूतर मानो लम्बी उड़ान की थकान से निजात पाने

की कोशिश कर रहा था। कबूतर के सुस्ताने की यह अदा इतनी मोहक थी कि उसकी तनी हुई तमाम नसें ढीली होती जान पड़ीं। एकबारगी उसके पाँव पंख हो गए।

उसे मरियम विला तक पहुँचने में वाकई कोई दिक्कत नहीं हुई। सीधी कतारों में खड़े मकानों के बीच ग्यारह नम्बर का यह मकान अंग्रेजी स्थापत्य की अनुकृति था। अरसे से रंग-रोगन न होने के बावजूद प्रवेश द्वार की दीवार में बने क्रास के नीचे 'मरियम विला' की लिखावट स्पष्ट पढ़ी जा रही थी। वह क्षण भर को ठिठका और फिर उत्तेजना, उत्सुकता और उत्साह के एकमेव संवेग के साथ कालबेल दबा दिया।

तुरन्त कोई जवाब नहीं मिला। न आहट। न आवाज। प्रतीक्षा का धैर्य छूटता लगा। दुबारा कालबेल बजाने के लिए हाथ उठाया ही था कि दरवाजा भड़ाक से खुला और एक साँवली-सी युवती दरवाजे के बीचोबीच नजर आई। युवती के चेहरे पर उलझन के भाव थे। इससे पहले कि वह उससे कुछ पूछे, उसने स्वयं अपने बारे में बता दिया, "मैं...मैं आशीष कुमार। रॉबर्ट का दोस्त !"

इससे अधिक कुछ नहीं सूझा। पद, कम्पनी का नाम उसने जानबूझकर छुपा लिया।

"आप ?" युवती की मुद्रा बदलती दिखी। वह अपनी स्मृति पर जोर डालते हुए चहक-सी पड़ी, "आप तो पापू का बॉस होता ?"

सिर से पाँव तक सिहर गया वह। जिस रॉबर्ट की कभी खोज-खबर तक न ली, उसके घर में वह इतना जाना-पहचाना है ? भीतर हूक-सी उठी। बड़ी मुश्किल से बोल पाया, "बॉस नहीं, दोस्त !"

युवती मुस्कराई मानो उसका उपहास उड़ा रही हो, "बॉस कभी किसी के दोस्त नहीं होते !"

"डाटर लाइक फादर !" वह मन ही मन बुदबुदाया।

"एनीवे। कम इन !" युवती ने रास्ता देते हुए अन्दर आने को कहा।

उसने राहत की साँस ली। युवती के पीछे कमरे में दाखिल होते हुए जी में आया बेसाख्ता पुकारे—रॉबर्ट... ! लेकिन कमरे में व्याप्त गहन सन्नाटे में उसका साहस जवाब दे गया।

अचानक युवती पलटी और एक कुर्सी पर बैठने का इशारा करते हुए बोली, "सर, आप यहाँ आए, इसके लिए थैंक्स। बाई द वे, पापू से कोई काम था ?"

"न...न...नहीं !" उसने सफाई के लहजे में युवती को आश्वस्त करना चाहा, "बस ! मिलने चला आया।"

"सॉरी सर !" युवती का स्वर अप्रत्याशित धीमा पड़ गया, "पापू तो हॉस्पीटल में हैं।"

वह चिंहुका मानो कोई तेज झटका-सा लगा हो, "क...क...क्या हुआ रॉबर्ट को ?"

"नर्वस ब्रेक डाउन !" युवती ने खुलासा किया, "डॉक्टर ने अपने आब्जर्वेशन में रखा है। शायद, इलाज लम्बा चले !"

क्षणभर को आँखों के आगे अँधेरा-सा छा गया। तमाम दृश्य धुँधला-से गए।

वह युवती को इस तरह भौंचक देख रहा था जैसे वह एक अडोल परछाईं हो।

युवती उसे यूँ देखता पाकर घबरा गई। तेज स्वर में उसने उसे टोका, "सर...सर, आप ठीक तो हैं ?"

"आँ हाँ !" वह तुरन्त अपने आप में लौटा। लेकिन आगे कुछ बोल नहीं पाया।

"मैं आपके लिए पानी लाती हूँ।" युवती बगैर रुके तेजी से अन्दर की ओर भागी।

मन बेहद उचाट हो आया था। गहरी उदासी में ऊभ-चुभ उसे कमरे में मौजूद हर चीज धूसर नजर आ रही थी। पहली बार उसे अहसास हुआ कि बेजान चीजों की भी अपनी अभिव्यक्ति होती है। पता नहीं क्यों यूँ बैठे रह पाना मुश्किल हो गया। व्यग्र-सा वह उठ खड़ा हुआ। उसके साथ ही कोई परछाईं भी उठती नजर आई। इस आभास के साथ ही वह ठिठका। ठीक सामने दीवार से लगे आईने में एक धुँधला अक्स देखकर वह चकित रह गया। कौन है वहाँ ? क्या वह स्वयं ? उसका दाहिना हाथ स्वतः अपने चेहरे पर चला गया। एक बार फिर अपना चेहरा देखने की तीव्र ललक जागी और वह सामने आईने की तरफ लपका। आईने पर धूल जमी थी। धूल के पीछे डोलती परछाईं बहुत स्पष्ट नहीं थी। उसने दाहिने हाथ से आईने को पोंछने की कोशिश की। उँगलियों की लम्बी लकीरें शीशे पर खिंच गईं। उन लकीरों के बीच उसकी खंडित सूरत साफ दिखने लगी थी। यह वही था। स्निग्ध/सहज/सौम्य अरसे बाद यह चेहरा नजर आया था। लगा, वह अपने कस्बेवाले घर में खड़ा है। पिताजी के उस आईने के सामने जिस पर कभी धूल नहीं जमती थी। एक गुद्गुदी मुस्कान चेहरे पर उगी और खुद को गौर से देखता हुआ वह एकबारगी उछल पड़ा। उसके दोनों हाथ उठे और कमीज के कॉलर पर जा अंटके। उसे अपनी आँखों पर विश्वास नहीं हुआ। उसके शरीर पर कमीज उसकी नहीं थी। आश्चर्य ! उसकी आँखें फटी की फटी रह गईं—यह कैसे हुआ ? वह पिताजी की कमीज पहनकर ही निकल पड़ा था। लेकिन...लेकिन उसने पिताजी की कमीज पहन कैसे ली ?

वह उस आईने के सामने खड़े-खड़े बेतरह असहज हो आया। पुराने डिजाइन की इस कमीज में उसे देखकर लोगों ने क्या सोचा होगा ? इस बीच कितने लोगों की नजरों से गुजर गया वह ? कितनी दूर यूँ ही निकल आया ? आश्चर्य, वह यह सब लक्ष्य क्यों नहीं कर पाया ?

वह अपने आपको दुबारा आईने में देखने की हिम्मत नहीं जुटा पाया। आँखें चुराता हुआ पलटा और लम्बे-लम्बे डग भरता कमरे के बाहरी दरवाजे तक आया। एक पल को थमा, लेकिन बगैर पीछे मुड़े 'मरियम विला' से बाहर आ गया। पीठ पीछे हुई आहट से उसने अन्दाज लगाया कि जरूर वह उस युवती के पदचाप हैं। उसकी धमक उसने अपने सीने में महसूस की। इससे पहले कि युवती उसे आवाज़ देती वह उसके दायरे से बहुत आगे निकल चुका था।

क्राइस्ट चर्च का विशाल भवन अपनी जगह यथावत था। कंगूरे पर कबूतर यथावत

बैठा था। लोगों की आमद-रफ्त यथावत थी। वह जिस रास्ते पर आया था उसी रास्ते लौट पड़ा था।

यह लौटना आसान नहीं था। वह सारी राह चौकन्ना अपने बदन से चिपकी कमीज से इस तरह खींच-तान करता रहा मानो वह उसकी आत्मा से चिपक गई हो। एक बेहद कठिन मनःस्थिति से गुजरता वह जब अपने अपार्टमेंट के मुख्य द्वार पर पहुँचा तो लगा कि वह लम्बी राह नहीं, एक लम्बी उम्र पार करके लौटा हो। तमाम इन्द्रियाँ शिथिल पड़ गई थीं। थके कदमों से लिफ्ट में सवार हुआ। लिफ्ट जिस तेजी से ऊपर जा रही थी, कलेजा उसी तेजी से नीचे बैठा जा रहा था। लिफ्ट को लेकर पहली बार उसके मन में कई आशंकाएँ और माथे पर चिन्ता की लकीरें गहरी हो आईं।

लिफ्ट से बाहर आकर भी ये लकीरें लुप्त तो नहीं हुईं, कम जरूर हो गईं। स्वयं को सायास संयत करते हुए फ्लैट की घंटी यूँ बजाई गोया प्रतीक्षा का धैर्य न बचा हो। आश्चर्य ! दरवाजा अगले ही पल खुल गया। सामने पत्नी थी मानो दरवाजा खोलने की प्रतीक्षा में ही खड़ी हो। आँखें पत्नी से मिलीं—एक थमा हुआ दरिया। जैसे मौजें मचलना भूल गई हों। उसके भीतर हाहाकार-सा उठा। जी में आया पत्नी के गले लगकर फफक पड़े।

उसने कदम बढ़ाया। पत्नी अदब से दरवाजा छोड़कर कोने से जा लगी। इससे पहले कि वह अपने मन की कर पाता पत्नी ने सर्द स्वर में सूचना दी, ''आफिस से कई बार फोन आ चुका है। आपको पूछ रहे थे।''

''आँ-हाँ !'' वह किसी तिलिस्म से बाहर निकलता हुआ हौले से हँसा। इस हँसी में कोई हड़बड़ी नहीं थी। बेहद इत्मीनान से दरवाजा बन्द करते हुए पत्नी से मुखातिब हुआ, ''पिताजी ने खाना खा लिया ?''

''नहीं !'' पत्नी ने छोटा-सा उत्तर दिया और अन्दर मुड़ गई।

ड्राइंगरूम खाली था। न बच्चे थे, न पिता। सनसनाता सन्नाटा। न उसके आने की हलचल। न उसकी उपस्थिति की गर्माहट। अजीब भयावह था यह अहसास। वह लगभग भागता हुआ अपने बेडरूम में दाखिल हुआ और वहीं से आवाज़ लगाई, ''रचना, पिताजी को बोलो खाना खा लें। मैं भी आ रहा हूँ। बड़ी जोर की भूख लगी है।''

उसे पता नहीं, बाहर क्या प्रतिक्रिया हुई होगी, लेकिन उसे महसूसना भीतर तक गुदगुदा गया। एक मीठी गुनगुनाहट के साथ उसने अपने आपको ड्रेसिंग टेबुल के आईने में निहारा—यह किसका चेहरा है ? मेरा ? तो मैं ऐसा हूँ ? पिताजी की कमीज में मैं पिताजी जैसा लगता हूँ ? अजीब अहसास था यह। एक अनिर्वचनीय आकुलता के बीच अपने बदन से चिपकी पिताजी की कमीज के एक-एक बटन खोलते हुए ऐसा लगा जैसे आत्मा की एक-एक गाँठ खुल रही हो। आखिरी बटन खुलते न खुलते उसे महसूस हुआ जैसे वह कमीज नहीं अपनी आत्मा से कवच उतार रहा हो। अनायास उँगलियाँ थम गईं। बदन पर टँगी कमीज को अपलक निहारते हुए, सहसा एक सवाल

कौंधा—कहाँ नुक्स है इस कमीज में, नाप में या बनावट में ? माथे पर बल पड़ आए। कोई उत्तर नहीं सूझा।

बाहर कोई आहट-सी हुई। वह अपने आप में लौटा और बड़ी तेजी से कमीज को बदन से उतारकर बेड पर फैला दिया। बदन से बाहर फैली कमीज में सलवटें उभर आई थीं। झुककर सलवटें निकालने लगा। फिर आश्वस्त होने के साथ ही एक-एक बटन को काज में पिरोते हुए कमीज को दुरूस्त किया। कमीज के ऊपर-नीचे दोनों सिरों को चुटकियों से पकड़कर पीठ की तरफ उलट दिया। अब फैली बाँहों को मोड़कर दोनों आस्तीनों को आपस में मिलाया और एक बार फिर ऊपर से नीचे तक दाहिने हाथ का स्पर्श दिया, ताकि बची सलवटें भी निकल जाएँ। अन्ततः दो मोड़ की तह लगाकर कमीज को हथेली में उठाया। अब ? अब क्या करे वह इस कमीज का ?

"बहू, सुनती हो !" यह पिताजी थे। वह पत्नी को आवाज़ दे रहे थे, "मेरी कमीज नहीं मिल रही। तुमने देखी क्या ?"

पिताजी के स्वर में व्यग्रता थी। उसकी इच्छा हुई कि वह उन्हें आश्वस्त करें। होंठ फड़फड़ाए भी। लेकिन भीतर उमगते उछाह को सायास जज्ब करता वह वार्डरोब की ओर बढ़ा और उसमें अंटे पड़े अपने कपड़ों के बीच उस कमीज को इस करीने से रख दिया कि एक नजर में कोई उसे पहचान नहीं पाए। अपनी इस कारगुजारी पर उसे खुद हैरत हुई। मन ही मन आनन्दित वह कोई नई कमीज तजबीजने लगा।

सी-इंडिया

'तो ये आपका फाइनल जवाब है ?'

'जी'

'फाइनल-फाइनल ?''

'यस सर !'

'कांफिडेंट ?'

'कांफिडेंट !'

'तो लॉक कर दिया जाए ?'

'आफकोर्स।'

'कम्प्यूटर जी ! सी-इंडिया को लॉक किया जाए।' बिग बी ने दिलकश मुस्कान बिखेरते हुए अपने सामने लगे कम्प्यूटर को इस तरह सम्बोधित किया गोया कम्प्यूटर उसका हुक्म माननेवाला गुलाम हो !

क्षणभर को सबकी साँसें थम गईं। बिग बी के सामने जवाब दे रहे शख्स ने तो आँखें मूँदकर जैसे अपने ईष्ट को याद करना शुरू कर दिया था। पिन ड्रॉट साइलेंस के बीच बिग बी ने रहस्य भरे अन्दाज में बोलना शुरू किया, 'राजीव जी, अगर आप ए-अमेरिका कहते तो आपका जवाब गलत होता।'

जवाब दे रहे शख्स ने आँखें खोलीं। बिग बी ने अपने कम्प्यूटर स्क्रीन पर देखते हुए कहा, 'अगर आप बी-ब्रिटेन कहते, तो आप गलत होते।'

अब रहस्य और गहरा गया था। यहाँ तक कि अपने-अपने घरों में टी.वी. सेट के सामने बैठे दर्शकों की उत्तेजना भी चरम पर जा पहुँची थी। बिग बी की यह अदा इतनी दिलचस्प और दिलफरेब थी कि दर्शक बँधकर रह गए थे। टकटकी बाँधे लोगों ने सुना बिग बी बता रहा था, 'अगर आपका जवाब डी-डेनमार्क होता तो आप... ।'

बिग बी ने एक हल्के पॉज के साथ अपने सामने बैठे कांटेस्टेंट राजीव को निहारा और सामान्य से लम्बे हाथ को हवा में लहराते हुए कहा, 'तो भी आप गलत होते !' समाने बैठे शख्स की अँटकी साँसें जैसे एकमुश्त लौटी हों। वह 'हॉट-सीट' पर बेसाख्ता उछल पड़ा। उसने अपने दाहिने हाथ की मुट्ठी बाँधकर विजयी मुद्रा में उछाला और उत्तेजना के मारे चीख पड़ा। इसी के साथ बिग बी की घहराती आवाज़ अपने पंचम पर जा पहुँची, 'राजीव जी, आपका जवाब सी-इंडिया बिल्कुल सही है। आपने एक करोड़

रुपए जीत लिए हैं। आप हमारे इस गेम शो के पहले ऐसे भाग्यशाली विजेता हैं, जो इस मंजिल तक पहुँचा है। ऑल द बेस्ट।' टी.वी. स्क्रीन पर तालियों की गड़गड़ाहट और फूलों की बारिश के बीच बिग बी करोड़पति विजेता के साथ जब सीधा खड़ा हुआ तो लोगों ने देखा कि बिग बी का कद टी.वी. स्क्रीन से बाहर निकला जा रहा है। वह धुआँधार और धाराप्रवाह बोले जा रहा था। उसकी आँखें दर्शकों पर टिकी थी। वह करोड़ों घरों में एक साथ इस ठसके से मौजूद था मानो वह इकलौता नहीं, उसके करोड़ों क्लोन हों और वह करोड़ों राजीवों के बगल में खड़ा हो।

खुद राजीव रंजन जी को महसूस हुआ कि बिग बी उनके बिस्तर पर आ पहुँचा है और उनसे सीधे मुखातिबक है, 'गुडनाइट ! शुभ रात्रि !! शब्बा ख़ैर !!! टेक केयर ऑफ यू। भगवान आप सबकी रक्षा करें।'

राजीव रंजन जी ने चोर निगाहों से दीवार पर टँगी भगवान की उस तस्वीर को निहारा, जिसके फ्रेम में हर सुबह अगरबत्तियाँ खोंसकर पत्नी पूरे परिवार की रक्षा की कामना करती रही है। वह पत्नी की इस भक्ति-भावना की खिल्ली उड़ाते हुए अक्सर छेड़ा करते थे, 'जो खुद अपनी रक्षा नहीं कर सकता, वह दूसरों की रक्षा क्या करेगा ?'

पत्नी टोकती थी, 'शुभ-शुभ बोलिए। इतना कुछ तो है भगवान का दिया हमारे पास। बहुतों के पास तो यह भी नहीं।'

'सच कहती है रमा।' उनके भीतर से उठा यह स्वर उन्हीं का है, यह अन्दाज लगते ही अजीब बेचैनी ने घेर लिया। उन्होंने इसी हालत में पलटकर पत्नी को देखा। टी. वी. स्क्रीन से अभी-अभी हटी आँखों से आँखें मिलते ही उन्हें भान हुआ कि पत्नी की आँखों में कोई सपना झिलमिला रहा है। कैसा है यह सपना ? जागती आँखों के इस सपने में क्या है–बेटे की नौकरी...बेटी का ब्याह...पोते का भविष्य...बहू की खुशी ? जब तक वह कुछ समझते, पत्नी बेआवाज उठी और चुपचाप बाथरूम चली गई।

वे आहत भाव से टी.वी. स्क्रीन पर बजता 'सिग्नेचर सांग' सुनने लगे–कहानी हर घर की। कहानी घर-घर की। जी में आया उठकर टी.वी. बन्द कर दें। लेकिन जानते हैं पत्नी को यह सीरियल पसन्द है। मुतवातिर पहले एपीसोड से देख रही है। एक-एक घटना, एक-एक पात्र उसे जबानी याद है। यहाँ तक कि कभी जब उनकी समाचार सुनने की भी इच्छा हुई तो उसने झिड़क दिया है–'आप भी हद करते हैं। दिन भर तो समाचार ही लिखते-छापते रहते हैं, फिर भी मन नहीं भरता ?' राजीव रंजन जी शुरू-शुरू में झुंझला जाते थे–'तुम लोगों को तो जब देखो, इन्हीं उलटे-सीधे सीरियल में मन लगता है। देश-दुनिया की तो कोई फिकर ही नहीं है।' 'देश-दुनिया की फिकर के लिए आप क्या कम हैं ?' ऐसे में पत्नी ताने मारती, 'हम तो बाज आए ऐसी फिकर से।' तब उन्हें लगता–कितनी कूड़मगज है पत्नी। लेकिन पत्नी ही क्यों ? बेटा, बेटी, बहू किसी को भी देश-दुनिया की फिक्र कहाँ रही ? सबके-सब टी.वी. पर फिल्में देखते। गाने सुनते। सीरियल देखते। हद तो तब हो जाती है जब सबके सब विज्ञापन भी इस चाव से देखते गोया वह उनका जेनरल नॉलेज समृद्ध कर रहा हो। शुरू-शुरू में उन्हें कोफ्त होती,

लेकिन जैसे-जैसे पोता विशु विज्ञापनों के जिंगल्स दुहराने लगा था, उन्हें महसूस होने लगा कि वाकई टी.वी. ने ज्ञान की दुनिया का अद्‌भुत आविष्कार किया है। कई चीज़ों के नाम तो उन्होंने पहली-पहली बार विशु के मुँह से ही सुने—'बाबा, मेरे लिए चोकोज़ लेते आइएगा।' अपनी अनभिज्ञता के कारण जब वह विशु की फरमाइश नहीं समझ पाते तब पत्नी समझाती, 'टी.वी. में देता है प्रचार।'

वह हो-हो कर हँस पड़ते, 'यह टी.वी. जो न कराए। सबको बर्बाद करके रख देगा।'

तब कहाँ पता था, टी.वी. से भी ज्यादा खतरनाक है कम्प्यूटर !

'कम्प्यूटर पर काम शुरू करने से पहले कुछ बुनियादी बातें जान लेना जरूरी है।' कम्प्यूटर एक्सपर्ट सुरजीत सिंह ने दोनों हाथों की उँगलियों को आपस में फँसाते हुए अपनी बात कहनी शुरू की, 'मसलन कम्प्यूटर पर काम शुरू करने के लिए 'पासवर्ड' और 'यूजर्स नेम' का होना जरूरी है। ये वे चाभियाँ हैं, जिनके बगैर आप कम्प्यूटर का ताला नहीं खोल सकते।'

अपनी बात का असर देखने के लिए सरदार सुरजीत सिंह ने सम्पादकीय-कक्ष में मौजूद एक-एक शख्स को यूँ देखा, गोया आँखों ही आँखों में पूछ रहा हो, 'कुछ समझ में भी आया कि बस, ऐसे ही ?'

अचानक राजीव रंजन को लगा कि सुरजीत सिंह की आँखें उनके ही चेहरे पर आकर टिक गई हैं। उनके दिल की धड़कन तेज हो गई। इससे पहले कि सुरजीत सिंह उन्हें टोक दे, उन्होंने बेचैनी से पहलू बदलते हुए अपनी आँखें उसकी सीध से हटाईं और हॉल में बैठे एडिटोरियल के सभी साथियों की भाव-मुद्रा का मुआयना करने लगे। सभी साथी किसी क्लास रूम में बैठे विद्यार्थी की तरह सुरजीत सिंह की तरफ जिज्ञासु भाव से निहार रहे थे। सुरजीत सिंह ने कोई सवाल नहीं पूछा जाता देख मान लिया कि उसकी बात सभी समझ गए हैं। लिहाजा उसने अपने बगल में रखे कम्प्यूटर की ओर इशारा करते हुए कहा, 'यह कम्प्यूटर विंडोज 1998 है। इसमें जिस साफ्टवेयर का इस्तेमाल किया गया है वह है क्वार्क। क्वार्क एक्सप्रेस। आमतौर पर अखबारों का काम 'पेज मेकर' पर होता रहा है, लेकिन यहाँ क्वार्क एक्सप्रेस पर काम होगा। यह लेटेस्ट साफ्टवेयर है।'

सुरजीत ने अपनी बात पूरी करते न करते कम्प्यूटर को ऑन कर दिया था। एक तेज स्पार्क के साथ कम्प्यूटर स्क्रीन पर कई रंग-आकृतियों के बीच 'विंडोज 1998' लिखा दिखाई दिया। इसी के साथ उसने एक टूल की ओर इशारा करते हुए कहा, 'यह है माउस। एक तरह की लगाम जो आपके हाथ में होगी। इसी के इशारे पर चलेगा कम्प्यूटर का घोड़ा। दाएँ। बाँए। ऊपर-नीचे, धीमे-तेज जैसा आप चाहें।'

वाकई दिलचस्प था जानना। उन्होंने मन ही मन दुहराया—माउस। माउस माने कम्प्यूटर का लगाम। दूसरे साथी भी ऐसा ही कुछ कर रहे हैं, यह जाहिर तो नहीं था, लेकिन उन्हें यक़ीन था कि वे भी यही गुन रहे हैं। उन्होंने कनखियों से देखा

आशुतोष से लेकर भुवन तक, कलराज से लेकर कबीर तक में एक गहरी उत्सुकता बनी हुई है।

सुरजीत कह रहा था, 'और यह की-बोर्ड है। है तो अंग्रेजी में लेकिन इसे हिन्दी में कनवर्ट किया जा सकता है। इसके लिए आपको 'सम्मिट स्क्रिप्ट' की मदद लेनी होगी। जैसे ही आप 'सम्मिट स्क्रिप्ट को क्लिक करेंगे आपके सामने एक लिस्ट आ जाएगी। उसमें से आप जब हिन्दी' को सेलेक्ट करेंगे तो की-बोर्ड हिन्दी फोंट में कनवर्ट हो जाएगा। अब की-बोर्ड के किस अंग्रेजी लेटर पर हिन्दी का कौन-सा लेटर है, यह जानने के लिए हम आपको एक चार्ट देंगे। आप उसके मुताबिक प्रैक्टिस करेंगे। जस्ट लाइक टाइप राटर्स। एंड आई होप, यू मे डू इट।' सुरजीत की उम्मीदों पर कौन खरा उतरता है, इसकी जैसे होड़-सी लग गई। फिलहाल दो ही कम्प्यूटर थे, इसलिए जो लूट ले, कम्प्यूटर उसका। बाकी लोग दर्शक। दर्शकों की भीड़ में वह भी कम्प्यूटर पर टकटकी लगाए खड़े हुए। कम्प्यूटर सब-एडीटर आशुतोष ऑपरेट करने बैठा था। सुरजीत ने उसी को सम्बोधित करते हुए कहा, 'पहले आप माइक्रोसाफ्ट वर्ड खोलिए। हाँ, माउस को क्लिक कीजिए। ओ.के.। अब आप सम्मिट स्क्रिप्ट पर क्लिक कीजिए। यस, देखिए, लिस्ट आ गई। अब आप रेमिंग्टन पर क्लिक कीजिए। वैसे आप मोनोटाइप से भी हिन्दी टाइप कर सकते हैं। यह आपकी सुविधा पर डिपेंड करता है। ओ.के. ! अब आप दिए गए चार्ट के मुताबिक की-बोर्ड ऑपरेट कीजिए। हाँ, याद रहे, हिन्दी टाइप के लिए आप चाणक्या फोंट का इस्तेमाल करेंगे।'

सुरजीत के निर्देशानुसार आशुतोष ने कम्प्यूटर ऑपरेट करते हुए जब पहला अक्षर 'अ' टाइप किया तो उसके मुँह से बेसाख्ता किलकारी निकल पड़ी—यूरेका। वह स्वयं एक करिश्मे को होता हुआ देखकर मुस्करा पड़े। कई साथियों ने तालियाँ बजाकर इस शुरुआत का स्वागत किया। इस बीच उन्होंने मन ही मन तय किया आशुतोष के साथ ही बैठकर वह कम्प्यूटर सीखेंगे, ताकि जहाँ जरूरत हो उसकी मदद मिल जाएगी। हालाँकि मन में एक धुकधुकी-सी लगी थी कि पता नहीं वह कर भी पाएँगे या नहीं ? इस खयाल के आते ही उन्होंने सुरजीत के निर्देश को मन ही मन दुहराने की कोशिश की, लेकिन यह क्या ? स्मृति में कुछ भी सिलसिलेवार नहीं आ रहा था। कुछ शब्द बज तो रहे थे, लेकिन कोई तारतम्य नहीं बैठ रहा था। उन्होंने अपने आसपास देखा। कई साथी अपनी डेस्कों पर जा बैठे थे। ज्यादातर नौजवान सब-एडीटर आशुतोष और भाष्कर के पीछे खड़े हो, उनका हौसला बढ़ा रहे थे। वह स्वयं भी अपनी डेस्क पर आ गए। पीछे से चीफ सब-एडीटर भुवन भी उनके पास आकर बैठ गया। सिगरेट सुलगाते भुवन को उन्होंने गौर से देखा। भुवन कुछ ज्यादा ही गम्भीर दिख रहा था। इच्छा हुई कि पूछें—खैरियत तो ? लेकिन भुवन कश खींचने के बाद स्वयं बोल पड़ा, 'राजीव भाई, मेरी तो समझ में कुछ नहीं आया। आप कुछ समझे ?'

हमेशा सहज रहनेवाला भुवन आज उतना ही असहज था। वह कुछ समझ नहीं पाए, आखिर भुवन इस कदर परेशान क्यों है ? भुवन की आँखें कहीं उन्हीं पर टिकी

हुई थीं। उन्होंने बड़ी कठिनाई से उत्तर दिया, 'भुवन, समझा तो मैं भी कुछ नहीं। लेकिन समझना तो पड़ेगा ही।'

'राजीव भाई, आपको नहीं लगता कि हम अचानक बेमानी हो गए हैं ?' भुवन धुआँ छत की तरफ उड़ाते हुए जैसे किसी रौ में बोलने लगा, 'पूरी ज़िन्दगी कागज-कलम से काम करनेवालों को कम्प्यूटर थमाने का क्या मतलब है ? गोया हम पत्रकार नहीं, पालतू बैल हों। जब इच्छा हुई हल में जोता, जब इच्छा हुई गाड़ी में। क्यों ऐसी किसी शर्त के साथ आए थे इस प्रोफेशन में हम ?'

कुछ चोटें ऐसी होती हैं, जिनका अहसास तत्काल नहीं होता, लेकिन समय के साथ पीड़ा बढ़ती जाती है, तब लगता है आप कहीं गहरे तक जख्मी हैं। इस वक़्त उन्हें लगा, भुवन भी तकलीफ की एक ऐसी ही जद में है। वह क्या कहें ? वह तो स्वयं आहत हैं। किसी दिन, किसी वक़्त उन्हें खुद अनुपयोगी घोषित कर दिए जाने की आशंका खाए जा रही है। बड़ी मुश्किल से कह पाए, 'भुवन बेगर्स की कोई च्वायस नहीं होती।'

भुवन ने इस तैश से उन्हें देखा मानो कोई कील अचानक चुभ गई हो। उसका चेहरा तमतमा आया था। उसने सिगरेट का एक गहरा कश खींचा और ढेर सारा धुआँ उगल दिया। आसपास इतना धुआँ फैल गया कि क्षणभर को उन्हें लगा यह शख़्स भुवन नहीं, धुएँ का ढेर हो। उन्होंने घबराहट में दाहिने हाथ से जल्दी-जल्दी धुएँ को काटते हुए भुवन को आवाज़ दी, 'भुवन, लगता है तुम आज कुछ ज्यादा ही परेशान हो ?'

'राजीव भाई, परेशान नहीं दुखी हूँ।' भुवन की आवाज़ में गहरा कम्पन था, 'आनेवाले दिनों की सोचकर दुखी हूँ।'

वह नहीं समझ पाए भुवन आनेवाले दिनों के बारे में सोचकर दुखी है या खुद के बारे में सोचकर ? जो हो, इतना तो तय है कि आनेवाले दिन किसी के लिए भी शुभ नहीं। भुवन की पीड़ा का प्रतिवाद संभव नहीं था। उन्होंने चुप रहना ही बेहतर समझा। भुवन सिगरेट का आखिरी कश खींचता हुआ उठा और अपनी सीट की ओर बढ़ गया।

वह अपनी सीट पर बैठे अंग्रेजी-हिन्दी के तारों को छाँटने लगे, लेकिन मन कम्प्यूटर से उलझता रहा। वे हर थोड़ी देर बाद कम्प्यूटर की ओर हुलक कर देखते और वहाँ जमी भीड़ को खिसकते न देखकर कोफ्त से भर जाते। पता नहीं क्यों नए लड़कों की भीड़ में शामिल होने की हिम्मत नहीं हो रही थी। एक तरह का संकोच था—इस उम्र में कम्प्यूटर सीखने के दौरान कहीं हास्यास्पद न हो जाएँ। सुरजीत ने जितनी आसानी से कह दिया था—यू मे डू इट, उन्हें अब लग रहा था, दरअसल यह उतना आसान नहीं है। सहसा, हाथ-पाँव फूलने से लगे। नौकरी जाती-सी लगी। उफ ! एक अदद नौकरी कितनी बड़ी नेमत है ! कहाँ तो सोचा था कि एकाध साल एक्सटेंशन मिल जाएगा और कहाँ बची नौकरी पर भी आफत। यह आफत उनकी अकेली नहीं थी। लेकिन ताज्जुब कि इस त्रासदी को सभी अकेले-अकेले झेल रहे थे। एक-दूसरे से आँखें चुराते। एक-दूसरे से बचते। बरसों से एक-दूसरे को जानते-पहचानते लोग अचानक एक-दूसरे के लिए अजनबी हो गए थे। और यह सब कुछ कर डाला था मैनेजमेंट के एक फैसले ने।

मैनेजमेंट ने नोटिस जारी किया था—अखबार कम्प्यूटराइज किया जा रहा है। कृपया दो महीने के अन्दर कम्प्यूटर सीख लें। जो बात नोटिस में नहीं थी, वह हवा में सनसना रही थी—वर्ना छुट्टी।

एकबारगी अफरा-तफरी मच गई थी। पत्रकार-गैर पत्रकार सारे के सारे कर्मचारी सन्न रह गए थे। जितने मुँह उतनी बातें। जितने लोग उतनी सरगोशियाँ। इन सरगोशियों के बीच ही सम्पादक ने दो टूक ऐलान किया था, 'बड़ी मुश्किल से प्रबन्धन ने दो महीने की मोहलत दी है। कल से दो कम्प्यूटर एक्सपर्ट आएँगे। आप लोग जितनी जल्दी हो सीख लें वर्ना मैं कुछ नहीं कर पाऊँगा।'

एक तरह की चेतावनी थी। हर जिम्मेदार शख्स अपनी बात पूरी करने के बाद 'वर्ना' जरूर जोड़ता। ऐसी ही 'वर्ना' समाचार-सम्पादक ने भी जोड़ी थी, 'कम्पोजिंग, प्रूफ रीडिंग, एडीटिंग, पेज मेकिंग, सब कुछ करना होगा वर्ना...।'

यानी छँटनी की गाज भी गिरेगी। कम्पोजिटर्स, प्रूफ रीडर्स, पेस्टर्स सबके चेहरे पर हवाइयाँ उड़ने लगी थीं। रातोंरात हुआ प्रबन्धन का फैसला दिन ढलने तक अखबार के हर कर्मचारी के सामने सवाल बनकर खड़ा था—अब क्या होगा ? 'होगा क्या ? जो फिट होगा, वह सर्वाइव करेगा।' सब-एडीटर आशुतोष ने निरपेक्ष भाव से प्रतिक्रिया व्यक्त की थी, 'यह तो वक़्त की माँग है। आप इसे रोक नहीं सकते। आज नहीं तो कल इसे होना ही था।'

वे आशुतोष का मुँह ताकते रह गए थे। पत्रकारिता में आए आशुतोष को जुम्मा-जुम्मा साल भर हुए। मास कम्युनिकेशन की डिग्री लेकर आया है। पिछले साल जब वह अखबार में आया था तो शुरू-शुरू में उसकी ड्यूटी उन्हीं के साथ लगी थी। उन्होंने उसे इंट्रो बनाने से लेकर हेडिंग के प्वाइंट्स लगाना तक सिखाया था। अक्सर वह लिंग की गलतियाँ किया करता था। तब उन्हें बेहद कोफ्त होती थी। भाषा के प्रति ऐसी लापरवाही उन्हें नागवार गुजरती थी। वह जब उसे टोकते तो आशुतोष कहता, 'वो क्या है न सर, कि मैं कभी साहित्य का विद्यार्थी नहीं रहा। हिन्दी तो बस मैट्रिक तक पढ़ा है।' (यहाँ भी लिंग-दोष)। उनकी इच्छा होती, पूछें, 'जब न साहित्य पढ़ा, न हिन्दी, तो किस डॉक्टर ने कहा था कि पत्रकारिता ही करो ?' लेकिन उन्हें लगता—अकेले आशुतोष को ही क्या दोष देना। अब तो सगरे कूप में भाँग भरी है। इधर, पिछले कई सालों से नए लोगों की जो फौज आई है, पत्रकार कम पी.आर.ओ. ज्यादा हैं। उस पर तुर्रा यह कि यह 'प्रोफेशनल जर्नलिस्ट' हैं। उन्हें ताज्जुब होता कि ये नए लोग पढ़ने-लिखने की बातें कम, मन्त्री-सन्तरी से सम्बन्धों की चर्चा ज्यादा करते हैं। वह कभी-कभी क्षुब्ध होकर चीफ सब-एडीटर भुवन से कहते, 'भुवन, तुम्हें नहीं लगता, ये पत्रकार कम दलाल ज्यादा हैं ?' भुवन दबी जुबान से बोलता, 'राजीव भाई, सच्चाई तो यही है। लेकिन क्या करिएगा, नौकरी तो करनी ही है।'

हाँ, नौकरी तो करनी ही है। इधर वह शिद्दत से महसूस कर रहे थे इस विवशता को। जब तक बेटे की नौकरी लग जाने की उम्मीद थी, तब तक ऐसा नहीं था। लेकिन

फार्म भरते, कम्पटीशन देते जब बेटा नौकरी की उम्र पार कर गया तो उन्हें गहरा धक्का लगा। बेरोजगार बेटा और अनब्याही जवान बेटी की चिन्ता ने एकाएक उन्हें भीतर से कमजोर बना दिया था। वह अपनी नौकरी को लेकर सतर्क रहने लगे थे। पहले जैसे तीखे तेवर नहीं रह गए थे। असहमत होने पर सम्पादक तक से भिड़ जानेवाले वह अब भरसक ऐसी स्थितियों से बचते। कोई साथी उनके इस व्यवहार पर व्यंग्य करता तो वह हँसकर टाल जाते, 'अरे यार, अब दो-चार साल नौकरी बची है। राम-राम कर कट जाए बस और क्या चाहिए।' लेकिन अब नहीं लगता कि नौकरी बचेगी। उम्र के इस पड़ाव पर कम्प्यूटर सीखने के नाम से ही हाथ-पाँव फूलने लगे थे। दुश्चिन्ताओं की लकीरें चेहरे पर गहरी हो आई थीं। उन्होंने दबी जुबान से चीफ सब-एडीटर भुवन से अपनी चिन्ता जताई थी, 'भुवन, कैसे होगा यह सब ?

'सब हो जाएगा, राजीव भाई !' भुवन ने हौसला बढ़ाने की गरज से कहा था, 'धीरे-धीरे सब सीख जाएँगे।'

'और जो नहीं सीख पाएगा ?' वह अपनी आशंका से मुक्त नहीं हो पाए थे। भुवन से जवाब देते नहीं बना था। वह सिगरेट के कश खींचता खिड़की के पार देखने लगा था। उन्हें लगा था, भुवन उन्हें ही नहीं, खुद को भी झूठी दिलासा दे रहा है। वह चुपचाप अपनी सीट पर बैठे पी.टी.आई. के तारों को घूरने लगे थे। अचानक नजर एक समाचार पर जाकर टिक गई—'छँटनीग्रस्त कर्मचारी धरना पर बैठेंगे।' वे गहरे तक अवसाद से भर गए। कोई सामचार कितना असरकारी हो सकता है, यह तब तक पता नहीं चलता, जब तक उसका सरोकार खुद आप से न हो। हजारों बार का यह समाचार, उनके लिए एक रूटीन की तरह था। लेकिन आज इस समाचार ने उन्हें भीतर तक हिला डाला था। लगा कि वह स्वयं धरना पर बैठे हैं। हालाँकि यह खामखयाली ही थी, और वे जानते थे कि कहीं कुछ नहीं होनेवाला। दफ्तर की यूनियन दो फाँक हो चुकी थी। पत्रकारों की अलग। गैर पत्रकारों की अलग। वर्षों से जेबी और जबानी जमा-खर्च पर चल रही यूनियन गैर-जरूरी होकर रह गई थी। गैर-पत्रकार तो खुद इस कदर डरे हुए थे कि आपस में भी एक-दूसरे से बात करने से कतराने लगे थे। क्या पता, जो नौकरी कल जानेवाली हो, वह आज ही चली जाए ? वह उस सामचार को बनाने की हिम्मत नहीं जुटा पाए। दिमाग सुन्न हो गया था। कलम जैसे जाम हो गई थी। स्याही छिड़कने की गरज से उन्होंने कलम को झटका दिया ही था कि अचानक दूर से ही चीफ रिपोर्टर कबीर ने फिकरा कसा, 'राजीव बाबू, छिड़क लीजिए स्याही जितनी छिड़कनी है। फिर तो कलम-कागज सब मुहाल हो जाएगा।'

उनका हाथ जहाँ का तहाँ थम गया। उन्होंने पलटकर कबीर को देखा। कबीर उन्हीं की तरफ देखता मुस्करा रहा था। वह अपनी सीट से उठकर कबीर के पास चले आए। उन्हें लगा, कबीर ही कुछ कर सकता है। कबीर का मैनेजमेंट से करीबी रिश्ता है, यह जग-जाहिर है। कई मौकों पर कबीर ने उनकी मदद की है। इस कठिन वक़्त में भी कोई रास्ता निकाल सकता है, यह खयाल उन्हें कबीर के करीब खींच लाया। वह उसकी

टेबिल के सामने बैठते हुए बोले, 'कबीर भाई, बिना कागज-कलम के पत्रकारिता का क्या मतलब हुआ ?'

'राजीव बाबू, मतलब तो सन्त कबीर से पूछिए जो बहुत पहले कह गया—'मसि कागद छुयो नहीं, कलम गह्यो नहीं हाथ।' कबीर का चुहल बरकरार था। उसके चेहरे पर चिन्ता का कोई चिह्न नहीं था।

'मजाक नहीं, कबीर भाई। मैं सीरियसली पूछ रहा हूँ। इस पत्रकारिता का क्या होगा, जिसमें हम कलम की ताकत लेकर आए थे ?' वह सचमुच गम्भीर थे। उनकी उत्सुक आँखें कबीर की आँखों में झाँक रही थीं।

कबीर ने पहलू बदलते हुए ठंडी आह भरी, 'राजीव भाई, उसका तो भगवान ही मालिक है।'

उन्होंने महसूस किया कि कबीर भी बाहर से चाहे जितना सामान्य दिख रहा है, भीतर से हिला हुआ है। तो क्या सबके सब नाटक कर रहे हैं ? कोई खुलकर कुछ नहीं बोलना चाहता ? पीड़ा चाहे जैसी हो, अन्दर ही अन्दर पीने में लगे हैं सब ? तो हालत वाकई संगीन हैं ?

कबीर ने बात बदलते हुए टोका, 'राजीव भाई, चाय पिएँगे ?'

उन्होंने कोई उत्तर नहीं दिया। कबीर ने भी उत्तर की प्रतीक्षा किए बगैर, 'पिउन' को आवाज़ दी, 'केसर, दो चाय ले आओ।'

चाय की प्रतीक्षा के बीच कबीर कोई रिपोर्ट देखने के बहाने मशगूल हो गया, तो उन्हें लगा कि कबीर किसी भी सवाल-जवाब से जान-बूझकर बचना चाह रहा है। मतलब साफ था, फिलहाल कबीर से कोई उम्मीद बेकार है। यह एक ऐसा खयाल था, जिसने उनकी दुश्चिन्ताओं को और सघन कर दिया था। चाय की प्रतीक्षा का एक-एक क्षण भारी लगने लगा।

चाय खत्म करके उठते हुए उन्होंने कबीर को 'धन्यवाद' देने के बहाने इस तरह देखा जैसे कबीर कोई डूबता मस्तूल हो। वाकई एक दर्दनाक दृश्य था। उनका दिल डूबता-सा लगा। वहाँ एक पल भी ठहरना मुश्किल हो गया, लिहाजा वह तेजी से अपनी सीट की ओर बढ़ गए। लेकिन सीट पर भी मन नहीं रमा। लगा सब कुछ बेमानी है। इतने वर्षों का किया-दिया सब बेकार। काम के प्रति ईमानदारी, लगन और महारत का कोई मोल नहीं। न्यूज सेंस, न्यूज वैल्यू, न्यूज एनालिसिस, न्यूज डिस्प्ले के मास्टर वह पत्रकारिता की अपनी ही दुनिया में अनुपयोगी हो गए थे। ठीक उन बुनकरों की तरह, जिन्हें पावरलूम ने एकाएक हाशिए पर धकेल दिया था। तब उन्हें भी कहाँ इल्हाम था कि पावर के जिस दैत्य से उन्होंने लोहा लिया था, एक दिन वह उनकी ही गर्दन पर पहुँच जाएगा।

लेकिन कलम के बूते ही काबू में आया था यह दैत्य। उनकी एक ही रिपोर्ट पर सदन से सड़क तक लड़ाई छिड़ गई थी। महीनों लम्बी इस लड़ाई से शासन प्रशासन सबके सब सकते में आ गए थे। आखिरकार सरकार ने हस्तकरघा निगम का गठन

किया था। को-ऑपरेटिव सब्सिडी, राहत, पुनर्वास की घोषणाएँ हुईं थीं। कलम ने देखते-देखते एक लड़ाई जीत ली थी। लेकिन आज ? आज तो जैसे कलम खुद अपनी ही माँद में घिर गई थी।

बेचारगी के आलम में उन्होंने इस सख्ती से अपनी कलम को भींच लिया मानो कोई अदृश्य हाथ उसे छीनने की कोशिश कर रहा हो। इस कल्पना से ही उनका दिल बैठने लगा कि बिना कलम के भी लिखी जा सकती है दिल की इबारत। बिना कलम के भी महसूस किया जा सकता है किसी का दुख-दर्द। उनकी आँखों में कितने ही चित्र धुँधले अक्स की तरह उभरने-मिटने लगे और यादों का रेला उमड़ने लगा। स्कूल में प्रतियोगिताएँ जीतने पर मिला था पहला कलम सेट। कॉलेज में प्रिंसिपल ने दी थी कलम भेंट। हर जन्म-दिन पर पिता ने दिया था कलमों का उपहार। और खुद उन्होंने कितने ही लोगों को खुशी-खुशी दिया था कलमों का तोहफा। उनके जाननेवाले तो यहाँ तक कहते कि राजीव रंजन जी के प्राण कलमों में बसते हैं। हाँ, उनके प्राण सचमुच कलमों में बसते थे। एक से एक कलमें थीं उनके पास। देश-दुनिया की नई से नई, पुरानी से पुरानी। कलमों के इस जखीरे को देखकर पत्नी कभी-कभी टोकती, 'नुमाइश लगाइएगा क्या ?' वह हँस पड़ते। हँसते हुए मन की बात रख देते, 'अपने पोते को विरासत में दे जाऊँगा।'

सहसा, उनकी आँखें चश्मे के भीतर पनिया गईं। विशु का चेहरा स्याही से पुता था। वह उनकी कलम खोलकर स्याही अपने चेहरे पर पोत बैठा था। विशु को इस हालत में देखकर बेटा बिफर पड़ा था, 'क्या पापा, आप भी हद करते हैं। दुनिया कहाँ से कहाँ चली गई और आप इस फाउंटेनपेन के ही पीछे पड़े हैं। बॉल पेन क्यों नहीं यूज करते ?

वह बेटे का मुँह ताकते रह गए थे। इच्छा हुई थी कि कहें, 'बॉल पेन भी कोई पेन है। यूज एंड थ्रो। काम खत्म रिश्ता खत्म।' लेकिन उस वक़्त चुप लगा गए थे। पोता रोने लगा था। उसे गोद में उठाकर चुप कराने के बहाने घर से बाहर निकल गए थे।

पनियाई आँखें चुपके से पोंछते हुए मन में गहरी हूक-सी उठी—तो अब कम्प्यूटर लिखेगा मन की भाषा। मनुष्य की पीड़ा। संघर्ष की कथा। क्रान्ति का आह्वान। विजय का उद्घोष। अब कोई नहीं कहेगा—कलम आज उनकी जय बोल। भीतर ही भीतर पूरे दिन खदबदाते रहे राजीव रंजन। भीतर ही भीतर चलता रहा द्वन्द्व। उनकी मनःस्थिति से परे चलता रहा सारा उपक्रम। एडीटोरियल में व्याप्त सन्नाटे और सनसनी के बीच एक ऐसा रहस्य बना हुआ था, जिसके भीतर हर कोई खुद को खोज रहा था। इस कोशिश में कई-कई बार लोग आपस में टकराए और लहूलुहान हुए।

एक दहशतजदा भीड़ कम्प्यूटर स्क्रीन को घेरे खड़ी थी। राजीव रंजन जी ने महसूस किया जैसे सबके सब एक ऐसे दैत्य को काबू में करने में लगे हैं, जो उन्हें ही खा जाने को आतुर है। उन्होंने आतुरता से देखा उस भीड़ में कम्प्यूटर के सामने बैठा आशुतोष

मनोयोग से वह पाठ दुहरा रहा है, जिन्हें सरदार सुरजीत सिंह ने सिखाया था। उस रात घर लौटना राजीव रंजन जी के लिए रोज की तरह नहीं था। रास्ते में उन्होंने विशु के लिए चोकोज खरीदने के साथ ही बाल पेन भी खरीदा। 'हाउ टू लर्न कम्प्यूटर' नामक किताब भी खरीदी और कम्प्यूटर सिखानेवाली संस्थाओं के कुछ पते भी बटोरे।

उस रात उन्होंने टी.वी. पर समाचार सुनने की ज़िद भी नहीं की और पूरे परिवार के साथ बैठकर 'कौन बनेगा करोड़पति' देखने का आनन्द लेते रहे।

उस रात राजीव रंजन जी के सपने में दैत्य लगातर अट्टाहास करता रहा, 'आपका जवाब है सी-इंडिया। तो कम्प्यूटर जी, सी-इंडिया को लॉक किया जाए और बताया जाए कि राजीव जी का जवाब सही है या गलत ?

सपने में अँटकी उनकी साँस धाड़-धाड़ बजने लगी। फैसले की इस कठिन घड़ी में वह इस आशंका से ऊभ-चुभ होने लगे कि कहीं यह सपना टूट न जाए। ऐन इसी वक़्त उस दैत्य ने जादुई मुस्कराहट के बीच ऐलान किया, 'राजीव जी का जवाब सही है या गलत यह जानने के लिए मिलते हैं इस ब्रेक के बाद। प्लीज आप कहीं जाइएगा नहीं।'

राजीव रंजन जी अपने सपने को टूटने से बचाने की जद्दोजहद में आँखें मूँदें पड़े हैं।

अन्यथा

उस बूढ़े के बारे में आस-पास के लोगों की राय बहुत अच्छी नहीं थी।

ज्यादातर लोग उसे सनकी समझते और उससे एक निश्चित दूरी बनाए रखते। यह एक तरह की ऐसी तटस्थता थी, जो उस बूढ़े की जिद, बेरुखी और रवैये से पैदा हुई थी, लिहाजा लोगों ने चिढ़ के मारे उसे उसके हाल पर छोड़ दिया था। उसकी उपस्थिति हालाँकि लोगों के लिए बेहद असुविधाजनक थी, और लोग मन से चाहते थे कि वह बला जल्द से जल्द टले। लेकिन अरसे से वह अपनी जगह पर मुतवातिर मौजूद था और लोगों के लिए खासा परेशानी का सबब बना हुआ था।

उस बूढ़े का वहाँ होना मखमल में मारकीन के पैबन्द की मानिन्द था। खूबसूरत नजारों के बीच खलल डालता वह एक आदिम-द्वीप-सा अपनी जगह पर अड़ा हुआ था। उसे लोभ-लालच, भय, धमकी कुछ भी नहीं डिगा पाई थी। उसने ऐलानिया तौर पर शहर से दो टूक कह दिया था, ''अपने ढब, ढंग और ढाँचे को बदलना मुझे मंजूर नहीं।''

उसकी हठधर्मिता पर हत्प्रभ शहर कुढ़ा था और फिर समय गँवाए बिना अपने सौभाग्य के साथ हो लिया था। धूल-गर्द झाड़कर शहर ने आनन-फानन शीशों का लिबास पहना और सिर पर रंगीन छतरियाँ ताने देखते ही देखते सपनों की तिजारत शुरू कर दी। जैसी कि उम्मीद थी, यह बेहद कमाऊ धन्धा साबित हुआ, लिहाजा चटक-चमकीले दिन और शोख-सलोनी रातों के बीच लहालोट शहर उस बूढ़े की जिद पर कुढ़ता-चिढ़ता और उसकी उपस्थिति को लगातार अन्यथा लेता रहा।

शहर की इस बेकली से बेफिक्र वह बूढ़ा हर सुबह नियत समय पर आता और चौखट पर झुककर दाहिना हाथ टेकता, फिर उस हाथ से माथे का स्पर्श कर अपने ईष्ट को प्रणाम निवेदित करता। इसके तुरन्त बाद ही वह तेज शोरवाले शटर का ताला खोलकर शहर को चौंकन्ना कर देता। लोग साँसें थामे उसके अन्दर दाखिल होने की प्रतीक्षा करते। वह जैसे ही भीतर जा चुकता, लोग खुशबूदार स्प्रे छिड़ककर गहरी साँस खींचते। ठीक इसी वक़्त अगरबत्तियों का भुभूका उठता और स्प्रे की जान पर भारी पड़ने लगता।

शुरू-शुरू में लोगों ने उसकी दुकान से उठते इस भभूके पर गहरी आपत्ति जताई। यहाँ तक कि इसकी शिकायत सरकारी महकमे में भी की। सरकारी कारिन्दों ने जाँच-पड़ताल के बाद पाया कि अगरबत्ती का धुआँ पर्यावरण के लिए खतरनाक है,

इसलिए इसके उत्पादन पर तत्काल रोक लगा दी जानी चाहिए। बावजूद इसके उस बूढ़े के यहाँ से अगरबत्तियों का भभूका फिर भी उठता रहा।

अपने-आप में मगन वह बूढ़ा अपनी दुकान में कभी खाली नहीं बैठता। झाड़न लेकर काउंटर झाड़ता। रैक साफ करता। बेतरतीब किताबों को विषयवार रैक में जमाता। स्टोव जलाकर अल्मुनियम के कटोरे में आटा और तूतिया के घोल से लेई पकाता। फटी-उधड़ी किताबों की जिल्दें चिपकाता। उन्हें देर तक सूखने के लिए छोड़ता और इस दौरान वह उन पर लगातार नजर रखे रहता। ऐसे तमाम कामों से फारिग होने के बाद वह किसी रैक से कोई किताब निकालता और उसके पन्ने उलटते-पलटते अचानक कहीं रुक जाता। फिर उस पन्ने के दाएँ-बाएँ अथवा ऊपर-नीचे हाशियों पर पेन-पेंसिल से लिखी इबारतों को पढ़ने लगता। पढ़ते-पढ़ते मुस्कराता या फिर खीझता और किताब के शुरुआती पन्ने की ओर लौट पड़ता। अकसर उन पन्नों पर उसकी तलाश पूरी हो जाती। कई बार तो किताब बेचनेवाले के नाम के साथ पता भी मिल जाता। वह किसी-किसी नाम और पते को पढ़कर ठंडी साँस छोड़ता, तो किसी-किसी नाम पर उसकी आँखों की चमक बढ़ जाती।

उसकी स्मृतियों में ऐसे सैकड़ों नाम जमा थे, जिन्होंने अपनी किताबें उसके हाथों बेची थी। ऐसे पचासों चेहरे याद हैं, जो पुरानी किताबें खरीदने के लिए उससे घंटों मोल-भाव करते थे। आज ये नाम नामचीन हो चुके हैं। ये चेहरे विशिष्ट हो चुके हैं। वह इन नामों और चेहरों को याद कर-करके खुश होता और खुद को तसल्ली देता है कि अगर उसने यह धन्धा न किया होता तो उनके बारे में इतना कुछ न जानता।

उसकी इन्हीं स्मृतियों में कई निरीह लड़के आ खड़े होते हैं। बगल में किताबों के बंडल दबाए। वह उन्हें टोकता, "किताब बेचनी है ?"

"हाँ !" छोटा-सा उत्तर मिलता और किताबों का बंडल खुल जाता।

वह एक-एक किताब को उलट-पुलटकर देखता और काम की किताबों को छाँटकर एक ओर रख देता। बाकी किताबें दूसरी ओर। अक्सर बाकी किताबों को लेकर बहस छिड़ जाती। वह साफ-साफ कहता, "ये किताबें अब नहीं चलतीं।"

"क्यों ? मैंने तो ये किताबें पढ़ी हैं।" कोई लड़का जिद करता।

"अब बाप की किताब बेटा भी पढ़े तो मैं क्या कर सकता हूँ ?" वह लड़के को छेड़ता।

"बस, एकाध ही चैप्टर तो बदला है।" लड़का तर्क देता।

"फिर किताब काम की कहाँ रही ?" वह दो टूक पूछता।

लड़के के चेहरे पर मायूसी छा जाती। वह बड़ी देर तक लड़के के चेहरे को पढ़ता फिर मुस्कराकर कहता, "एक शर्त पर ये किताबें ले सकता हूँ।"

लड़के के चेहरे पर रौनक लौटती। वह अपनी बात पूरी करता, "इनके बदले में तुम्हें दूसरी किताबें लेनी पड़ेंगी !"

आमतौर पर लड़के राजी हो जाते। वह उन्हें अपनी पसन्द की किताबें छाँटने की

छूट देता। वह पाता कि लड़के ज्यादातर अपनी जरूरत की किताबें पसन्द करते। कोई-कोई तो किसी खास किताब के लिए जिद कर बैठता। किताब न होने पर वह उस लड़के को आश्वस्त करता कि किताब आने पर वह उसके लिए 'रिजर्व' रखेगा।

वाकई वह ऐसी किताबें सँभालकर रखता और किसी दूसरे की लाख जिद के बावजूद उसे वह रिजर्व किताब नहीं देता। वह ग्राहक दुखी होता। उससे नाराज भी हो जाता, लेकिन इससे उसे कोई फर्क नहीं पड़ता। उसे ज्यादा खुशी यह सोच-सोचकर होती कि रिजर्व किताब उस लड़के को देकर वह न सिर्फ अपना वायदा निभाएगा, बल्कि उस जरूरतमन्द लड़के के रोमांच को भी महसूस कर सकेगा।

ऐसी हजारहा अनुभूतियाँ उसकी रगों में दौड़ती हैं। कितने लड़कों को जवान और कितने जवानों को उम्रदराज होते हुए देखा है। कितने लड़कों की उदासियों, तो कितने लड़कों की खुशियों का साक्षी रहा है वह। उदास लड़के जब किताबें बेचकर जाने लगते तो वह उन्हें तसल्ली देते हुए विदा करता, ''कुछ भी करना, ज़िन्दगी से हार नहीं मानना।''

कामयाब लड़कों को वह नसीहत देना भी नहीं भूलता, ''हारे-थके लोगों की मदद जरूर करना !''

आमतौर पर कोई उसकी बात का बुरा नहीं मानता। यह उसकी व्यवहार कुशलता तो थी ही, आगे बढ़कर मदद करने की उसकी सहृदयता भी थी, जिससे वह लोकप्रिय हुआ था और आत्मीय भी। कई बार तो वह किसी लड़के को लागत से भी कम कीमत में किताब दे देता और ऐसे वक़्त में उसे सचमुच दिली खुशी होती। दुकान पर मौजूद कोई जानकार टोकता तो वह हँसते हुए जवाब देता, ''मुझसे ज्यादा उस लड़के को उस किताब की जरूरत थी।''

''लेकिन यह घाटे का धन्धा...।'' कोई उकसाता।

वह उसी सादगी से उसे समझा देता, ''भाई, मैं किताबें बेचता हूँ। क्रीम-पाउडर नहीं। क्रीम-पाउडर से सूरत सँवरती है, लेकिन किताबों से ज़िन्दगी। उस किताब से किसी लड़के की ज़िन्दगी सँवर जाए तो पैसों का क्या है, आते-जाते रहते हैं।''

ये बहकी-बहकी बातें थीं, लेकिन वह ऐसा ही था। उसे इसी में आनन्द आता। यह आनन्द उसने इस धन्धे में आने के साथ ही जान लिया था। पहली बार उसने जब किताबें बेची थीं, तो वह पहला ग्राहक ही आनन्द का पहला सबक साबित हुआ था। वे पुरानी किताबें खरीदते हुए उस ग्राहक ने काफी मोल-भाव किया था और अन्ततः अपनी मजबूरी खोलकर खड़ा हो गया था, ''मेरे पास ज्यादा पैसे नहीं हैं, इसीलिए पुरानी किताबें खरीद रहा हूँ।''

वह सोलह साल के उस मासूम ग्राहक की पीड़ा में उतर गया था। वहाँ गहरी करुणा और दारुण व्यथाएँ थीं। उसने उस ग्राहक को किताबें दे दी थीं। उस ग्राहक ने कितने पैसे दिए हैं, उसने पलटकर नहीं देखा था। जेब में पड़े वे पैसे उसे सुख देते रहे थे। वह जब भी जेब में हाथ डालता, वह सोलह साल का लड़का सामने आ खड़ा

होता और वह उन पैसों को गिनने की इच्छा स्थगित कर देता। उसे लगता, पैसे गिनते ही उस लड़के की विवशता बेपर्द हो जाएगी। वह कहीं ज्यादा लज्जित महसूस करेगा।

वह अपनी उस पहली कमाई को ताज़िन्दगी खर्च करता रहा। जब भी जेब में हाथ डालता वह लड़का सामने आ खड़ा होता और वह हड़बड़ाकर हाथ बाहर निकालते हुए ग्राहकों की भीड़ से ठिठोली करने लग जाता, "ले लो, ले लो भाई, रस्ते का माल सस्ते में !"

अपने इस जुमले पर उसे खासी हँसी आती, क्योंकि वह रस्ते से उठकर कभी का एक दुकान में आ गया था। लेकिन कहते हैं न कि जबान जल्दी बदलती नहीं, सो वह इस जुमले को काउंटर पर बैठे-बैठे भी दुहराता रहा। कोई मुँह लगा ग्राहक कभी-कभी चुटकी भी ले लेता, "काउंटर पर बैठकर माल काट रहे हो, अब तो यह मजाक बन्द कर दो।"

"भाई मेरे, यह मजाक नहीं, मेरी असलियत है। मैं इसे कैसे भूल जाऊँ ?" वह गम्भीरता से उत्तर देता और काउंटर के बाहर फुटपाथ को निहारने लग जाता।

इसी फुटपाथ से शुरू किया था उसने यह धन्धा। न ज्यादा पढ़ा-लिखा था, न जेब में जमा-पूँजी थी। काम की तलाश थी। काम मिलता नहीं था। तब एक रद्दीवाले दोस्त ने सलाह दी थी, "बड़े घरवाले पुराने किताबें रद्दी के भाव बेच देते हैं। तू काम की किताबें छाँटकर बेच। जरूरतमन्द लोग उन्हें कम दामों में खरीद लेंगे।"

और एक दिन वह किताबों का गट्ठर लेकर फुटपाथ पर आ जमा था। धीरे-धीरे धन्धा जम गया था। उसे आश्चर्य हुआ था पुरानी किताबें खरीदने-बेचनेवालों की कमी नहीं। बच्चे तो बच्चे, बड़े-बूढ़े भी आने लगे थे उसके पास। उनमें से कइयों की दुखभरी दास्तानों का राजदार है वह। किसी ने किताबें इसलिए बेची थीं कि हाथ तंग चल रहा था। किसी ने किताबें इसलिए बेची थीं कि उनके घर में कोई पढ़नेवाला नहीं था। किसी ने तो घर में जगह न होने के कारण किताबें बेच दी थीं। किताबों की एक दिलचस्प दुनिया उग आई थी उसके तईं। खरीदारों की किस्में भी बढ़ गई थीं। एक से एक किताबी कीड़े आते और घंटों किताबों में घुसे रहते। कुछ तो किताबें सूँघ-सूँघकर मदहोश हो जाते। वह गौर से सबको देखता और उनके जाने के बाद सोचता कि इन किताबों में ऐसा कौन-सा नशा है कि वे इनके लिए पगलाए रहते हैं। जब कुछ समझ में नहीं आता तो वह बेमन से कोई किताब खोलकर देखने लग जाता। देखते-देखते उसे किताबें अपनी गिरफ्त में लेने लगी थीं। नतीजा यह हुआ कि ऐसे पगलाए ग्राहकों को वह खुद ही एक से एक किताबों की सूचनाएँ देने लगा। यहाँ तक कि किताब के लेखक से लेकर किताब की कथा तक ढेरों जानकारियाँ उसके पास होतीं और वह उस किताब को बेचने में कामयाब हो जाता।

उसकी इस खूबी पर नए ग्राहक चकराते। बात-बात में पूछ बैठते, "इतना कुछ कैसे जानते हैं आप ?"

"क्रीम-पाउडर बेचनेवाले जब अपने माल के बारे में जानते हैं, तो किताब बेचनेवाले

को क्यों नहीं जानना चाहिए ?'' वह उलटा प्रश्न करता और रहस्य भरे अन्दाज में मुस्करा पड़ता।

ऐसे ग्राहक उसे अच्छा सेल्समैन मानते और चुपके से सलाह दे डालते, ''आप नई किताबों की दुकान क्यों नहीं खोल लेते ?''

''फिर पुरानी किताबों का क्या होगा, हुजूर ?'' वह प्रश्न को निरस्त करते हुए तर्क देता, ''भूली-बिसरी किताबें तो यहीं मिलेंगी न ! एक पीढ़ी की विरासत दूसरी तक तो इसी तरह पहुँचेगी न ?''

यह सब धन्धे को जमाए रखने की चतुराई थी। लेकिन कब उसके मन की सच्चाई में बदल गई, उसे खुद नहीं मालूम। वह जानता है तो सिर्फ इतना कि उन किताबों ने उसे भीतर ही भीतर बदलकर रख दिया था। उसके इस बदलाव को उसके आसपास के लोगों ने जल्दी ही लक्ष्य कर लिया। वे अकसर टोक बैठते, ''इन किताबों की तरह खुद को दीमक क्यों लगा रहे हो ?''

वह ऐसे सवालों को शुरू-शुरू में हँसकर टाल देता था। लेकिन जब टोका-टोकी ज्यादा बढ़ने लगी तो उसने झल्लाकर जवाब देना शुरू कर दिया, ''यह मेरी ज़िन्दगी है। इसे जीने का तरीका भी मैं ही चुनूँगा।''

''यही रवैया रहा तो खुद भी आउटडेटेड हो जाओगे।'' कोई हमदर्दी से चेताता।

वह ऐसी हमदर्दी जतानेवाले पर तो सिरे से ही उखड़ जाता। बड़ी देर तक उसकी लानत-मलामत करता वह अन्दर ही अन्दर इस कदर भर आता कि उसका गला रुंध जाता। उसे इस कल्पना मात्र से ही गहरी पीड़ा होती कि वह किताबों के कारोबार से आउटडेटेड हो जाएगा। उसे हैरानी होती यह सोचकर कि भला किताब भी आउटडेटेड होने की चीज है ?

उसका स्वयं से ज्यादा किताबों पर भरोसा था, लिहाजा पुरानी शराब की तरह चढ़ा पुरानी किताब का नशा दिन पर दिन गहरा होता गया। वह अपनी ही खुमारी में खोया, अपने ढब, ढंग और ढाँचे से बाहर नहीं निकला तो नहीं निकला।

जिन दिनों शहर शीशे के लिबास में लिपटा, रंगीन छतरियाँ ताने, सपनो की तिजारत शुरू कर रहा था, उस बूढ़े की आँखों में भयावह सपने आते और वह मन ही मन डरा-डरा-सा रहने लगा।

अपने इस डर से मुक्ति के लिए वह पुरानी किताबों में तरह-तरह के उपाय खोजता। इस कोशिश में वह कई नामों और पतों से होकर गुजरा। आखिरकार, उसने अपनी स्मृति में कुछ भरोसेमन्द नामों को संजोया और उनसे मिलने का फैसला किया।

ये वे नाम थे जो कामयाबी के रास्ते पर चलकर सत्ता और शासन के शिखर पर विराजमान थे। उसे पूरा भरोसा था कि पुरानी किताबों के उसके ये ग्राहक उसकी मदद जरूर करेंगे। उसने उन नामो के आगे बेतकल्लुफी से अपनी अपील रख दी, ''किताबों को बचाइए ! किताबों के बगैर दुनिया बेमानी हो जाएगी।''

उन नामों ने उस बूढ़े के प्रति पूरा सम्मान व्यक्त करते हुए उसे समझाया, ''किताबें

नाशवान हैं। उन्हें सहेजना-सँभालना और बचाए रखना एक जटिल और कष्टकर कार्य है। फिर एक पिछड़ी हुई प्रथा को कायम रखने का क्या औचित्य है, जब कम्प्यूटर ने दुनिया को नए मायने दे दिए हैं ?"

वह हताश बूढ़ा अपनी दुनिया में लौट आया। उसकी दुनिया में ढेरों किताबें थीं। किताबों में ढेरों बातें थीं। बातों में ढेरों यादें थीं। यादों में ढेरों चेहरे थे। चेहरों में चेहरे थे। चेहरों की भीड़ थी।

यह भीड़ उससे बचकर निकल रही थी। वह दिन-दिनभर काउंटर पर बैठा प्रतीक्षा करता रहता, लेकिन न भीड़ रुकती, न उसकी तरफ निगाह करती। वह भीड़ को आकर्षित करने के लिए चीख-चीखकर आवाज़ लगाता, "ले लो, ले लो भइया, रस्ते का माल सस्ते में।"

कोई उसकी आवाज़ नहीं सुनता। उसे आश्चर्य होता कि क्या हो गया लोगों को कि किताबों की तरफ रुख तक नहीं करते ! लोग तेजी से चलते हुए आते और शीशे के लिबास और रंगीन छतरियाँ ताने दुकानों में घुस जाते और चमकती थैलियों में ढेरों सपने खरीदकर चलते बनते। वह काउंटर पर बैठा चीख-चीखकर आवाज़ लगाता रहता। धीरे-धीरे उसका गला बैठने लगा था। आवाज़ रुँधने लगी थी।

वह लोगों के लिए परेशानी का सबब बन गया था। उसकी उपस्थिति नागवार गुजरने लगी थी। अच्छे-खासे नफीस शहर के दामन पर वह जिद्दी धब्बे की तरह जमा हुआ था। उसे हटाने की तमाम कोशिश नाकाम हो गई थी। लोगों ने उसे सनकी मानकर उसे उसके हाल पर छोड़ दिया था। उससे एक खास तरह की दूरी बना ली थी। गोया उसकी नियति वक़्त खुद लिख डालेगा।

वक़्त बदल गया था। लोग बदल गए थे। नहीं बदला तो वह बूढ़ा। वह नियत समय से दुकान खोलता और काउंटर पर बैठकर ग्राहकों की प्रतीक्षा करता रहता। दूसरे दुकानदार जब दोपहर में झपकियाँ ले रहे होते, तब भी वह बिना जम्हाइयाँ लिए चौकस बैठा रहता। उसके इस तरह जागे रहने से लोगों की नींद में खलल पड़ती। आराम हराम हो जाता। वे इस आशंका से त्रस्त रहने लगे कि जब वे झपकियाँ ले रहे होंगे, तब कोई ग्राहक भूले से उस बूढ़े के काउंटर पर न चला जाए। उन्हें डर था कि बड़ी मुश्किल से छूटी किताबों की आदत ग्राहकों को फिर से लग गई तो उनका सारा धन्धा ही चौपट हो जाएगा।

वह बूढ़ा आसपास के लोगों की नींद, चैन, आराम और धन्धे के लिए खतरनाक होता जा रहा था। उसकी उपस्थिति भयावह थी और उसके रहते भविष्य खतरे में था। ऐसे खतरनाक बूढ़े का वहाँ होना शहर के लिए सांसत से कम नहीं था।

आखिरकार, शहर ने सरकार से शिकायत की। विपक्ष ने सरकार को सदन में घेरा, "उस खतरनाक बूढ़े के खिलाफ सरकार कोई कार्रवाई क्यों नहीं करती ?"

"क्योंकि ऐसा कोई कानून सरकार के पास नहीं है, जिसके तहत किताबें बेचनेवालों को गिरफ्तार किया जाए।" सरकार ने विवशता जताई।

विपक्ष ने हमला बोल दिया, "लेकिन कानून क्यों नहीं बनाया गया ?"

"इसलिए कि सरकार को उम्मीद थी कि नए बदलाव को जनता स्वयं स्वीकार लेगी। बाजार से फालतू चीजें स्वतः गायब हो जाएँगी।" सरकार ने सफाई दी।

"लेकिन ऐसा नहीं हुआ। एक बूढ़ा उन फालूत चीजों के साथ आज भी मौजूद है। सरकार क्या कर रही है ?" विपक्ष ने सरकार को कठघरे में खड़ा कर दिया।

"सरकार कार्रवाई के लिए तैयार है। विपक्ष चाहे तो कानून बनाया जा सकता है। इस बाबत विधेयक लाया जाना चाहिए।" सरकार ने अपना बचाव किया।

सरकार के इस प्रस्ताव पर आनन-फानन सदन में विधेयक पेश किया गया। पक्ष-विपक्ष ने उस पर जबर्दस्त बहस की। बहस देर रात तक चलती रही। अन्ततः विधेयक सर्वसम्मति से पारित हो गया। विधेयक को कानून का जामा पहनाने के लिए महामहिम के पास भेज दिया गया।

महामहिम ने विधेयक की गम्भीरता को समझते हुए उसका बारीकी से अध्ययन किया। चूँकि महामहिम देश के भविष्य के प्रति सतर्क थे और प्रगति के आड़े आनेवाली हर बाधा को दूर करने के इच्छुक थे, इसलिए उन्होंने विधेयक पर तमाम कानूनविदों की भी राय ली और पाया कि कम्प्यूटर की राह में आनेवाली हर बाधा विकास की राह अवरूद्ध करती है, लिहाजा सख्त से सख्त कानून यथाशीघ्र लागू होना चाहिए। उन्होंने रातोंरात इस कानून को मंजूरी दे दी।

सुबह होते-होते कानून अमल में आ चुका था। थाना-पुलिस वक़्त गंवाए बगैर उस बूढ़े को गिरफ्तार करने के लिए उसके आदिम द्वीप पर आ धमकी। आसपास के लोगों ने राहत की साँस ली। उन्हें यह सोचकर बेहद खुशी हुई कि सरकार उनकी समस्याओं के प्रति किस हद तक संवेदनशील है। वे इस खयाल से भी खुश हुए कि रोज-रोज उठते अगरबत्तियों के भभूके से भी उन्हें मुक्ति मिलेगी और वे स्प्रे की शानदार खुशबू का आनन्द ले सकेंगे।

पुलिस उस बूढ़े को गिरफ्तार करने के लिए पूरी तरह मुस्तैद थी। आला अफसरों ने मातहतों को उनकी पोजीशन बता दी थी। बूढ़ा कभी भी, किसी भी क्षण आ सकता था। उसे दुकान में घुसने से पहले ही गिरफ्तार कर लेना है, यह सख्त निर्देश जारी कर दिया गया था।

धीरे-धीरे भीड़ बढ़ती जा रही थी। धीरे-धीरे वक़्त गुजरता जा रहा था। धीरे-धीरे धैर्य चुकता जा रहा था। धीरे-धीरे धड़कनें तेज होती जा रही थीं। धीरे-धीरे लोगों का आश्चर्य बढ़ता जा रहा था। पहली बार ऐसा हुआ था कि उस बूढ़े ने नियत समय को दगा दे दिया था। वह बूढ़ा कानून को धता बता गया था। उस दिन वह नहीं लौटा तो नहीं लौटा। उसकी बन्द दुकान कानून का मुँह चिढ़ाती रही। अन्ततः चिढ़े हुए कानून ने अपनी कानूनी कार्रवाई शुरू कर दी।

सिपाहियों ने ताला तोड़कर जैसे ही शटर उठाया अगरबत्तियों का तेज भभूका उठा और ठहरी हुई साँसों में गहरे समा गया। कइयों को मितली आई, लेकिन उस बूढ़े का

हश्र देखने की आतुरता के चलते अन्दर ही अन्दर खुद को जब्त कर लिया। अगरबत्तियों का भभूका उठ रहा था, इसलिए सभी को पक्का विश्वास था कि उस बूढ़े को अपनी दुकान के भीतर ही होना चाहिए। लेकिन वहाँ बूढ़ा तो बूढ़ा, वे किताबें तक नहीं थीं, जिसमें उसके प्राण बसते थे। काउंटर खाली था। रैकें सूनी पड़ी थीं। एक-एक चीज यूँ साफ थी, मानो बूढ़े को अन्देशा हो इस अंजाम का। उस पाँच गुणा सात फुट के आदिम द्वीप में सिर्फ एक आदिम-गंध थी, जिसे बर्दाश्त करना मुश्किल हुआ जा रहा था।

उस बूढ़े का न मिलना कानून की जबर्दस्त तौहीन थी। तिलमिलाए कानून ने फौरन से पेश्तर उस बूढ़े को फरार मुजरिम करार दिया और उसके सिर पर भारी इमान घोषित कर दिया।

हो सकता है, वह बूढ़ा किसी दूसरे शहर, किसी दूसरे देश, किसी दूसरे द्वीप में नाम, भेष बदलकर मौजूद हो।

●●●